LISA
BEKA

We ARE CHAOS

WREADERS TASCHENBUCH
Band 225

Dieser Titel ist auch als E-Book erschienen

Vollständige Taschenbuchausgabe

Verlagsleitung: Lena Weinert
Druck: Sowa Sp. z o.o.
Bestellung und Vertrieb: Nova MD GmbH, Vachendor
Umschlaggestaltung: Emily Bähr
Lektorat: Silvia Klara, Sina Kleber
Satz: Ryvie Fux

www.wreaders.de

ISBN: 978-3-98595-799-6

Für alle, die für ihre Träume kämpfen. Ich glaube an euch!

WREADERS

Playlist:

- Crawling - Malik Harris
- 20s - Bow Anderson
- There Will Be a Way - Dotan
- DNA - Lia Marie Johnson
- Scars To Your Beautiful - Alessia Cara
- Someone Better - Paula Dalla Corte, Rea Garvey
- Sweater Weather - The Neighbourhood
- You're Somebody Else - flora cash
- Missing Home - flora cash
- Zorn & Liebe - Provinz, Nina Chuba
- River - Bishop Briggs
- Here She Comes - Röyksopp
- Somewhere Only We Know - Keane

Kapitel 1

Brie

Mein Zeigefinger schwebte zitternd über dem Touchpad meines Laptops, der Pfeil der Maus stand auf dem *Senden*-Button, aber ich schaffte es nicht, die E-Mail zu verschicken. Der vernünftige Teil meines Hirns riet mir, das Ganze abzublasen. Der Unvernünftige wollte das Schicksal unbedingt herausfordern.

Um die Zeit und meine letztendliche Entscheidung hinauszuzögern, griff ich nach dem Erdbeermilchshake, den ich mir vor einer gefühlten Ewigkeit bestellt, bisher jedoch nicht angerührt hatte. Den himmlischen Geschmack ließ ich mir mit geschlossenen Augen auf der Zunge zergehen. Als ich sie wieder öffnete, sah mich der Typ, der in diesem Diner arbeitete, irritiert an.

Val's Diner war mein Rückzugsort. Die Mitarbeiter ließen mich hier lernen, obwohl ich mir nur ein Wasser für zwei Pfund bestellte. Mittlerweile wussten sie, dass sie mit mir und meinen Bestellungen nicht reich wurden. An einem guten Tag orderte ich eine Portion Fritten, an schlechteren ein Glas Wasser.

Heute war ein mittelmäßiger Tag. Nicht absolut beschissen, weil ich vor ein paar Tagen meinen Abschluss gemacht hatte und die Freude und die Euphorie noch nachwirkten, aber der Tag war auch nicht der absolute Oberhammer. Was vor allem daran lag, dass ich so gut wie arbeitslos war. Nein, ich war nicht nur so gut wie arbeitslos, ich war es tatsächlich.

Sollte ich diese Bewerbung wirklich abschicken?, fragte ich mich trotz allem.

Ein dumpfer Schmerz schoss durch meine Schläfen. Wie viele Stunden hatte ich bereits damit vergeudet, auf diesen Bildschirm zu starren? Stöhnend ließ ich mich gegen die Lehne der Sitzbank fallen und stieß genervt die Luft aus. Warum war es so schwer, diese beschissene Mail zu verschicken?

Weil einfach alles davon abhängt, schimpfte meine innere Vernunft. . *Entweder du wächst an dir oder du bleibst an diesem Punkt in deinem Leben hängen. Willst du das Risiko eingehen?!*

Wollte ich das?

»Ist alles okay bei dir?« Jemand riss mich aus meinen Gedanken. Der gutaussehende Kellner, welcher mir bereits bei meinem ersten Besuch vor Jahren aufgefallen war, stand vor meinem Tisch. Sorge zeichnete sich auf seinen Zügen ab, was mich wunderte. Scheinbar machte ich auf andere den Eindruck, als ginge es mir nicht gut. Die unscharfe Spiegelung im Bildschirm meines Computers bestätigte meine Vermutung. Meine Frisur sah genauso zerrupft aus, wie es meine Emotionen waren.

»Ich weiß es nicht«, gab ich zu und wunderte mich über mich selbst. Wollte ich ein Gespräch mit diesem Mann anfangen? Ein »alles in Ordnung« hätte gereicht und ich wäre ihn los gewesen.

Stattdessen setzte er sich mir gegenüber auf die Bank, nachdem er mit einem Schulterblick überprüft hatte, ob jemand an der Theke auf ihn wartete.

In der Zwischenzeit ergriff ich die Chance, ihn mir genauer anzusehen. Seine dunklen Haare waren kurz geschoren, was mir im Normalfall überhaupt nicht gefiel. Seine markanten Gesichtszüge ließen sein komplettes Erscheinungsbild jedoch sehr attraktiv auf mich wirken.

»Du kommst seit Tagen hierher und ziehst ein Gesicht, als würde die Welt jeden Moment untergehen«, analysierte er mich. »Ich kenne dich nicht so gut, aber du siehst aus, als bräuchtest du ein offenes Ohr.«

Mit diesen Worten riss er das Pflaster von einer Wunde, die nie wieder heilen würde. Sofort schrillten alle Alarmglocken in mir. Es war gar nicht gut, dass er die Gefühle in meinem Gesicht hatte lesen können. Ich hatte mir meine eiserne Miene nicht umsonst jahrelang antrainiert. Sie durfte jetzt nicht zusammenbrechen, weil ich eine wichtige Entscheidung treffen musste, die blöderweise mit besagter Wunde zusammenhing.

»Ich brauche nichts außer diesen Milchshake«, gab ich knapp zurück und deutete auf das Glas zwischen uns.

»Das glaube ich dir nicht«, antwortete er mit hochgezogener Braue. »Wie auch immer … ich bin Miles.«

Skeptisch verschränkte ich die Arme vor der Brust und funkelte ihn an. »Warum hast du mich angesprochen, Miles?«

»Muss ich einen Grund haben eine hübsche Frau anzusprechen, die aussieht, als würde sie ihren Laptop jeden Moment durch das Diner schleudern?« Während er sprach, nahm er die gleiche Körperhaltung an.

Normalerweise war ich immun gegen Männer, die mit solchen Sprüchen um die Ecke kamen. Bei Miles musste ich trotz allem schmunzeln. Vermutlich lag es an seiner lockeren Art und der Ehrlichkeit, die er mir entgegenbrachte.

»Sehe ich wirklich so verzweifelt aus?«

Miles Augen huschten über meinen Körper und mir entging nicht, dass sein Blick für einen Moment an meinem Schlüsselbein hängen blieb. Dort hatte ich mir mit achtzehn Jahren einen blauen Schmetterling tätowieren lassen. Für mich hatte er eine Bedeutung, die tiefer ging als die Nadel, welche das Motiv gestochen hatte.

»Kann man schon sagen … schreibst du eine Hausarbeit und verzweifelst daran?«, wollte er wissen und stützte sich auf dem Tisch ab. Ein herber Duft strömte mir entgegen, der mich für eine Sekunde an meinen Dad erinnerte. Unwillkürlich wurde mir kalt und ich klammerte mich an der Kante des Tisches fest.

»Hab ich etwas Falsches gesagt? Du wirst auf einmal so blass!« Miles' besorgter Ausdruck holte mich ins Hier und Jetzt zurück. Warum wanderten meine Gedanken ausgerechnet heute immer wieder in die Vergangenheit? Eigentlich hatte ich geglaubt, endlich mit dem Kapitel abgeschlossen zu haben.

»Nein, nein!«, stieß ich hervor. »Ich bin gerade arbeitslos und traue mich nicht, meine Bewerbung abzuschicken. Ich weiß nicht, was ich tun soll, wenn sie mich ablehnen. Das ist alles.«

Das letzte Mal, als ich einem anderen Menschen von meinen Ängsten erzählt hatte, war lange her und es war nicht gut für mich ausgegangen.

Denk nicht schon wieder an die Vergangenheit!, ermahnte ich mich und schüttelte leicht den Kopf, um die Erinnerungen zu vertreiben.

»Na, dann bewirbst du dich eben woanders, oder ist dieser Job eine Anstellung bei der Queen?«, fragte er spaßeshalber. Noch konnte ich Miles nicht einschätzen und wusste nicht, ob er sich mit dem, was ich tat, auskannte.

»Nicht ganz«, erwiderte ich und knabberte an meiner Unterlippe herum.

Diese Angewohnheit hatte ich seit Kindertagen und bis heute noch nicht ablegen können.

»Was meinst du damit?«

»Kennst du dich mit Fußball aus?«, stellte ich die Gegenfrage und spürte, dass mein Herz schlagartig schneller schlug. Das passierte jedes Mal, sobald ich an dieses Thema dachte.

»Natürlich! Wir sind in London und ich bin eben ein Fan ... Moment mal, willst du mir damit sagen, dass du dich auf eine ihrer Stellen beworben hast?! Nimm's mir bitte nicht übel, aber du siehst nicht aus wie ein Fußballer, oder ist das irgendeine Stelle im Büro?« Miles' Aufregung ließ meine Mundwinkel zucken, aber ein Lächeln brachte ich nicht zustande. Das Gesagte schlängelte sich schon wieder durch meine Erinnerungen und griff danach. Nach all den Jahren war ich nach wie vor nicht in der Lage, neutral über Fußball zu sprechen. Was war bloß falsch mit mir?

»Ich spiele nicht, das stimmt.« Meine Stimme zitterte, während ich redete. Nein, ich war keine Fußballerin. Nicht mehr. »Die Stelle, auf die ich mich bewerben will, ist die einer Social-Media-Managerin.«

Miles' Mund klappte auf. Würde ich nicht derart mit mir und dieser dämlichen Entscheidung ringen, würde ich auflachen.

»Du könntest also mit Leuten wie Callum Scott chillen, wenn du diesen Job bekommst?!«, wisperte er beinahe ehrfürchtig.

»So würde ich das jetzt nicht sagen ...«, meinte ich und wollte gerade das Notebook zuschlagen, als Miles' Hände danach griffen, um es in seine Richtung zu drehen.

»Was tust du denn da?«

Miles Finger glitten über das Touchpad und seine Iriden bewegten sich ruckartig, während er sich meine Bewerbung durchlas. Zwischendurch stieß er beeindruckte Pfiffe durch seine Zähne aus und warf mir ungläubige Blicke über den Rand des Displays zu.

»Du hast deine Bachelorarbeit mit einer glatten Eins bestanden?!«, wollte er wissen und riss dabei seine Augen so weit auf, dass ich Angst hatte, sie könnten ihm herausfallen. Wärme breitete sich in meinem Gesicht aus. Wahrscheinlich wurde ich rot wie eine Tomate.

Lob zu bekommen war eines der Dinge, mit denen ich nicht umgehen konnte. Enttäuschung machte sich abermals in mir breit, da mir klar wurde, dass Miles, quasi ein Fremder, der Erste war, der sich für meinen Abschluss interessierte.

»Es ist nicht der Rede wert.«

»Es ist nicht der Rede wert?!«, rief er, woraufhin ich mich beschämt tiefer in meinen Sitz sinken ließ. Miles Blick huschte zurück auf den Bildschirm. »Brie, ich … warum zur Hölle hast du dich nicht längst beworben?«

Na toll, nun wusste er auch meinen Namen.

»Kannst du bitte ein Ticken leiser sprechen? Ich bin nicht unbedingt scharf darauf, dass ganz London Wind davon bekommt, okay?«, zischte ich ihm entgegen.

»In dieses Diner passen nicht einmal …«

»Lass gut sein«, unterbrach ich ihn und wollte meinen Laptop zu mir zurückholen. Er ließ ihn jedoch nicht los.

»Miles!«, warnte ich ihn, da ich eine Vorahnung hatte, was er im Begriff war zu tun. Sein Finger bewegte sich so schnell auf dem Touchpad, dass ich nichts dagegen tun konnte. Aus den Lautsprechern meines Laptops ertönte ein *Pling,* was den Eingang einer neuen E-Mail ankündigte. Mein Puls schnellte in die Höhe und ich riss ihm mutwillig das Teil aus den Händen.

»Was hast du nur getan?!«, presste ich perplex hervor und las mit wild klopfendem Herzen die eingegangene Nachricht.

Sehr geehrte Ms. Hogan, vielen Dank für Ihr Interesse an unserer ausgeschriebenen Stelle. Wir werden uns in den nächsten Tagen mit Ihnen in Verbindung setzen.

»Ich habe dir einen Job besorgt«, flötete Miles, ohne auch nur mit der Wimper zu zucken.

»Willst du mich verarschen?«, flüsterte ich wütend und kämpfte mit dem dicken Kloß, der sich urplötzlich in meinem Hals gebildet hatte. In meinem Leben hatte ich schon oft in der Öffentlichkeit geweint, aber es durfte nicht noch einmal vorkommen. Das hatte ich mir geschworen und heute war sicher nicht der Tag, an dem ich diesen Schwur brechen würde.

»Brie, jetzt beruhige dich bitte«, bat Miles und klappte meinen PC vorsichtig zu. »Warum hast du diese Bewerbung geschrieben, wenn du den Job nicht haben willst?«

Natürlich wollte ich diese Stelle, gar keine Frage. Trotzdem war es nicht okay von ihm, dass er mir die Entscheidung abgenommen hatte. Schließlich hatte ich nicht ohne Grund gezögert. Das konnte ich ihm nur leider nicht erklären …

»Hey, es tut mir leid, okay? Aber ich bin ehrlich mit dir. Seit Jahren kommst du in dieses Diner und hast nie einen Freund oder eine Freundin dabei. Du hängst ständig über deinem Laptop oder irgendwelchen Uni-Notizen. Halte mich für verrückt, aber ich glaube, dass du das hier gebraucht hast. Das Gespräch mit mir und den kleinen Schubs in die richtige Richtung. Sei ruhig sauer auf mich, aber wenn du diesen Job bekommst, will ich, dass du mich auf einen Drink einlädst!«

Miles sanfte Stimme und seine Worte machten mich sprachlos. Er hatte mich all die Jahre beobachtet? Warum hatte er mich vorher nie angesprochen, wenn ich ihm aufgefallen war? Moment mal … er wollte ein Date mit mir?

»Miles, ich …«

»Warum bist du immer allein hier?«, unterbrach er mich mit einem einfühlsamen Blick aus seinen grünen Augen.

»Ich bin einfach gerne allein«, log ich. »Das ist so ein Einsiedlerding.«

Miles öffnete seine Lippen, um etwas zu sagen, seine Arbeitskollegin kam allerdings dazwischen.

»Hey, ich brauche dich hinten.« Mit einem knappen Nicken begrüßte sie mich und legte meinem Gegenüber eine Hand auf die Schulter. Die Geste wirkte sehr intim und mir entging nicht der abwertende Blick, den sie mir zuwarf.

Miles sah zu ihr hinauf und schüttelte ihre Hand ab, während er sich aus der Nische quetschte. Seine Kollegin dampfte mit einem unverständlichen Murmeln davor.

Bevor er mich wieder allein ließ, berührte er meine Hand mit seinen Fingerspitzen. Unsere Blicke verhakten sich ineinander. Für gewöhnlich blockte ich solche Situationen gekonnt ab, in diesem Moment konnte ich aber nicht anders, als ihn anzustarren.

»Sie werden dich nehmen, Brie. Ich glaube an dich und das solltest du auch tun.«

Ein Gefühl wie ein angenehmer Stromstoß schoss von meiner Hand bis in meine Wangen, als er das zu mir sagte. Dieses Mal raste mein Herz nicht wegen der Stellenanzeige.

Es raste, weil es das erste Mal seit Ewigkeiten war, dass ich so etwas zu hören bekam.

»Danke«, wisperte ich und schenkte ihm ein ehrliches Lächeln. Er konnte gar nicht ahnen, wie sehr ich das gebraucht hatte.

Kapitel 2

Brie

Bereits eine Woche war vergangen, seit Miles meine Bewerbung abgeschickt hatte. Noch immer aktualisierte ich minütlich meine E-Mails, aber sie meldeten sich einfach nicht. Natürlich war mir schon der Gedanke gekommen, dass sie sich für jemand anderen, jemand qualifizierteren entschieden hatten. Doch wer konnte qualifizierter sein als ich? Mit vier verschiedenen Praktika, die ich in den unterschiedlichsten Firmen erfolgreich absolviert hatte, und mit meiner Abschlussnote konnte kaum jemand geeigneter sein. Das sagte ich nicht, weil ich eingebildet war, sondern weil ich endlich wieder an mich und meine Arbeit glauben wollte.

»Dieses ständige Trübsal blasen hilft dir auch nicht weiter«, holte mich Mums Stimme in die Realität. Durch mein Gedankenkarussell hatte ich nicht einmal bemerkt, dass sie in mein Zimmer gekommen war.

Sofort richtete ich mich auf, da ich nicht den Eindruck erwecken wollte, zu faulenzen. Mum konnte es gar nicht leiden, wenn ihre Kinder sich nicht am Haushalt beteiligten. Vorrangig bei mir wurde sie wütend. Mit meinen vierundzwanzig Jahren war ich die Älteste von uns drei Geschwistern und das war etwas, was sie mir ständig unter die Nase rieben. Ich brachte keinen Pfund mit nach Hause und saß andauernd in meinem Zimmer. Oftmals warfen sie mir vor, ich wäre zu faul und hätte keine Lust zu arbeiten. Dabei vergaßen sie, dass meine Nebenjobs nicht sonderlich viel einbrachten und ich meine Zeit in meinem Zimmer mit dem Schreiben meiner Bachelorarbeit verbracht hatte. Das war ihnen absolut egal. Sie gaben mir schlichtweg das Gefühl, nicht zu dieser Familie zu gehören. Alles hatte sich geändert, nachdem Dad wegen mir die Familie verlassen hatte.

»Sorry«, murmelte ich und nahm meiner Mum den Wäschekorb ab, den sie in ihren Händen hielt.

»Brianna, wann suchst du dir endlich eine Wohnung?«

Mums Worte schmerzten. Mir war bewusst, dass ich alt genug war, um auszuziehen, aber jeder unter diesem Dach wusste, dass ich nicht das Geld hatte, um den finalen Schritt gehen zu können. Das Geld, welches ich während meines Nebenjobs verdient hatte, gab ich zu achtzig Prozent meiner Mum für die Miete, Einkäufe und so weiter. Wenn ich Glück hatte, blieb mir ein geringer Teil zur Verfügung, den ich für neue Kleidung und Schuhe ausgab. Wovon konnte ich mir schon etwas zurücklegen?

»Wenn ich den Job bekomme, bin ich weg, versprochen!«, sagte ich mit bebender Stimme.

Mum hob eine Augenbraue, wodurch ihr skeptischer Blick mehr Ausdruck gewann. »In deinem Alter war ich schon Mutter!« Diesen Satz brachte sie jedes Mal, wenn es darum ging, mich endlich loszuwerden. Zumindest fühlte es sich genau so an. In diesem Zuhause fühlte ich mich seit Ewigkeiten nicht mehr willkommen, nicht zuletzt, da mir immer wieder die Frage nach meinem baldigen Auszug gestellt wurde. Deshalb ärgerte es mich, dass ich nicht einfach meine Sachen packen und gehen konnte.

»Ich weiß«, seufzte ich und stellte den schweren Wäschekorb auf meinem Schreibtisch ab. Mit sorgfältigen Griffen fing ich an, die Klamotten zu falten. Mum stand noch immer in der Tür und beobachtete mich dabei.

»Vielleicht solltest du dich noch bei anderen Firmen bewerben? Ich habe dir sofort gesagt, dass man sich nicht auf eine einzige Bewerbung verlassen kann. Dein Bruder hat sich auch auf mehrere Stellen gemeldet«, schimpfte sie mit ihrer belehrenden Stimme. Ich ignorierte den Fakt, dass mein Bruder vierzehn war und es sich um Schulpraktia handelte. Er hatte keinerlei Erfahrungen und ich hatte die leise Hoffnung, dass man meine Branchenkenntnisse unter anderem berücksichtigte.

»Aktuell gibt es keine anderen Stellen.« *Und ich will auch keine andere,* fügte ich gedanklich hinzu.

»Du bist jung, Brianna. Was hält dich davon ab, die Stadt zu verlassen?«

Ich hielt in meiner Bewegung inne, drehte mich jedoch nicht um. Mein Blick wanderte auf die Fotos an der Wand. *Wegen euch,* flüsterte meine inneres Kind, das sich so sehr nach Zuneigung sehnte. *Ich will euch nicht zurücklassen, wie Dad es getan hat.*

»Du weißt, wie schwer es für mich ist, neue Freunde zu finden«, log ich. Okay, es war nur eine halbe Lüge. In den letzten Jahren war ich eine absolute Niete geworden, was das Knüpfen von sozialen Kontakten anging.

Würde ich mich mehr ins Zeug legen, würde ich sicher neue Freunde finden. Damals war ich ein sehr offener Mensch gewesen, dem man alles erzählen wollte und auch konnte. Heute beachtete man mich kaum noch, trotz meiner auffälligen Haarfarbe, die ich mir nach dem Unfall zugelegt hatte. Meine garstige Miene war sicher der Auslöser, warum niemand mit mir reden wollte.

»Dann musst du an dir arbeiten!«, forderte sie und ließ mich ohne ein weiteres Wort allein zurück.

Mit einem enttäuschten Ächzen ließ ich mich auf meinen Schreibtischstuhl fallen und legte den Kopf in den Nacken. Meine Mutter war nicht immer so gewesen, wie sie heute war. Es gab Zeiten, da pflegten wir ein starkes Verhältnis zueinander. Zwar war ich in meiner Kindheit ein Papakind gewesen, dennoch war meine Mum wie eine beste Freundin für mich gewesen. Nach meinem Unfall hatte sich einfach alles geändert. Auch meine Geschwister verhielten sich seither anders, obwohl Collin gerade einmal vier Jahre alt gewesen war.

Frustriert schnappte ich mir ein Oberteil aus dem Korb und faltete es in meinem Schoß. In diesem Augenblick erklang das vertraute Geräusch meines Laptops, das den Eingang einer neuen E-Mail anmeldete. Hastig stand ich auf, ließ das Kleidungsstück fallen und schmiss mich auf mein Bett.

Tatsächlich war eine neue Nachricht eingegangen.

Mir rutschte mein Herz in die Hose, als ich den Verfasser sah. Ungeduldig klickte ich auf die Nachricht und las sie mit flüsternder Stimme vor.

Liebe Ms. Hogan,

wir freuen uns sehr, dass Sie sich mit unserem Verein verbunden fühlen. Ihre Bewerbung hat einen positiven Eindruck hinterlassen, weshalb wir Sie zu einem Gespräch einladen möchten.

Haben Sie noch heute kurzfristig Zeit für uns?

Rufen Sie mich gerne an. Die Nummer finden Sie unten in dem geschäftlichen Anhang der Mail.

Ich freue mich darauf, Sie persönlich kennenzulernen.

Herzliche Grüße

Samantha Lodge

Meine Kinnlade klappte herunter, während ich las. Noch vor wenigen Minuten hatte ich mit meiner Mutter über meine Situation gesprochen und als hätte mich das Schicksal erhört, kam nun diese Mail an. Ungläubig schüttelte ich den Kopf und griff mit zittrigen Fingern nach meinem Smartphone. Um einen guten Eindruck zu hinterlassen, sollte ich schnellstmöglich bei dieser Samantha Lodge anrufen. Oder könnte es ein merkwürdiges Licht auf mich werfen, wenn ich mich sofort bei ihr meldete?

Kurzerhand sprang ich aus meinem Bett, schloss die Tür und verriegelte sie, damit mich niemand stören konnte.

Bevor ich auf den grünen Hörer tippte, checkte ich drei Mal, ob ich die richtige Rufnummer eingegeben hatte.

Während des Piepens schlug mein Herz dermaßen schnell, dass ich es in meinen Ohren rauschen hörte. Nervös setzte ich mich auf mein Bett und biss auf meine Unterlippe.

»Sie sprechen mit Samantha Lodge, HR-Managerin des Londoner FC's. Was kann ich für Sie tun?« Samanthas Stimme klang klar und warm. Sie wirkte freundlich.

»Guten Tag, hier ist Brie, ähm, Brianna Hogan. Sie haben mir gerade eine Mail zukommen lassen«, sagte ich und schlug mir meine Hand gegen die Stirn, weil ich mich schon beim ersten Satz verhaspelt hatte.

»Brianna! Schön, dass Sie anrufen! Haben Sie die Möglichkeit heute Nachmittag vorbeizukommen?« Ihre enthusiastische Stimme steckte mich beinah durch das Telefon an. Mich würde interessieren, ob sie in Wirklichkeit auch so war.

»Sehr gerne. Um wie viel Uhr denn?«, hakte ich nach und war gedanklich schon dabei, ein Outfit zusammenzustellen.

»Passt Ihnen dreizehn Uhr?« Mein Blick huschte zur Uhr über meiner Zimmertür.

»Natürlich, gar kein Problem«, stieß ich hervor. »Wo treffen wir uns?« Das Vereinsgebäude war mir logischerweise bekannt, aber es war so riesig, dass ich mich mit Sicherheit darin verlaufen würde.

»Wie wäre es, wenn wir uns in einem Café treffen? Kennen Sie das *Maxine's Inn* neben dem Vereinsgebäude? Ich würde am liebsten dort mit Ihnen reden, dann komme ich endlich mal aus meinem Büro heraus. Außerdem haben die keinen Dresscode, alles ist ganz ungezwungen«, erzählte sie, durch den Klang ihrer Stimme erahnte ich ein Lächeln. Mit diesem Vorschlag nahm sie mir nicht nur meine Nervosität, sondern auch die Frage nach einem geeigneten Outfit.

»Alles klar, vielen Dank! Dann sehen wir uns später!«, verabschiedete ich mich überschwänglicher als beabsichtigt.

Nachdem ich aufgelegt hatte, nahm ich einen tiefen Atemzug. Es ging bergauf.

Voller Hoffnung und Adrenalin riss ich meine Tür auf und ging in die Küche, wo ich meine Mutter am Herd vorfand. Weder begrüßte sie mich, noch schenkte sie mir irgendwelche Aufmerksamkeit.

»Hey Mum«, fing ich vorsichtig an. »Der Verein hat sich gemeldet. Ich soll heute um dreizehn Uhr zu einem Vorstellungsgespräch kommen!« Meine Stimme hörte sich so hoch und unbeschwert an, wie es ich gar nicht mehr gewohnt war. Mum rührte sich nicht und schnippelte weiter das Gemüse.

»Schön«, gab sie knapp zurück. »Isst du mit uns Mittag?« Entgeistert starrte ich sie an und war versucht, nach einer versteckten Kamera Ausschau zu halten. Ich hatte meiner Mutter gerade verraten, dass ich noch heute Mittag zum Vorstellungsgespräch eingeladen worden war, und das war ihre Reaktion? Kein »Ich freue mich für dic«h und auch kein »Ich bin stolz auf dich«. Es hätte mir ein gutes Gefühl gegeben, wenn sie sich wenigstens ein bisschen für mich gefreut hätte.

Mit hängenden Schultern setzte ich zum Gehen an.

»Nein Mum, ich denke, ich esse eine Kleinigkeit auf dem Weg.« Einige Sekunden wartete ich, ob sie noch etwas sagen würde, aber sie blieb still. Mit Tränen in den Augen lief ich zurück in mein Zimmer und schlug mir eine Hand auf den Mund, um das Wimmern zu unterdrücken. Meinen Rücken an die geschlossene Tür gepresst, rutschte ich an ihr hinab und blieb auf dem Boden sitzen. Die Tränen rannen über meine Wangen und ich konnte nicht anders, als darüber nachzudenken, was ich tun konnte, um so schnell wie möglich von meiner Mum wegzukommen. Das zerrissene Verhältnis zu ihr tat mir nicht gut.

Nach einer Stunde hatte ich mich wieder gefangen und legte ein dezentes Make-Up auf. Meine Haare hatte ich zu zwei Zöpfen geflochten, damit sie mir nicht im Gesicht hingen. Ich entschied mich für eine dunkle Bluse, die ich mir locker in die Jeans stopfte. An meinen Füßen trug ich schwarze

Vans, die auch schon bessere Tage gesehen hatten, aber ein anderes Paar Schuhe hatte ich nicht.

Mit strammen Schritten und einem lauten »Tschüss« eilte ich aus dem Haus. Zwar hatte ich nicht damit gerechnet, dass mich meine Mutter noch einmal ansprach, aber insgeheim hätte ich mir ein »viel Glück« von ihr gewünscht.

Obwohl die Umstände schon länger so waren, hatte ich mich noch nicht daran gewöhnt.

Mit dem Bus fuhr ich vier Stationen bis zum Vereinsgebäude. Von da aus waren es fünf Minuten Fußweg, bis ich an dem kleinen Café ankam, das Samantha vorgeschlagen hatte.

Als ich eintrat, wurde ich vom Duft nach köstlichem Kaffee eingehüllt. Außerdem roch es nach frischen Waffeln und Kuchen. Mein Blick schweifte durch den kleinen Raum und blieb an einer schwarzhaarigen Frau hängen, die an ihrem *MacBook Air* arbeitete. Sie trug eine dunkelrote Bluse und einen schwarzen, knielangen Rock.

Mit rasendem Herzen und mit schwitzigen Händen lief ich auf sie zu, woraufhin sie mich registrierte. Ihre strahlend weißen Zähne leuchteten mir entgegen, als sich ihre Lippen zu einem freundlichen Lächeln verzogen. Sofort stand sie auf, um mir die Hand zu reichen.

»Es ist so schön, Sie kennenzulernen, Brianna«, begrüßte sie mich und schüttelte meine Hand. »Setzen Sie sich doch. Was möchten Sie trinken? Ich lade Sie ein! Ach, bevor wir weiterreden. Ist es okay, wenn ich *du* sage?«

Samantha redete wie ein Wasserfall, was sie sympathisch wirken ließ. Sie schien nicht wie eine knallharte Geschäftsfrau, sondern wie jemand, den man gerne um sich hatte, und der sein Gegenüber auf Augenhöhe behandelte.

»Ich freue mich auch Sie … ähm dich kennenzulernen! Ich nehme gerne einen schwarzen Kaffee«, antwortete ich und setzte mich ihr gegenüber.

Nachdem Samantha eine Bedienung zu uns gerufen und die Bestellung aufgegeben hatte, klappte sie ihren Laptop zu und schob ihn beiseite. An ihrem rechten Handgelenk klimperte ein Armband von Tiffany, als sie ihre Hände auf dem Tisch ablegte.

»Ich bin begeistert von deiner Bewerbung und wahnsinnig beeindruckt von dem, was du bisher erreicht hast. Deine Noten waren der Wahnsinn und die Bewertungen der Unternehmen, in denen du gearbeitet hast, haben mich letztendlich überzeugt. Natürlich habe ich das klassische Verfahren wie bei allen Bewerbern gemacht und ein wenig recherchiert ...« Ihre Miene veränderte sich und wurde ernster. Auch mein zuversichtliches Grinsen geriet in diesem Augenblick ins Wanken, weil ich ahnte, worauf sie hinauswollte.

»Ich habe einige Artikel von früher gefunden, die von deiner jungen Leidenschaft zum Fußball berichtet haben und auch von dem Unfall. Das tut mir wirklich sehr leid und ich hoffe, dass du dich mittlerweile davon erholt hast.« Samanthas Augen leuchteten mitfühlend, aber ich konnte nicht anders, als auf meinen Schoß zu starren. Damit hätte ich rechnen müssen, wenn ich mich bei einem Fußballverein bewarb. Dass mich dieses Gespräch nun so aus der Bahn warf, hatte ich trotzdem nicht geahnt.

»Fußball war alles für mich«, erklärte ich ihr mit leiser Stimme. »Aber ich habe eine neue Passion gefunden und bin sehr gut in dem, was ich tue.« Samantha nickte aufmerksam.

»Das glaube ich, Brianna. Hast du dich deshalb hier beworben? Um beide Leidenschaften miteinander zu vereinen?«

Keine Ahnung, was diese Frage zu bedeuten hatte und was es sie anging, aber ja, damit hatte sie den Nagel auf den Kopf getroffen. Vorsichtig nickte ich und wusste nicht, ob das die richtige Antwort war. Vielleicht wollten sie keine Menschen auf diesem Posten, die sich auskannten, damit sich keine Fans einschleusten. Der Kellner unterbrach unser Gespräch und stellte uns die Getränke auf den Tisch. Wir bedankten uns, tranken einen Schluck und ich ergriff erneut das Wort.

»Vermutlich habe ich das vor, ja«, gestand ich.

»Das ist ein wirklich schöner Gedanke«, gab sie zu und vernichtete damit das dumpfe Gefühl in meiner Magengegend. »Eigentlich hatte ich meine Entscheidung längst gefällt, als ich mir deine Dokumente angesehen habe. Für die Bürokratie musste dieses Gespräch trotzdem stattfinden und außerdem mag ich es, die Leute kennenzulernen, die bei uns arbeiten. Ich denke, dass du wunderbar ins Team passt und gut mit den Jungs klarkommst.«

»Das hoffe ich doch«, murmelte ich und nippte an meinem Getränk.

Dieser Teil jagte mir eine Gänsehaut über den Rücken, weil ich genau davor die Augen verschlossen hatte. Als Social-Media-Managerin würde ich die Spieler immer und überall begleiten. Es wunderte mich, dass sie für diese Position eine Frau einstellten, aber ich war dennoch glücklich darüber. Die Angst, was passieren würde, wenn ich auf einen alten Bekannten traf, spukte allgegenwärtig in meinen Gedanken herum. Würde er mich erkennen? Was würde er sagen? Dachte er manchmal noch an mich?

Samantha war sichtbar begeistert und kramte einige Dokumente aus ihrer Tasche, die sie mir entgegen schob.

»Ich habe den Vertrag dabei. Dein Gehalt siehst du auf der dritten Seite«, erklärte sie und schlug die Seite auf. Mir blieb die Spucke weg, als ich den Betrag las. Was zum Henker?! »Außerdem zahlen wir dir einen Vorschuss von fünftausend Pfund.«

Mein rechtes Augenlid zuckte und ich war versucht mir auf die Unterlippe zu beißen. Fünftausend Pfund war eine Menge Geld. Davon würde ich mir definitiv eine Mietwohnung leisten können!

»Natürlich kannst du den Vertrag mit nach Hause nehmen und überprüfen«, redete Samantha weiter, jedoch unterbrach ich sie.

»Nein, nein! Ich unterschreibe!« Damit riss ich ihr beinahe den Stift aus den Fingern und blätterte auf die letzte Seite, um meine Kontodaten anzugeben und meine Unterschrift drunter zu setzen.

Samantha strahlte mich an. »Herzlich Willkommen im Team, Brianna!«

Kapitel 3

Brie

ein Monat später

Es fühlte sich merkwürdig an, so viel Geld auszugeben, nachdem man jahrelang keines hatte. Außerdem war es komisch, weil ich noch keine Minute gearbeitet hatte, aber der Vorschuss bereits auf meinem Konto eingegangen war. Noch in derselben Woche des Gesprächs mit Samantha hatte ich mit ihrer Hilfe eine Wohnung gefunden, die sich glücklicherweise in der Nähe des Trainingsplatzes, den ich in Zukunft öfter sehen würde als meine Wohnung, befand.

Heute war ich mit dem letzten Karton in meiner neuen Bleibe eingezogen. Ohne Miles' Hilfe hätte ich diesen Umzug nicht geschafft, weshalb ich erneut in seiner Schuld stand. Erst hatte er mir mehr oder weniger diesen Job verschafft und nun war er der Einzige, der mir bei meinem Umzug half.

Mit seinem Wagen hatte er meine Habseligkeiten hierher manövriert und lag nun stöhnend auf meiner neuen Couch. Völlig erschöpft starrte er an die Decke, während ich in meinen Kisten nach einem geeigneten Outfit suchte.

Heute fand das Event für die Saisoneröffnung statt, bei dem ich eingeladen worden war. Samantha war der Meinung, dass es der perfekte Anlass sein würde, um die Jungs kennenzulernen und warm mit ihnen zu werden.

»Ich habe eindeutig zu wenig Klamotten. Oder sie passen nicht zum Dresscode«, schimpfte ich und hielt ein *Metallica*-Shirt in den Händen. Miles lachte auf.

»Immerhin hast du Geschmack!«, erwiderte er.

»Wie findest du das hier?« Ich hielt einen schwarzen Einteiler mit einem tieferen Ausschnitt, der trotzdem nicht billig wirkte, vor meinem Körper. Miles setzte sich auf und hob eine Braue.

»Müsste ich angezogen sehen.« Dabei grinste er mich spitzbübisch an.

»Na gut, aber nur, wenn du währenddessen meinen Fernseher anschließt!«

»Deal«, sagte er und war schon dabei, den Smart-TV aus dem Karton zu befreien.

In meinem neuen Badezimmer öffnete ich den Spiegelschrank, um meine Kosmetikprodukte zu finden. Meine Haare wollte ich auf dem Event offen tragen, weshalb ich den Knoten löste und sie kämmte. In leichten Wellen fielen die blauen Haare über meine Schultern.

Sollte ich Make-Up auflegen? Einerseits war es ein besonderer Anlass, andererseits sollten meine Arbeitskollegen sich nicht daran gewöhnen, mich jeden Tag top gestylt zu sehen. Eigentlich war ich der natürliche Typ, entschied mich trotzdem für ein leichtes Make-Up. Perlenohrringe und meine Lieblingskette mit einem goldenen Fußball-Anhänger rundeten mein Outfit ab.

Als ich das Wohnzimmer betrat, lag Miles schon wieder und sah sich eine Folge *Grey's Anatomy* an. Erst bemerkte er mich nicht, weshalb ich ihn kurz beobachten konnte. In der letzten Woche hatten wir uns zwar selten gesehen, weil ich mit der Wohnungssuche beschäftigt gewesen war, trotzdem waren wir uns dank täglicher Telefonate nähergekommen. Er hatte sich, ohne zu zögern, als Umzugshelfer angeboten. Dafür war ich ihm dankbar. Nicht nur dafür. Auch für unsere aufblühende Freundschaft. Miles war der einzige Freund, den ich hatte.

»Tada!«, machte ich und drehte mich in meinem Outfit um die eigene Achse. Ruckartig setzte Miles sich auf und starrte mich an. Seine Augen wanderten über meinen Körper, blieben nirgends länger hängen, außer auf meinem Gesicht. Ein paar Mal musste er blinzeln, bis er sich gefangen hatte. Ich erlaubte mir, das als Kompliment zu werten. Schon lange wurde ich nicht mehr so angesehen wie von ihm.

»Wow, Brie! Du siehst wunderschön aus. Ich meine, das tust du immer, aber du bist … einfach wunderschön!«

Hitze stieg in meine Wangen und ich spürte, dass positive Gefühle durch meinen Körper rauschten. In meinem Bauch kribbelte es angenehm.

»Danke«, flüsterte ich. Was erwiderte man auf ein solches Kompliment?

Miles stand auf und kam einen Schritt auf mich zu. Was hatte er vor? Unsicher hielt ich die Hände vor meinem Körper, die er vorsichtig ergriff.

»Ich bin neidisch auf die ganzen Männer, die dich heute Abend bewundern dürfen.« Seine Stimme klang plötzlich rau und fremd.

»Es ist meine Arbeit«, redete ich das Event klein. Niemand würde mich dort bewundern oder ein Auge auf mich werfen. Ich war ein neues Team-Mitglied. Mehr auch nicht.

»Sie sind dumm, wenn sie dich nicht beachten.« Miles hielt meine Hände noch immer in seinen. Er kam einen weiteren Schritt näher und beugte sich leicht zu mir herunter. Was wurde das? Wir waren doch nur Freunde, oder? Trotzdem war ich so gebannt von seinen Lippen, die meinen immer näherkamen, dass ich auf Autopilot stellte. Meine Lider flatterten, als ich Miles' Atem in meinem Gesicht spürte.

Unsere Münder trafen aufeinander und in mir passierte … nichts. Kein Kribbeln, kein aus der Kontrolle geratenes Herzklopfen, einfach gar nichts. Es war ein schöner Kuss, aber ich fühlte nichts Romantisches.

Miles schien mein Zögern zu bemerken und zog sich zurück. Anders als ich, strahlte er übers ganze Gesicht. Nein, scheinbar hatte er es nicht bemerkt.

»Du bist der Wahnsinn«, sagte er und strich mir über die Wange. Perplex blinzelte ich, wusste nicht, was ich sagen sollte. Würde ich ihn jetzt vor den Kopf stoßen, wäre es das mit unserer Freundschaft gewesen, oder? Das wollte ich nicht riskieren. Vielleicht war es egoistisch. Vielleicht wollte ich aber auch einfach nur wie jemand sein, der endlich sein Leben in den Griff bekam und Freunde hatte.

»Ich muss gleich los«, erklärte ich und sah mich nach meiner Handtasche um. Irgendwo zwischen meinen Umzugskartons fand ich sie und hängte sie mir um die Schulter. Mir war bewusst, dass ich den Kuss versuchte zu überspielen. »Was hast du heute noch vor?«

»Ach, eigentlich nichts. Vielleicht zocke ich nachher mit meinen Kumpels.«

»Ich wünschte, du könntest mitkommen«, seufzte ich und öffnete die Wohnungstür. Miles tauchte direkt hinter mir auf.

»Du packst das schon!«, ermutigte er mich und schob mich durch die Tür.

Wenn er wüsste, welchen Menschen ich heute wiedersehen würde, hätte er das sicher nicht gesagt.

***

Als ich den Flur des Vereinsgebäudes betrat, war ich sprachlos. Ich hatte definitiv nicht damit gerechnet, lebensgroße Bilder der Fußballspieler zu sehen. Doch der Verein hatte sich ganze Mühe gegeben, um die Spieler der kommenden Saison vorzustellen. Vor einem Bild blieb ich stehen. Ein Stein fiel mir vom Herzen, da mir klar wurde, dass ich heute Abend doch jemanden kannte, mit dem ich sprechen konnte und vor allem wollte! Ich hatte ganz verdrängt, dass ich Spencer und Johnny bereits vor einigen Wochen kennengelernt hatte. Spencer studierte an meiner Uni Kunst und ich hatte ihn für eine Auftragsarbeit engagiert. Johnny war sein Freund und lebte seit einigen Wochen als geouteter Fußballer. Mit der Hilfe von Spencer und seinem Team hatte er diesen mutigen Schritt gewagt. Soweit man den Medien Glauben schenken konnte, war John Sinclair erfolgreicher denn je. Scheinbar konnte er sich vor Modelaufträgen und Werbekampagnen kaum retten. Natürlich freute ich mich für ihn, aber in solchen Situationen wurde mir wieder klar, dass in unserer Gesellschaft einiges schieflief.

Meine Beine trugen mich durch den Gang. Stimmen und leise Musik strömten mir bereits entgegen. Einige Menschen, vorrangig Männer in schicken Anzügen, kamen mir entgegen und versuchten mich einzuordnen. Sie begrüßten mich, aber niemand fragte, wohin ich gehörte.

Unbehagen machte sich in mir breit. Als Kind war ich schon einmal in diesem Gebäude gewesen. Damals waren wir mit der Schule hier, um eine Führung zu bekommen. Es fühlte sich an wie in einem anderen Leben.

Das Veranstaltungsteam hatte Wegweiser an den Türen und Wänden angebracht, damit auch ortsunkundige Besucher sich nicht verlaufen konnten. Je näher ich den Türen zur großen Halle kam, desto unruhiger wurde ich. Die Portraitfotos der Spieler hatte ich weitestgehend ausgeblendet. Bevor ich die Tür öffnete, kribbelte es in meinem Nacken und ich blieb schlagartig stehen. Mein Kopf drehte sich automatisch in die Richtung der Bilder und blieb auf *seinem* Gesicht hängen.

Er hatte sich kaum verändert. Seine Züge waren maskuliner und markanter geworden. Der Blick in seinen Augen war noch immer derselbe wie früher. In meinem Inneren kribbelte es und ich wünschte mir so sehr, dass es schleunigst wieder verschwand. Hiervor hatte ich Angst gehabt. Mein Herz hatte ihn nicht vergessen. Mein Verstand musste ihm klar machen, was ich für diesen Menschen fühlen musste. Nichts anderes als Wut.

Langsam machte ich einen Schritt auf das Bild zu. Jetzt konnte ich das kleine Muttermal über seinem linken Auge erkennen, die Wölbung auf seiner Nase, die ich ihm als Jugendliche gebrochen hatte. Natürlich aus Versehen!

Meine Hand wanderte nach oben. Kurz bevor ich sein Foto berühren konnte, hörte ich Schritte hinter mir. Mein Körper reagierte sofort und ich zuckte zusammen.

»Haben Sie sich verlaufen?«, ertönte die Stimme des Mannes, in den ich einst verliebt gewesen war.

Kapitel 4

Dylan

Mit strammen Schritten folgte ich dem Flur des Vereinsgebäudes. Wegen eines Unfalls auf der Hauptstraße war ich zu spät, aber ich vermutete, dass mich ohnehin niemand vermisste. Meine Kollegen und der Verein kannten mich nicht anders. Ich kam meistens zu spät.

Eigentlich hatte ich absolut keine Lust auf diese Veranstaltung. Vor allem wollte ich diesen dämlichen Anzug loswerden, der an meinen Armen spannte, weil er mir zu klein geworden war. In den letzten Wochen hatte ich härter trainiert, damit ich abends sofort ins Bett fiel. Dabei hatte ich nicht bedacht, dass mir meine Klamotten nicht mehr passen würden.

Die Gesichter meiner Mannschaftskollegen starrten mir von den Leinwänden, die auf dem Gang hingen, entgegen. Keine Ahnung, wer es für eine gute Idee gehalten hatte, unsere Fressen hier aufzuhängen.

Bevor ich mich in die Menschenmenge stürzen konnte, hielt ich inne. Neugierig beobachtete ich die junge Frau, die eigentlich durch die Tür gehen wollte, aber kurzerhand stehen blieb, um sich die Bilder anzusehen. Nicht irgendwelche, sondern meins. Genugtuung machte sich in mir breit.

Wer war diese Frau mit den blauen Haaren? In meinem Kopf versuchte ich sie einzuordnen. Da ich weder ihr Gesicht noch ihr Profil erkennen konnte, hätte sie wirklich jede sein können. Hatte einer von den Jungs etwa eine neue Freundin?

Sie wirkte mit ihrem schwarzen Einteiler elegant auf mich. Als sie ihre Hand nach meinem Bild ausstrecken wollte, wurde ich unruhig. Nein, sie war definitiv keine Freundin eines Kollegen.

Ehe ich sie ansprach, landete mein Blick auf ihrem runden Hintern, der in diesem Kleidungsstück mehr als gut zur Geltung kam.

Sie bemerkte mich erst, als ich hinter ihr stehen blieb.

»Haben Sie sich verlaufen?« Meine Stimme klang kratzig und rau, da ich heute noch kein Wort gesprochen hatte. Die Frau zuckte zusammen, als sie meine Stimme vernahm.

Ungeduldig wartete ich darauf, dass sie sich in meine Richtung drehte, aber sie machte einen Schritt nach rechts und stürmte durch die Tür, ohne mich angesehen zu haben. Perplex sah ich ihr hinterher, fasste mich aber schnell wieder. Ich drückte die Tür auf und ließ meinen Blick durch die Halle schweifen. Unterbewusst hielt ich Ausschau nach einem blauen Haarschopf, konnte ihr allerdings nicht folgen, weil mir meine Kollegen dazwischenkamen.

»Hey, Mann!« Callum erschien mit Ivy an seiner Seite neben mir und tätschelte meine Schulter. »Wo hast du gesteckt?« Call war der Kapitän unserer Mannschaft und auch abseits des Platzes wollte er immer über alles Bescheid wissen. Manchmal ging er mir damit auf die Nerven, aber die meiste Zeit war er ein toller Teamkollege und ein noch viel besserer Freund.

Seine Freundin Ivy umarmte mich zur Begrüßung.

»Auf der Hauptstraße gab es einen Unfall«, erklärte ich und griff nach einem Sektglas, das eine der Bedienungen auf einem Tablet durch die Gegend balancierte.

»Wurde jemand verletzt?«, fragte Ivy mit schockierter Miene.

»Nein, soweit ich weiß, sind alle Beteiligten wohlauf.« Zumindest waren die Menschen am Unfallort nicht von den Sanitätern versorgt worden.

»Gott sei Dank!«

Mit einem Zwinkern stieß ich mit Ivy an, die ebenfalls ein Glas in ihrer Hand hielt.

»Wusstest du, dass sie die Stelle für den Social-Media-Manager vergeben haben? Mal schauen, wer uns demnächst auf Schritt und Tritt verfolgt. Angeblich ist sie heute hier«, schaltete Call sich ein und sah sich um.

»Ach, wirklich?« War es vielleicht die Frau, die vor mir geflüchtet war? »Habt ihr zufällig eine Frau mit blauen Haaren vor mir hereinkommen sehen?»

»Meinst du sie?« Ivy deutete mit ihrem Finger Richtung Bühne.

Da war sie. Sie stand mit dem Rücken zu mir an einem Stehtisch, zusammen mit Spence und Johnny. Spence sagte etwas, woraufhin ihre Schultern vor Lachen bebten. Kannten sie sich?

»Entschuldigt mich bitte!« Damit drückte ich Call mein Glas in die Hand und ging auf die Unbekannte zu.

»Hey Dylan!«, begrüßte mich Spence noch bevor ich bei ihnen ankam. Wieder versteifte sie sich und senkte ihren Blick. Was zur Hölle war ihr Problem?

»Wir haben gerade mit eurer neuen Social-Media-Managerin gesprochen. Dylan, das ist Brie. Brie, das ist Dylan.« Spencers Worte hallten in meinem Kopf, als befände sich dort nichts weiter als ein leerer Raum. Ich starrte *Brie* an, die langsam ihren Kopf hob, um mich anzusehen. Ihre Wangen waren gerötet und ihr Mund zu einer schmalen Linie zusammengepresst. In ihren Augen spiegelte sich eine Vertrautheit wider, die ich lange Zeit nicht gesehen hatte. Erinnerungen strömten auf mich ein, mein Inneres zog sich dabei schmerzhaft zusammen und ich ballte die Hände zu Fäusten. In mir brodelte es. Es stand außer Frage. Sie war es. Meine Brianna.

»Ähm … Erde an Dylan!« Spencer wedelte mit seiner Hand vor meinem Gesicht herum, die ich gedankenverloren wegschob. Meine Aufmerksamkeit lag ganz auf Brianna, die mich ansah, als würde sie mir jeden Moment einen Tritt in die Eier verpassen. Höchstwahrscheinlich würde ich mich nicht einmal wehren, denn waren wir mal ehrlich, das hätte ich verdient gehabt.

»Ich gehe mal weiter«, kündigte sie an und winkte Spence und Johnny zu, die verwirrt zwischen uns her guckten.

»Moment!« Sie hörte nicht auf mich und machte auf dem Absatz kehrt. Eilig lief ich ihr nach. »Brie, bleib stehen!« Meine Stimme war laut, zu laut und zu herrisch. Es zeigte jedoch Wirkung und sie drehte sich um.

»Was willst du von mir?«, fauchte sie. Mein Gott, wann hatte ich sie das letzte Mal gesehen? Es war fast zehn Jahre her. Sie war noch immer so schön wie früher. Ihre grünen Augen standen in einem starken Kontrast zu ihrem blauen Haar, das eigentlich dunkelblond war. Mein Blick wanderte über ihr Gesicht, ihre vollen Lippen und ihren Hals. An ihrem linken Schlüsselbein blieb er hängen. Dort hatte sie sich einen blauen Schmetterling tätowieren lassen. Eine dunkle Erinnerung schoss durch meine Gedanken, die mein Herz schneller schlagen ließ.

»Meine Augen sind hier oben, Dylan! Was hast du mir zu sagen?!«

»Was machst du hier?«, wollte ich wissen.

»Na was wohl? Du hast es doch gehört. Ich arbeite jetzt hier. Hast du ein Problem damit?«

»Was ist … was ist mit deinem Plan passiert?« Brie schnaubte und verdrehte dabei die Augen. Mein schlechtes Gewissen meldete sich zu Wort und mein Magen verkrampfte sich. Mit vor der Brust verschränkten Armen versuchte ich diese Gefühle hinter Verschluss zu halten. Weil ich mich schämte, wollte ich nicht, dass sie davon erfuhr. Warum? Keine Ahnung.

»Willst du mich verarschen, Dylan?« Sie wollte gerade nach dem Türknauf greifen, da zog ich sie an ihrem Oberarm zurück.

»Du hast dich kein bisschen verändert«, sagte ich und konnte dabei nicht verhindern, dass ein Lächeln an meinem Mundwinkel zupfte.

»Aber du hast dich verändert. Aus einem riesigen Arschloch, wurde ein noch größeres. Und jetzt verpiss dich«, keifte sie und verschwand hinter der Tür. Das hatte gesessen.

In meine Gedanken vertieft suchte ich mir in der hinteren Ecke der Halle ein Plätzchen, um mich zu setzen. Die Begegnung mit Brie musste ich erst einmal verdauen. Würden wir uns ab sofort wirklich jeden Tag sehen müssen?

So richtig konnte ich mich nicht auf die Veranstaltung konzentrieren. Der Coach, Callum und der Vorstand hielten eine Rede nach der anderen. Der offizielle Teil war am letzten Programmpunkt angelangt, da ergriff Samantha das Mikrofon. Neben ihr tauchte Brie auf, die nervös in die Menge blickte.

Samanthas Stimme ertönte über die Lautsprecher.

»Hallo zusammen«, begann sie. »Ich möchte euch heute eine neue Mitarbeiterin vorstellen. Brianna Hogan wird in Zukunft für den Social-Media-Auftritt der Mannschaft verantwortlich sein. Sie hat eine ganz besondere Beziehung zum Fußball. Möchtest du ein bisschen davon erzählen, damit wir dich kennenlernen können, Brianna?« Strahlend überreichte sie Brie das Mikrofon, die aussah, als würde sie jeden Moment von der Bühne flüchten. Ihre Hand zitterte, als sie es ergriff.

»Ähm … hi«, stammelte sie. Die Menschen im Raum murmelten eine Begrüßung. »Ich bin Brie, und Samantha hat eigentlich schon alles gesagt. Bevor Sie sich langweilen, mache ich es kurz. Ich bin nicht nur hier, weil ich mich mit Social Media auskenne, sondern weil ich Fußball liebe. Mir wurde als kleines Kind beigebracht, wie toll es sein kann, zu einem Team zu gehören, wie schön es ist, auf dem Feld zu stehen und dem Ball hinterher zu jagen.« Sie hielt inne und suchte meinen Blick. Die Schuldgefühle in meinem Inneren, die ich vor Jahren erfolgreich verschlossen und angekettet hatte, wollten sich befreien, als sich ihre Traurigkeit auf mich projizierte. Sie fing sich wieder und fokussierte ihre Aufmerksamkeit auf die Menschenmasse.

»Eigentlich wollte ich selbst Fußballerin werden, aber ein Schicksalsschlag machte es mir unmöglich. Tja, und jetzt bin ich hier.« Alle in diesem Raum hingen gebannt an ihren Lippen. So war es schon immer gewesen. Brie brauchte ihre auffällige Haarfarbe nicht, um gesehen zu werden. Wenn sie sprach, war sie der Mittelpunkt von allem. Es machte mir Angst, dass es sich anfühlte, als lägen zwischen unserer letzten Begegnung und heute keine zehn Jahre, sondern wenige Tage.

Meine Kollegen klatschten und Samantha bedankte sich bei Brie, die vorsichtig die Treppen hinunterstieg.

»Damit haben wir den offiziellen Teil des Abends hinter uns gebracht. Nun beginnt der freudige Part. Der DJ steht bereits in den Startlöchern!«

Als wäre Brie ein Magnet, zu dem ich mich hingezogen fühlte, stand ich kurze Zeit später erneut neben ihr. Sie war gerade in ein Gespräch mit Ivy vertieft. Die beiden fachsimpelten über irgendeine Bearbeitungs-App, die ich nicht kannte.

»Hi Dylan«, begrüßte Ivy mich. Brie ignorierte meine Anwesenheit.

»Ivy, würdest du Brie und mich kurz allein lassen?«, bat ich sie höflich.

»Nein!«, schaltete sich Brie ein. »Wir sind mitten in einem Gespräch.«

Ivy war die Verwirrung ins Gesicht geschrieben, aber zum Glück kam Call zu uns, um seine Freundin zum Tanzen aufzufordern.

»Kannst du mich bitte in Frieden lassen?« Brie war verärgert, aber das war ich auch. Warum konnten wir keine normale Konversation miteinander führen?

»Wird schwierig, wenn du jetzt hier arbeitest.«

»Niemand hat gesagt, dass ich in deiner Nähe sein muss.«

»Du sollst aber das ganze Team begleiten und da bin ich nun einmal ein Teil von.«

»Dylan, tu mir einfach einen Gefallen und lass mich in Ruhe. Keine Ahnung, was du gemacht hast, bevor ich hier aufgetaucht bin, aber mach einfach weiter damit. Du wirst sicher jemand anderen mit deiner Aufmerksamkeit beglücken können«, stöhnte sie und wich meinem Blick dabei aus.

»Ich könnte dich auch beglücken, wenn du nur wollen würdest«, sagte ich und mir entging dabei nicht, dass sich ihre Wangen rot färbten.

»Du bist unausstehlich!«

»Und du bist die gleiche Zicke wie früher«, brummte ich, mittlerweile ziemlich frustriert, weil ich bei ihr gegen eine Mauer nach der anderen stieß.

»Frag dich mal wieso, Mister Superschlau. Ich will nicht mit dir reden!«

»Das hört Samantha sicher nicht gerne«, ärgerte ich sie, woraufhin sie mir bedrohlich nahekam.

Brie war einen Kopf kleiner als ich und musste zu mir hinaufsehen. »Das machst du mir nicht kaputt, Dylan Fraser. Nicht das auch noch!«

Ich wusste, dass Brie ein gefasster Mensch war, aber ihre Emotionen kochten über, als sie an unsere Vergangenheit dachte. »Du machst es dir selbst kaputt, wenn du nicht in der Lage bist mit deinem Arbeitskollegen zu reden.«

Brie verschränkte die Arme vor der Brust und musterte mich. »Sei doch einfach froh, dass ich nichts mit dir zu tun haben möchte. Ich schwöre dir, dass es für dich nicht gut ausgeht, wenn ich dich in Zukunft für Social Media einfange.«

»Ist das eine Drohung?«, feixte ich.

Bevor Brie antworten konnte, erschien Samantha neben uns, die Brie unserem Vorstand vorstellte. Zwar war ich manchmal ein Arschloch, aber ein so großes Ungeheuer war ich auch wieder nicht. Ich wollte Brie den Start in unserem Verein nicht erschweren, darum ließ ich die drei allein und zog mich zurück.

Aufs Tanzen hatte ich vorerst keine Lust, also gesellte ich mich an die Biertheke und bestellte mir ein Alkoholfreies. Während ich einen Schluck nahm, beobachtete ich Brie dabei, wie sie sich mit den Vereinsmitgliedern unterhielt. Gefühle aus vergangenen Zeiten brodelten in meinem Körper, aber ich versuchte sie zu unterdrücken. Diese Situation erinnerte mich daran, dass ich schon als Teenager unsagbar stolz auf sie gewesen war, wenn sie etwas tat. Egal was, ich war stolz auf sie. Es hatte sich alles, aber auch nichts verändert.

Keine fünf Minuten vergingen und meine Einsamkeit wurde unterbrochen.

»Guten Abend, Mister Fraser«, hörte ich eine vertraute, feminine Stimme neben mir. »Warum sind Sie allein hier?«

Noch immer waren meine Augen auf Brie fixiert, als ich einen Schluck aus meinem Glas nahm und ihr anschließend antwortete.

»Die Frage sollte ich Ihnen stellen. Wo ist der Coach?« Ich richtete meine Aufmerksamkeit auf sie.

Angeline, die Frau unseres Trainers, hob verschwörerisch eine Augenbraue.

»Sie kennen ihn doch. Vermutlich besser als ich. Er muss Gespräche führen und ich stehe daneben. Es ödet mich an!« Ihre rot geschminkten Lippen verzogen sich zu einem gequälten Lächeln.

»Umso schöner ist es, dass Sie mir Gesellschaft leisten möchten. Wollen Sie etwas trinken?« Bevor ich den Arm heben konnte, um den Barkeeper zu uns zu rufen, winkte sie ab.

»Nein, nein. Ich habe genug intus.« Mit einem anzüglichen Ausdruck flog ihr Blick über meinen Körper. Angeline war schon immer so gewesen und es machte mir ehrlich gesagt nichts aus. Sie war eine sehr nette Ablenkung von dem stressigen Alltag. Plötzlich verspürte ich den Drang, mit dieser Frau zu tanzen. Vielleicht um die Aufmerksamkeit einer anderen zu erregen.

»Wollen Sie tanzen?«

»Da sage ich doch nicht nein«, flötete sie und nahm meine Hand, die ich ihr entgegenstreckte. Angeline war die Freundin unseres Coaches, aber jeder aus dem Team wusste, dass die beiden nichts Ernstes miteinander hatten. Nicht umsonst brachte er Angeline nur mit, wenn es um die Presse ging. Plauderten wir mal über Privates, erwähnte er ihren Namen nie. Deshalb hatte ich auch kein schlechtes Gewissen, wenn ich mit ihr flirtete.

Ich geleitete sie auf die Tanzfläche, auf der bereits einige Paare eng umschlungen und ausgiebig tanzten. Angeline legte mir ihre Arme um den Hals und schmiegte sich an mich. In der Zwischenzeit entging mir nicht, dass Brie uns beobachtete. Genau das, was ich gewollt hatte. Sie hob sich gerade ein Sektglas an ihre Lippen, als unsere Blicke aufeinandertrafen. Sofort verzogen sich ihre Gesichtszüge und sie wirkte getroffen, als würde es ihr weh tun, mich zu sehen, mich überhaupt in ihrer Nähe zu wissen.

Angeline bemerkte, dass meine Aufmerksamkeit nicht länger ihr galt, und drehte uns so, dass ich Brie aus meinem Blickfeld verlor.

Wir tanzten eine gefühlte Ewigkeit. Angeline flirtete, was das Zeug hielt, machte mir Komplimente und legte ihre Hand auf meine Brust.

Mein Zeitgefühl hatte ich bereits nach drei Songs verloren und wollte Angeline gerade um eine kurze Pause bitten, da tauchte Bries blauer Haarschopf neben uns auf. An der Hand hatte sie Ambrose, unseren Torwart. Er war sogar noch größer als ich, deshalb gaben die beide eine witzige Kombination ab.

»Robert kommt! Danke für den Tanz, Dylan«, hauchte Angeline mir entgegen und streichelte mir noch einmal über meinen Oberarm, ehe sie mich verließ.

Brie beäugte uns und verdrehte die Augen, als sie registrierte, dass ich sie beim Starren erwischt hatte. Täuschte ich mich oder waren ihre Augen glasig? Wie viele Gläser hatte sie getrunken? Ich wusste nicht, wie Brie auf Alkohol reagierte. Damals waren wir noch zu jung und Brie die Anständige von uns beiden gewesen. Der Sport ging immer vor, weshalb sie nie, wirklich nie Alkohol getrunken hatte. Manchmal wünschte ich mir, so zu sein, wie sie es war.

Diese Erkenntnis jagte eine Gänsehaut über meinen Körper. Es hatte sich wirklich nichts verändert.

Mit schweren Schritten verließ ich die Tanzfläche und lehnte mich an eine freie Wand.

»Kennt ihr euch?« Callum stand plötzlich mit einem Bier in der Hand neben mir. Zusammen beobachteten wir Brie und Ambrose dabei, wie sie Spaß hatten. Die ganze Zeit klebte dieses dämliche Grinsen in Ambrose' Gesicht, was Brie scheinbar richtig bezaubernd fand.

»Wir waren damals beste Freunde«, bestätigte ich seine Vermutung und konnte meine Aufmerksamkeit nicht von ihr abwenden. »Sie hat mir mal sehr viel bedeutet.«

»Hat? So wie du sie anschaust, bedeutet sie dir noch immer eine Menge!«

»Nein, da sind keine Gefühle mehr. Wir waren damals Kinder. Obwohl ich vieles an ihr wiedererkenne, ist sie eine Fremde für mich.« Ein Knoten setzt sich in meinem Magen fest. Das war eine verdammte Lüge, aber irgendwie musste ich mich und meine Seele beschützen.

»Wenn du das sagst…«

Einen kurzen Moment dachte ich über Calls Worte nach, aber meine

Meinung blieb die gleiche. Wir hatten uns seit Ewigkeiten nicht mehr gesehen – woher sollte ich wissen, dass in ihr drin noch immer die Brie von früher war? Schließlich lag der Dylan aus der Vergangenheit auch unter schweren Problemen begraben.

Seit unserem letzten Zusammentreffen hatte auch ich mich verändert. Den kleinen Jungen, der alles für seine Freundin tun würde, gab es nicht mehr. An seiner Stelle war ein Typ, der niemanden mehr brauchte, außer den Sport und sich selbst.

Kapitel 5

Brie

Es ärgerte mich, dass mir das Zusammentreffen mit Dylan so viel ausmachte. Der Vereinsabend war vor drei Tagen gewesen und bis heute war keine Minute vergangen, in der ich nicht an ihn und unsere Zeit, als alles viel besser gewesen war, gedacht hatte. Warum beherrschte ich diesen kühlen Blick, den Dylan draufhatte, nicht? Obwohl er wirkte, als würde er mich herausfordern wollen, hatte er schnell aufgegeben. Nach meinem Tanz mit Ambrose konnte ich ihn nirgends finden. Mein Alkoholpegel war an einer Stelle angekommen, an der ich mich ernsthaft mit ihm unterhalten hätte. Vielleicht war es aber auch besser gewesen, nicht mit ihm geredet zu haben. Das war schließlich von vornherein mein Plan gewesen. So wenig Zeit wie möglich mit Dylan zu verbringen. Unglaublich, dass ich das beinahe an Tag eins über Bord geworfen hätte!

Woher hätte ich aber ahnen können, dass der liebe, süße Junge von früher zu einem Mann geworden war, der attraktiv war und aussah, als würde er geradewegs aus dem Sommerurlaub kommen? Schon damals war er braun gebrannt gewesen, aber so wie er heute erschien, verschlug es mir regelrecht die Sprache. Ich war nie der Typ gewesen, der sich an Oberflächlichkeiten ergötzte, aber eins musste ich Dylan lassen. Er sah verdammt gut aus. Das Problem dabei war, dass er das selbst wusste. Er war diese Art Mann, dem klar war, welche Knöpfe er zu drücken hatte. Wenn ich mich daran erinnerte, wie herrisch seine Stimme geklungen hatte, als er mit mir hatte sprechen wollen, erzeugte das eine Gänsehaut auf meinen Armen. Der junge Dylan hätte niemals so mit mir gesprochen. Er war viel zurückhaltender gewesen, er hatte mir jeden Wunsch von den Lippen abgelesen, wir waren eine Einheit gewesen, die man nur schwer trennen konnte. Noch heute machte es mich traurig, dass ausgerechnet er es war, der unserer Freundschaft ein Ende gesetzt hatte. In unserer Jugend gab es einen Moment, der unsere Beziehung verändert hätte, wenn wir dem nachgegangen wären. Ein Kuss, der uns zu mehr gemacht hätte, aber danach war alles anders gekommen.

Natürlich lebte ich nicht hinter dem Mond und wusste, zu welchem Mann sich Dylan entwickelt hatte. Aber es mit eigenen Augen zu sehen und zu hören, war noch einmal ein ganz anderes Erlebnis.

Der Unfall hatte es zwar geschafft, dass ich nie wieder spielen konnte, aber nicht, dass ich mich überhaupt nicht mehr für Fußball interessierte. Ich hatte jedoch eine große Baustelle, die ich irgendwie zu bewältigen versuchte. Fußballspiele, an denen Dylan beteiligt war, konnte ich mir nicht ansehen. Ich ertrug es nicht, den Mann, der mir meine Träume versaut hatte, seine Träume leben zu sehen. Es war unfair, dass er das alles haben konnte und ich am Spielfeldrand stehen musste. Im wahrsten Sinne des Wortes.

Diesen Job angenommen zu haben, sollte für mich eine Art innerer Heilungsprozess werden. Wenn ich es nur schaffen würde, ein komplettes Match zu sehen, ohne in Tränen auszubrechen, weil ich an meine zerplatzte Karriere dachte, würde es mit Sicherheit bergauf gehen. Zumindest redete ich mir das ein. Fakt war, dass es schwer werden würde. Die nächsten Wochen bedeuteten nach einer Menge Arbeit für mich. Ich war gerade dabei, meine neuen Vorhänge anzubringen, als es an der Tür klingelte. Wer könnte das sein? Miles war arbeiten und ansonsten kannte ich nicht viele Menschen, die mich besuchen würden. Mum konnte es nicht sein, sie wusste nicht einmal, wo ich überhaupt wohnte.

»Hey!«, riefen mir Ivy und Spence entgegen, als ich skeptisch die Tür öffnete.

»Was macht ihr denn hier?«

»Wir dachten du brauchst ein paar Geschenke für deine neue Junggesellen-Bude«, meinte Spence und überreichte mir eine riesige Geschenktüte. Mein Herz klopfte schneller und ich war wirklich gerührt von dieser Geste. Wann hatte ich das letzte Mal ein Geschenk von Freunden bekommen?

»Kommt erst einmal herein«, bat ich sie und ließ sie eintreten.

Meine neuen Freunde machten es sich auf dem Sofa gemütlich und gaben einige liebe Komplimente zu meinem Einrichtungsstil ab. Das machte mich glücklich. Trotz meiner mangelnden Freundschaften freute ich mich, wenn meine Gäste sich bei mir wohl fühlten.

Unter neugierigen Blicken öffnete ich die Geschenktüte und prustete los. »Was zur Hölle ist das denn?«

Ivy und Spence hatten mir eine Klorollenhalterung in der Form eines Dinosauriers geschenkt. Darunter verbarg sich außerdem ein Pizzaschneider, der aussah wie ein Fahrrad. Ich holte beide Gegenstände aus der Tasche und betrachtete sie.

»Danke! Damit habt ihr meinen Haushalt wirklich bereichert!«

»Wir wussten doch, dass du ein verrückter Typ bist«, meinte Spence, woraufhin Ivy eifrig nickte.

»Ich hoffe es ist okay für dich, dass wir hier einfach so aufgetaucht sind, aber Dylan hat uns erzählt, dass …«

Ich konnte sie nicht aussprechen lassen und unterbrach sie. »Dylan hat was erzählt?«

Spence' Gesichtsausdruck ließ vermuten, dass die beiden sich vorher abgesprochen hatten, dass sie Dylan eigentlich nicht hatten erwähnen wollen.

»Nun, er hat erzählt, dass es dir vielleicht nicht gut gehen könnte«, verriet Ivy.

Ein Schnauben entfuhr mir. Was bildete er sich ein?

»Sei bitte nicht sauer, Brie. Wir mögen dich und haben uns einfach nur gedacht, dass Dylan etwas wissen könnte, damit wir dich besser kennenlernen können, ohne etwas falsch zu machen«, erklärte Spence vorsichtig.

»Das ist wirklich lieb von euch, Leute. Aber ihr müsst mich nicht mit Samthandschuhen anfassen. Außerdem könnte Dylan euch nicht einmal erzählen, was los ist. Schließlich haben wir uns vor drei Tagen das erste Mal seit fast zehn Jahren gesehen. Er kennt mich nicht.«

Beide nickten verständnisvoll.

»Woher kennt ihr euch?«, wollte Ivy wissen. »Nur, wenn du darüber sprechen möchtest, natürlich.«

Sollte ich ihnen davon erzählen? Leider kannte ich sie noch nicht gut genug, aber allein die Tatsache, dass sie heute hier waren, um nach mir zu sehen und mich kennenzulernen, musste doch etwas bedeuten, oder?

Also setzte ich mich mit aufs Sofa und gab ihnen eine kleine Zusammenfassung von dem, was passiert war, ohne näher ins Detail zu gehen.

»Mein Dad war damals der Trainer unserer Schulmannschaft und der

Meinung, dass Frauen nichts mit Fußball am Hut haben sollten«, fing ich an, woraufhin Spence bereits das erste Mal seufzte. »Ich wollte so gerne ein Teil seiner Mannschaft werden, aber er erlaubte es mir nicht. Also habe ich nach dem Unterricht, während die Jungs trainiert haben, einfach von den Tribünen aus zugesehen. Eines Tages hat Dylan mich dort entdeckt und mich gefragt, warum ich nicht mitspiele. Nachdem ich ihm erklärt hatte, dass mein Dad das nicht wollte, fing er an, nach seinem Training zusammen mit mir zu spielen und mir Taktiken beizubringen. Seitdem wollte ich nichts anderes, als selbst Fußballerin zu werden. Mit vierzehn hatte ich einen schweren Unfall. Ich kann nicht gut darüber reden, aber das war der Moment, der alles zerstört hat.«

Ivy und Spence sahen mich mitfühlend an, aber das war nicht das, was mich störte. Es war der Punkt, dass ich nicht in der Lage war, zu erzählen, was wirklich passiert war. Warum konnte ich nicht einfach zugeben, wie Dylan dazu beigetragen hatte, dass ich nun in dieser Situation steckte? Er war einer der Gründe, warum mein Leben wie ein Kartenhaus zusammengefallen war. Warum schützte ich ihn noch immer? Nach allem, was geschehen war, konnte ich ihn nicht ans offene Messer liefern. Und das, obwohl er mich nach dem Unfall im Stich gelassen und verraten hatte.

Nein, ich war besser als das und würde Dylan vor seinen Freunden nicht schlecht reden. Mit zusammengepressten Lippen nickte ich nur, um mein Gesagtes nochmal zu bestätigen und nicht wieder in Tränen auszubrechen.

»Du bist eine starke Frau, Brie. Lass dir das bitte von niemandem ausreden«, bekräftigte mich Ivy und legte ihre Hand auf meinen Unterarm. Tränen brannten in meinen Augen, weil ich es nicht gewohnt war, von einer Freundin so berührt zu werden, geschweige denn, so etwas von ihr zu hören.

»Danke«, flüsterte ich und unterdrückte das Bedürfnis, sie in den Arm nehmen zu wollen. Damit würde ich eindeutig eine Grenze überschreiten.

»So, genug Trübsal geblasen. Was hattest du heute vor?« Spencer sprang vom Sofa auf und klatschte energisch in seine Hände.

»Eigentlich wollte ich bloß die Wohnung auf Vordermann bringen und heute Abend baden gehen. Morgen ist mein erster Arbeitstag. Da möchte ich ausgeruht sein.«

»Na dann ist es gut, dass wir vorbeigekommen sind. Wir helfen dir!«, sagte Spencer und schnappte sich den Besen, der noch neben der Tür stand.

Wir arbeiteten den gesamten Nachmittag Hand in Hand. Ivy hatte sich um die Kartons mit meinen Küchenutensilien gekümmert und alles eingeräumt. Spencer hingegen hatte meine Bilderrahmen aufgehängt und einige Regale an die Wände montiert. Am Abend sah meine Wohnung so wohnlich und einladend aus, dass ich tatsächlich Lust auf die Planung einer Einweihungsparty bekam.

Das Wohnzimmer war mit Abstand mein Lieblingsraum. An der rechten Wand stand ein gemütliches olivfarbenes Sofa mit einer Sammlung Kissen und einer sandfarbenen Tagesdecke. Über der Sitzmöglichkeit hatte Spence zwei Regalbretter angebracht, auf die ich einige Bilder gestellt hatte. In den nächsten Tagen musste ich unbedingt in den Baumarkt und mir in der Gartenabteilung einige Pflanzen bestellen. Schon als ich bei meiner Mum gewohnt hatte, fehlten sie mir. Mum hatte keinen grünen Daumen und war der Meinung, dass auch ich keinen hatte. Blumen und Pflanzen machten das ganze irgendwie gemütlicher. Unter dem kleinen Tisch lag ein moosgrüner, kuscheliger Teppich. Gegenüber vom Sofa befand sich eine dunkelbraune Kommode, die ich über eine Secondhand-App ergattert hatte. Darauf stand mein Fernseher, der gerade eine Folge von *Gossip Girl* zeigte. Zum ersten Mal in meinem Leben fühlte ich mich wie in einem richtigen Zuhause.

»Sag uns Bescheid, wenn du noch etwas brauchst«, meinte Ivy zum Abschied und nahm mich tatsächlich in den Arm. Ich genoss ihre Nähe und auch Spencers Umarmung brachte eine angenehme Wärme in mein Herz. Es fühlte sich gut an, Menschen um mich zu haben, die mich schätzten und mochten.

»Danke für eure Hilfe. Ohne euch würde es noch nicht so schön hier aussehen«, bedankte ich mich und ließ die beiden nur schweren Herzens gehen. Es war wirklich ein wunderschöner Tag, der eindeutig zu kurz gewesen war.

Nachdem die beiden gegangen waren, ging ich in mein Badezimmer, drehte den Wasserhahn der Badewanne auf und band meine Haare zu einem unordentlichen Knoten zusammen. Danach entledigte ich mich meiner Kleidung und kletterte mit einem wohligen Seufzen in die Wanne.

Der Schaum berührte mein Dekolleté und berührte mit meinen Fingern den Schmetterling, der mein linkes Schlüsselbein zierte. Gedankenverloren legte ich meine rechte Hand auf die Stelle und schloss die Augen.

Dieses Tattoo bedeutete mir viel und obwohl ich Dylan für das, was geschehen war, hasste, war er ein Teil von mir, meiner Vergangenheit und diesem Tattoo. Meine Mutter hatte mir gesagt, dass ich es bereuen würde, mir etwas unter die Haut stechen zu lassen, was mich tagtäglich an ihn erinnern würde, aber die Wahrheit war, dass ich nicht an den Dylan von heute dachte, wenn ich den Schmetterling sah. Ich musste an all unseren unzähligen Trainingseinheiten denken, unsere lustigen Filmabende, den Tag im Schmetterlingspark. Das waren Erinnerungen, die ich nicht missen wollte und die mich zu dem Menschen gemacht hatten, der ich heute war. Es gab viele gute Tage in meinem Leben, die nach dem Unfall immer weniger geworden waren. Dieser blaue Schmetterling erinnerte mich daran, dass es bessere Zeiten gegeben hatte und dass solche Tage wiederkehren könnten.

Mein Handy vibrierte auf dem Hocker neben der Wanne und holte mich ins Hier und Jetzt zurück. Ich griff danach und las die Nachricht von Miles, die eingegangen war.

Hast du dich gut eingelebt? Wann sehen wir uns wieder?

Miles

Anders als erwartet, fing mein Herz nicht an schneller zu schlagen, obwohl ich es mir wirklich wünschte. Der Kuss zwischen Miles und mir hätte etwas auslösen müssen. Warum fühlte ich nichts? War ich vielleicht nicht in der Lage, mich zu verlieben? Schließlich war Miles attraktiv, gutaussehend und ein wirklich lieber Mensch. Wenn er nicht gewesen wäre, hätte ich weder den Job noch diese Wohnung.

Weil ich nicht wusste, was ich Miles antworten sollte, schloss ich den Chat. Ab morgen würde ich arbeiten müssen und hatte nicht mehr so viel Zeit. Bevor ich nicht wusste, wie meine nächsten Tage aussehen würden, wollte ich ihm kein Treffen zusagen. Hinterher würde ich ihn nur enttäuschen.

Stattdessen öffnete ich *Instagram* und bestätigte die beiden Anfragen von Ivy und Spencer. Sie hatten sehr kreative Profile mit ästhetischen Bildern und ich schenkte einigen davon ein *Gefällt mir*. Wie automatisch klickte ich mich durch verschiedene Profile und landete kurzerhand auf dem von

Dylan. Das hatte ich noch nie getan und ein bitteres Gefühl machte sich in mir breit. Es war fast so, als würde ich mich selbst verraten.

Nervosität und Angst breiteten sich in meinem Inneren aus. Was würde mich auf seinem Account erwarten? Frauen, Partys, Ekstase? Nein, schließlich hatte er eine Vorbildfunktion. Trotzdem machte er kein Geheimnis daraus, dass er verdammt viel Geld hatte. Das zeigten die Aufnahmen, die ihn auf verschiedenen Yachten und an Stränden zeigten. Es versetzte mir merkwürdigerweise einen Stich, dass auf vielen Fotos, genau wie ich vermutet hatte, Frauen zu sehen waren, die sicherlich mal für *Victoria's Secret* gelaufen waren. Je weiter ich zurück scrollte, je näher kam ich dem Jungen, der mir damals unfassbar viel bedeutet hatte. Bis dahin war allerdings viel passiert. Immer wieder tauchten Fotos von ihm auf, wie er auf Partys war, im Urlaub, eine *Rolex* in die Kamera hielt oder in seinem Trikot auf dem Feld stand.

Was war aus dir geworden, Dylan?

Das erste Foto, was er je gepostet hatte, war vor vielen Jahren und zeigte eine jüngere Version von sich. Sein jungenhaftes Lächeln strahlte mir entgegen und ich erlaubte mir ebenfalls zu grinsen. Auf dem Foto trug er das Trikot der Schulmannschaft.

Das war der Dylan, in den ich verliebt gewesen war, es ihm aber nie gesagt hatte. Normalerweise erlaubte ich mir diese Gedanken nicht, aber ich fragte mich, ob es anders gekommen wäre, wenn ich ihm meine Gefühle gestanden hätte. Als Teenager hatte ich nicht einschätzen können, ob Dylan mehr für mich empfand als unsere intensive Freundschaft. Nach unserem ersten Kuss, der mehr oder weniger aus Versehen passiert war, hatte er sich schlagartig verändert, als hätte er regelrecht Angst vor mir gehabt. Bevor ich mir weitere Beiträge auf seinem Profil ansah, erschien im obigen Bildschirm eine Benachrichtigung. Mir wurde schlecht und mein Herz fing an schneller zu schlagen, als ich seinen Namen sah.

Dylan hatte mir eine Anfrage geschickt, um mir zu folgen. Was dachte er sich nur dabei? Ohne zu zögern, öffnete ich sie und klickte auf *Ablehnen*.

Nur, weil wir zwangsläufig Zeit miteinander verbringen mussten, hieß das nicht, dass er wieder mein Freund werden würde.

Bessere Zeiten würden sicherlich kommen, aber ich wollte nicht, dass er ein Teil davon war. Er hatte genug Schaden in meinem Leben angerichtet.

Kapitel 6

Dylan

Heute würde sie zum ersten Mal beim Training dabei sein. Sie würde mich nach fast zehn Jahren wieder spielen sehen. Brie hatte so abweisend auf mich reagiert, deshalb glaubte ich nicht, dass sie sich meine Spiele in den letzten Jahren angesehen hatte. Höchstwahrscheinlich würde sie mich meiden, aber ich konnte es nachvollziehen. Gerade deshalb war mir schleierhaft, warum sie ausgerechnet diesen Job angenommen hatte. Brie war nicht dumm. Sie wusste, dass sie mich jeden Tag würde ertragen müssen. Dass ich mal aufgeregt zum Training ging, war in den letzten Jahren zu einer Seltenheit geworden. Heute fühlte ich mich allerdings eigenartig. Schon morgens verspürte ich einen leichten Druck in meiner Brust, sobald ich daran dachte, Brie wiederzusehen.

Ich redete mir ein, dass ich mich nicht wegen ihr vor dem Training geduscht, meine Haare gestylt und mit Parfüm eingesprüht hatte. Das war eindeutig nicht der Dylan, zu dem ich in den letzten Jahren geworden war. Das jagte mir Angst ein und machte mich wütend. Niemand durfte eine solche Kontrolle über mich haben, das hatte ich schließlich in der Vergangenheit gelernt.

Als ich auf dem Trainingsgelände ankam, waren meine Kollegen schon dabei, sich aufzuwärmen. Mist, ich war schon wieder zu spät!

»Dylan, du bist schon wieder spät dran. Du hast hier keinen Freifahrtschein«, schimpfte Coach Jenkins, als er mich auf den Rasen trotten sah.

Ich hielt währenddessen Ausschau nach Brie, die am Rand auf der Bank saß und auf ihrem Handy herumtippte. Es fühlte sich falsch an, sie in einem Trainingsanzug zu sehen, ohne dass sie selbst auf dem Feld stand, um zu spielen. Und das war meine Schuld.

»Kommt nicht wieder vor, Coach«, versprach ich, wusste aber genauso wie Jenkins, dass sich dieses Versprechen in den Sand verlaufen würde.

»Kann ich kurz mit Brie sprechen?«, fragte ich vorsichtig. Er brummte bloß und ich nahm das als ein »Ja«. Also trabte ich auf Brie zu, die den Kopf anhob, als sie meine Schritte hörte.

Da die Sonne auf den Platz schien, kniff sie die Augen zusammen und schirmte sie mit ihrer Hand ab. Als sie mich erkannte, verdrehte sie die Augen und richtete ihre Aufmerksamkeit wieder auf ihr Smartphone.

»Hey«, grüßte ich sie, aber sie reagierte nicht. »Wie war dein Tag mit Spence und Ivy?« Brie versteifte sich und hörte auf, an ihrem Handy zu arbeiten.

»Ich brauche deine Hilfe nicht, um Freunde zu finden.«

»Das habe ich auch nicht geglaubt. Ich wollte nur nicht, dass dir der Einstieg hier wegen … mir schwer fällt.« Warum stammelte ich herum wie ein Idiot, der sich nicht ausdrücken konnte?

Brie seufzte und stand auf, um mich anzusehen. Ihre blauen Haare hatte sie zu einem Knoten zusammengebunden, der in der Sommersonne schimmerte.

»Pass mal auf, Dylan. Wir beide hatten eine gemeinsame Vergangenheit, das ist richtig. Nur weil ich jetzt hier bin, heißt das nicht, dass ich Lust habe, diese Vergangenheit wieder aufleben zu lassen. Du und ich, wir haben keine Gemeinsamkeit, außer, dass wir hier für diesen Verein arbeiten. Egal, was du glaubst, über mich zu wissen, stimmt nicht. Du und ich, wir funktionieren zusammen nicht. Egal in welcher Konstellation. Ich hoffe, dass du das in Zukunft respektierst und mich in Ruhe meine Arbeit machen lässt!« Wir starrten uns an, während das Gesagte über meine inneren Narben kratzte und sie aufriss.

Ich brauche Brie nicht. Das war ein Mantra, das ich mir vor Jahren immer wieder eingebläut hatte. Nun zu hören, dass ihr das scheinbar so leichtfiel, tat weh. Warum tat es weh?!

Mein Stolz litt unter ihren Worten und ich konnte sie nicht einfach so stehen lassen. Abgesehen davon schwindelte sie mich an. Ihre Nasenflügel fingen an zu beben, wenn sie flunkerte. Sie wusste ganz genau, dass wir beide auch jetzt connecten würden, wenn sie es nur zuließ.

»Brie, du bist eine erwachsene Frau und solltest verstehen, dass du, wenn du für diesen Verein arbeitest, jeden Tag mit mir zu tun haben wirst. Ob es dir gefällt oder nicht, aber ich bin jetzt dein Kollege und du hast mich genauso respektvoll zu behandeln, wie ich dich behandle. Wir sind ein Verein, eine Einheit und wir beide sind Teil davon. Du hättest dir früher überlegen müssen, ob du damit klarkommst«, sagte ich mit ruhiger Stimme und ging einen Schritt auf sie zu. Sie funkelte mich wütend an und versuchte standhaft zu bleiben, weshalb sie auch keinen Schritt zurück machte. Ich beugte mich leicht zu ihr herunter und atmete ihren fruchtigen Duft ein. Sie benutzte noch immer das gleiche Parfüm, was mir einen Stich versetzte. Die Brie, die ich kannte, war noch da.

»Außerdem kannst du nicht wissen, ob wir zusammen funktionieren würden. Wir haben nur die freundschaftliche Version von uns ausprobiert. Du und ich, wir haben uns verändert, aber du spürst doch auch immer noch diese Verbindung zwischen uns. Das sehe ich in deinen Augen. Da! Deine Pupillen werden genau jetzt größer.«

Brie schüttelte den Kopf, woraufhin sich eine Strähne aus ihrer Frisur löste. Eine Spur zu aggressiv schob sie sich zurück hinter ihr Ohr. »Du erzählst Blödsinn und das weißt du auch!«

»Nenn es wie du willst, aber es ist die Wahrheit. Du hast gewusst, worauf du dich einlässt, wenn du hierherkommst, und du kannst es mir nicht verübeln, wenn ich dich kennenlernen will. Schließlich bist du dafür zuständig, mich authentisch für den Rest der Welt darzustellen. Und das geht nur, wenn du mich kennst.«

Brie schnaubte und ging einen Schritt zurück, aber ich machte einen auf sie zu.

»Du und ich sind irgendwo tief drinnen noch immer die Kinder von früher, die sich alles bedeutet haben. Du kannst es nicht leugnen, weil du es auch fühlst, Brie.«

Sie blinzelte ein paar Mal, wusste nicht, was sie sagen sollte, aber ich gab ihr auch nicht die Möglichkeit dazu. Der Trainer rief mich zu den anderen und ich ließ Brie mit einem Ausdruck in den Augen zurück, der mich fast zu Eis gefroren hätte.

Nachdem ich mich einige Runden um den Platz warmgelaufen hatte, startete das eigentliche Training. Heute übten wir schnelles Direktspiel im Dreieck, was bedeutete, dass fünf Spieler zusammenspielten. Es waren drei Hütchen im Dreieck aufgestellt, an denen jeweils ein Spieler stand. In der Mitte befanden sich zwei Spieler. Ich bekam den Ball zuerst, passte ihn in die Mitte zu Call, nahm seinen Platz ein, woraufhin er zu Johnny spielte und auf dessen Posten lief. Das machten wir fünf Minuten und wechselten mit den anderen Gruppen, damit jeder mit anderen Kollegen trainieren konnte.

Immer wieder tauchte Brie in meinem Blickfeld auf, aber sie kam nie in die Nähe meiner Gruppe. Das bedeutete wohl im Umkehrschluss, dass es heute von mir keine Fotos geben würde. Das kränkte und ärgerte mich. Social Media wurde immer mehr zu einer wichtigen Instanz, auch für uns Fußballer. Die Fans liebten es, private Eindrücke von uns zu bekommen und das funktioniere nur über diese Wege.

»Achtung!«, rief Callum, aber da war es schon zu spät. Der Ball, der gegen meinen Hinterkopf knallte, schlug meinen Kopf nach vorne und ich sah kurze Zeit Sternchen. Der Schmerz verflog glücklicherweise so schnell, wie er gekommen war.

»Scheiße, Mann! Alles in Ordnung?«, ächzte Call besorgt.

»Hast du das auf Kamera?«, fragte Ambrose Brie belustigt, woraufhin diese schelmisch grinste.

Unsere Blicke trafen sich. Anders als sonst, lächelte Brie mich an und zuckte die Achseln.

»Das wird die Fans sicher freuen«, sagte sie, ging zurück auf die Bank und tippte auf ihrem Handy herum. Beschämt kratzte ich mich am Kopf, ließ mir aber nichts weiter anmerken.

Das Training verlief nach dem für meine Kollegen witzigen Vorfall nicht weiter turbulent. Wir trainierten heute ausnahmslos das Direktspiel in den verschiedensten Übungen. Zwischendurch hörte ich, wie Brie meinen Kollegen Tipps zurief und musste schmunzeln. Das hatte sie bereits in unserer Schulzeit getan, als ihr Dad sie nicht hatte mitspielen lassen. Für mich hatte sie schon immer Trainerpotential, aber auch das schien ich ihr vermasselt zu haben.

Nach dem Training bedankten sich die Jungs wahrhaftig bei Brie für die wertvollen Hinweise und Anweisungen. Einige ließen sich von ihr den Content zeigen, den sie produziert hatte.

Bevor wir uns in die Kabinen verabschiedeten, räusperte sich Brie und sprach zur Mannschaft.

»Ich wollte euch fragen, ob ihr am Wochenende auf eine kleine Einweihungsparty in meiner neuen Wohnung Lust habt. Es ist überhaupt nicht schlimm, wenn ihr nicht alle kommen könnt. Meine Wohnung ist ohnehin viel zu klein für alle, aber ich würde mich freuen, wenn ein paar von euch kommen. Dann können wir uns vielleicht ein bisschen besser kennenlernen!«

Die Jungs nickten begeistert und sagten ihr zu, woraufhin sie meinen Blick suchte. Wollte sie, dass ich sie auch besuchte oder war ich quasi ausgeladen? Bevor ich sie hätte fragen können, machte sie auf dem Absatz kehrt und lief zum Ausgang.

Nein, ich rannte nicht schon wieder hinter ihr her. Sie hatte uns alle eingeladen und sie wusste, dass ich dazu gehörte.

Nachdem ich zuhause angekommen war und geduscht hatte, checkte ich die Nachrichten auf meinem *Instagram*-Profil. Das machte ich immer, wenn mir langweilig war, denn manchmal verirrten sich dort echt witzige Menschen. Man konnte es kaum glauben, aber es gab auch viele Influencerinnen, die mich anschrieben und mehr oder weniger nach einem Date fragten. Mit einer von ihnen traf ich mich auch regelmäßig. Ihr Manager hatte meinen vor einigen Monaten kontaktiert, woraufhin wir uns verabredet hatten. Wir waren zusammen im Urlaub und hatten ein wenig Spaß im Bett. Für uns war das nie mehr als zwangloser Sex.

Serina Rose war als Influencerin für ihre Sportvideos und Ernährungstipps bekannt. Sie war eine der erfolgreichsten Fitness-Bloggerinnen in Großbritannien. Just in dem Moment, als hätte sie gespürt, dass ich an sie gedacht hatte, kam eine Nachricht von ihr an.

Hey Dylan, ich bin gerade in London. Lust dich zu treffen?
Xoxo Serina

Nach diesem anstrengenden Trainingstag hatte ich mir die Art Abwechslung verdient, die Serina versprach. Also schrieb ich ihr zurück, dass wir uns in unserem Stammhotel treffen würden.

Bis zu unserer Verabredung hatte ich genügend Zeit, um eine weitere Session in meinem hauseigenen Gym zu starten. In den letzten Jahren hatte ich neben meinem Beruf ein neues Hobby gefunden, das mir erlaubte, mich an meine Grenzen zu bringen. Wenn ich im Studio des Vereins trainierte, bekam ich andauernd einen Vortrag gehalten, ich würde zu viel trainieren. Aus dem Grund hatte ich mir meinen Traum erfüllt und in meinem Keller ein eigenes Fitnessstudio bauen lassen. Dort ging mir niemand auf die Nerven, ich konnte pumpen, mich fallen lassen und dazu Rockmusik hören.

Die Dusche von nach dem Training war hinfällig, als ich zwei Stunden später verschwitzt mit dem Training aufhörte. Also verzog ich mich abermals ins Bad, ließ kaltes Wasser über meine Muskeln fließen und versuchte, mich auf das Treffen mit Serina vorzubereiten.

Bis zum Hotel brauchte ich mit meinem Audi, den ich mir von meinem ersten Gehalt als Profi gekauft hatte, dreißig Minuten. Ich versuchte, unbemerkt aus meinem Wagen in der Tiefgarage auszusteigen. Die Kapuze meines Hoodies hatte ich mir tief in die Stirn gezogen. Niemand musste mitkriegen, dass ich mich für ein Schäferstündchen mit einer Frau traf.

Unbemerkt fuhr ich mit dem Aufzug in die erste Etage und suchte das Zimmer, welches Serina mir gesimst hatte. Vor der Tür musste ich nur einmal klopfen, ehe sie die Tür öffnete und mich an meinem Unterarm hineinzog. Ohne mich richtig zu begrüßen, fiel sie mir um den Hals und schmiegte sich an mich. Sie trug nur einen leichten, weißen Kimono und war darunter splitterfasernackt. Ihre wohlgeformten Brüste pressten sich unter dem seidigen Stoff gegen meinen Pullover, den ich schleunigst loswerden musste.

Sie erkundete meinen Mund mit ihrer Zunge, ließ ihre Hände über meinen Oberkörper wandern und schob den Stoff so weit hoch, dass sie über meine nackte Brust streichen konnte. Keine zehn Sekunden später lag mein Oberteil neben uns auf dem Boden.

Ich steuerte Serina gierig zum Bett. Als ihre Kniekehlen den Rand berührten, ließ sie sich nach hinten fallen. Die Schleife des Kimonos hatte sich geöffnet, ihre steifen Brustwarzen reckten sich mir bereits entgegen. Eine Frau so vor mir liegen zu sehen, brachte mich um den Verstand. Der Platz in meiner Hose wurde immer enger. Serina beugte sich nach vorne, griff nach meinem Hosenbund und zog mich zu sich. Mit selbstbewussten Bewegungen schob sie meine Jeans und meine Shorts herunter, griff nach meinem Schwanz und leckte mit ihrer Zunge über die Eichel.

Ein tiefes Seufzen entfuhr mir, als ich sie dabei beobachtete. Ihre Augen waren auf mich gerichtet, während sie meinen harten Penis mit ihren Lippen verwöhnte.

Meine Stöße wurden immer unkontrollierter und als Serina anfing, meinen Hoden zu massieren, griff ich nach ihrem Haarschopf und stieß immer tiefer in sie hinein. Ein warmes Kribbeln schoss durch meinen Schaft bis in meinen

Bauch und ich ergoss mich in ihrem Mund. Lächelnd leckte sie sich ihre Lippen, legte sich rücklings auf das Bett und spreizte die Beine.

Fuck! Mit einem Knurren suchte ich nach meiner Hose und holte ein Kondom heraus. Nachdem ich es mir über meinen Penis gezogen hatte, ließ ich mich auf Serina sinken und führte ihn an ihre Mitte. Mit einem kräftigen Stoß verlor ich mich in ihr, küsste ihre Brüste und genoss das Gefühl, in einer Frau zu sein. Schnell bemerkte ich, dass ich heute nicht ganz bei der Sache war. Vermutlich war es das Wiedersehen mit Brie, das mich so aus der Bahn brachte. Unter normalen Umständen hätte ich mir für Serina Zeit genommen, ihr das gegeben, was sie brauchte. In diesem Moment konnte ich allerdings nicht anders und ließ mich zu tief fallen, damit ich nicht an Bries blauen Haare, ihre moosgrünen Augen oder unser früheres, gemeinsames Leben denken musste. Immer kräftiger stieß ich in Serina, sie krallte sich in meinen Schultern fest und mein Höhepunkt fegte über mich hinweg. Ein undefinierbares Gefühl machte sich in mir breit, als ich rücklings aufs Laken fiel und meine Gedanken unwillkürlich zu Brie zurückkehrten.

Geh verdammt nochmal raus aus meinem Kopf, fluchte meine innere Stimme.

Die unerwartete Berührung von Serina brachte mich ins Hier und Jetzt zurück.

Normalerweise verabschiedeten wir uns nach dem Sex sofort wieder, aber gerade fuhr sie mit ihren Fingern leichte Kreise auf meiner Brust.

»Wir haben schon so oft miteinander geschlafen, aber ich habe nie nach deinen Tattoos gefragt.« Das war bis dato auch gut so. Viele meiner Tattoos hatten eine persönliche Bedeutung, die eigentlich niemandem etwas anging. Aus diesem Grund hatte ich in meiner gesamten Karriere noch kein einziges Mal mein Shirt auf dem Platz ausgezogen. Die wichtigsten Tattoos auf meinem Bauch und meiner Brust waren Erinnerungen an eine Zeit, die nur für mich und die andere Person bestimmt gewesen waren. Als ich mir das erste hatte stechen lassen, hatte ich mir geschworen, es niemals einem anderen Menschen außer ihr zu zeigen. Seitdem war das Stechen der Tattoos so etwas wie eine Sucht für mich geworden. Mit den Schmerzen bestrafte ich mich für das, was ich getan hatte und machte mich für andere Frauen unzugänglich. Der romantische Teil, den es damals in mir gegeben hatte, wollte niemals jemand anderen haben außer sie. Mir wurde schnell klar, dass der Zug abgefahren war. Klar war aber auch, dass ich mich niemals in einen anderen

Menschen würde verlieben können. Die letzten Jahre hatten es mir bestätigt. Ich war mit so vielen Frauen zusammen gewesen und niemand hatte bisher die Gefühle in mir ausgelöst, die ich als Teenager verspürt hatte. Vielleicht fühlte man als Jugendlicher einfach anders? Vielleicht lag es auch daran, dass wir füreinander bestimmt gewesen waren. Möglicherweise waren wir das wirklich einmal gewesen, aber Brie bestätigte mir, dass es keinerlei Chancen mehr für uns gab.

»Was bedeutet dieses Datum?« Serina fuhr das römische Datum oberhalb meines Herzens nach.

»Das ist das Geburtsdatum einer mir sehr wichtigen Person.«

»Von deiner Mum?«, hakte sie weiter nach, woraufhin ich den Kopf schüttelte.

»Sie existiert nicht mehr in meinem Leben.« Das war nicht die ganze Wahrheit, aber eine Lüge war es auch nicht.

»Und die Schlange? Was bedeutet sie?«

»Ich habe mal etwas wirklich Schlimmes getan …«, antwortete ich monoton und kniff die Augen seufzend zusammen. »Serina, ich muss gehen. Ich bin schon viel zu lange hier.«

Ohne zu zögern, ließ sie mich los und kuschelte sich unter die Bettdecke. So war es mit uns. Unkompliziert. Als ich mich anzog und das Hotelzimmer verließ, fragte ich mich jedoch, warum ich ihr von den Bedeutungen erzählt hatte und wieso ich plötzlich so gefühlsduselig wurde. Die Antwort lag mir bitter auf der Zunge, aber ich würgte sie herunter.

Es war wegen ihr.

Brie war zurück und fing an, den alten Dylan hervorzuholen.

Und das jagte mir eine Heidenangst ein.

Kapitel 7

Brie

Auf das Video von der Begegnung zwischen Dylans Kopf und dem Fußball hatte ich von allen Seiten positives Feedback bekommen. Die Fans reagierten mit lachenden Emojis auf die Instagram Story oder wünschten sich gerade mehr solchen Content.

Nur einem schien das Ganze nicht ganz zu gefallen: Dylan. Zwar hatte er mich nicht auf meine Aktion angesprochen, allerdings verdrehte er dauernd die Augen, wenn ihn jemand auf dem Trainingsplatz darauf ansprach. Ein bisschen tat er mir schon leid, aber hey, er bekam so immerhin Aufmerksamkeit von den Zuschauern.

Heute war mein dritter Arbeitstag und ich hatte mich schon gut in meinen neuen Job eingelebt. Im Vereinsgebäude neben dem Trainingsplatz hatte ich sogar ein eigenes Büro bekommen, wenn ich mal Ruhe brauchte, um die Videos zu schneiden oder weitere Postings zu planen.

Schon jetzt wusste ich, dass ich am liebsten draußen arbeitete. Mit meinem Smartphone in der einen und meinem *MacBook* in der anderen Hand. Wenn ich auf der Tribüne saß und den Jungs zusah, wurde mir warm ums Herz. Wir kannten uns zwar noch nicht gut, aber ich verspürte bereits eine Verbindung zu ihnen. Wir waren ein Team.

Bevor ich sentimental werden konnte, erinnerte ich mich daran, dass ich arbeiten musste.

Trotz meiner Vorliebe lieber auf dem Feld zu arbeiten, musste ich meinen Arbeitsplatz im Büro einrichten. Viele Habseligkeiten hatte ich allerdings nicht, weshalb ich schnell damit fertig war. Mein Computer fuhr gerade herunter, als es an meiner Tür klopfte.

Ein fremder Mann trat über die Schwelle, nachdem ich ihn hereingebeten hatte.

»Hi, wir kennen uns noch nicht. Ich bin Dan und für das Organisatorische zuständig.« Dan winkte und sah sich in meinem kleinen Büro um.

Verunsichert steckte er seine Hände in die Hosentaschen. Er sah aus wie der typische Office-Guy. Weißes Hemd in schwarzer Hose. Neben ihm fühlte ich mich total underdressed im Trainingsanzug. Vielleicht hätte ich mich mehr herausputzen müssen fürs Büro, aber ich liebte dieses Outfit zu sehr, um es gegen einen Hosenanzug oder Ähnliches zu tauschen.

»Ich bin Brie! Schön dich kennenzulernen.« Mit wenigen Schritten stand ich vor ihm und reichte ihm meine Hand. Etwas selbstbewusster drückte er sie.

»Eigentlich bin ich nur hier, um dir zu sagen, dass du nächste Woche mit ins Trainingslager fahren wirst. Ich weiß, es ist wirklich kurzfristig, aber wir waren der Meinung, dass du gerade dort vieles an Eindrücken mitnehmen kannst. Ist das okay für dich?« In meinen Gedanken durchlief ich meinen Termin-Planer, aber außer einer Verabredung mit Miles stand nichts an.

»Gar kein Problem«, bestätigte ich ihm. Dan wirkte erleichtert und klatschte enthusiastisch.

»Super, ich maile dir später genauere Informationen. Du bekommst ein Einzelzimmer und Zugang zum Spa-Bereich, das wollte ich dir schon einmal sagen.«

»Das ist wirklich lieb«, antwortete ich. Noch nie in meinem Leben war ich in einem Spa gewesen. Das höchste der Wellness-Gefühle war ein Bad in meiner Badewanne und eine Gesichtsmaske aus der nächsten Drogerie.

»Wenn du etwas brauchst, lass es mich wissen. Ich bin hier sozusagen das Mädchen für alles«, erklärte er mit einem Zwinkern.

»Gut zu wissen«, gab ich lächelnd zurück.

Dan verabschiedete sich wieder und ich machte mich auf den Weg zum Trainingsplatz. Heute hatte ich einen Blogbeitrag geschrieben und würde später noch einige Eindrücke vom Training posten.

Bewaffnet mit meinem Laptop lief ich auf den Platz, wo die Mannschaft bereits ein Trainings-Match gestartet hatte. Die warme Sommersonne prallte mir ins Gesicht. Zum Glück hatte ich mich mit Sonnencreme eingerieben, ansonsten würde ich gleich aussehen wie unser Trikot. Rot.

Coach Jenkins stand am Rand und begrüßte mich mit einem breiten Grinsen, als er mich erblickte.

»Guten Morgen Brie, wie geht es unserem Sonnenschein?«

Der Coach und ich hatten bisher noch nicht die Gelegenheit bekommen, intensiver miteinander zu sprechen. Sobald er mit mir redete, versteifte ich mich und wusste nicht, was ich sagen sollte. Robert Jenkins war eines meiner absoluten Idole. Mit seinen gerade einmal fünfzig Jahren hatte er schon das ein oder andere Mal die *Premier League* gewonnen. Zwar nicht mit dieser Mannschaft, aber mit anderen Vereinen, die er aus dem unteren Drittel der Ligatabelle nach oben befördert hatte.

In London war er seit zwei Saisons Trainer und ich hegte die leise Befürchtung, dass man ihn nach dieser in die Wüste schicken würde. Fußball war schnelllebig. Wenn du mit deiner Mannschaft nichts erreichst, wirst du schnell ersetzt. Das mussten er und viele andere Trainer immer wieder über sich ergehen lassen.

»Mir geht's prima und Ihnen?« Ich blieb neben ihm stehen und beobachtete, wie Callum Scott einem Mitspieler den Ball abnahm. Die Mannschaft hatte sich in zwei Teile gesplittet. Es gab eine mit blauen Leibchen und die andere trug gelbe. Dylan war ebenfalls auf dem Rasen und sah natürlich in dem Moment zu mir herüber, als ich ihn anvisierte.

»Ich kann mich nicht beklagen. Du machst schon jetzt einen hervorragenden Job. Ich konnte gar nicht aufhören zu lachen, als ich das Video von Fraser gesehen habe«, meinte er grinsend und strich sich über seinen Bart.

»Danke, das ist wirklich freundlich von Ihnen.«

»Paperlapapp. Du kannst ruhig *du* zu mir sagen, Brianna. Du erinnerst mich an meine Nichte Caroline, sie ist in deinem Alter. Aber sag's den Jungs nicht, dass ich dir an Tag drei das Du angeboten habe, okay?«

Ich konnte nicht anders, als zu grinsen. Neben Jenkins zu stehen und solch liebe Worte von ihm zu hören, ging runter wie Butter.

»Ich weiß nicht, ob es vielleicht unangebracht ist, aber haben Sie …« Sofort korrigierte ich mich, als der Coach mich tadelnd ansah. »Hast du Lust am Wochenende zu meiner Einweihungsparty zu kommen? Die Jungs habe ich schon eingeladen.« Er drehte sich perplex in meine Richtung, die Emotionen in seinem Gesicht konnte ich nur schwer deuten.

»Das ist wirklich unfassbar freundlich von dir, Brianna. Ich komme gerne!«

»Danke.«

»Nicht dafür, aber jetzt ran an die Arbeit!«, scherzte er und ich tat, was mir befohlen wurde.

Das Training verlief unspektakulär. Entgegen meinen Erwartungen ließ Dylan mich in Ruhe. Er ignorierte mich regelrecht, was mich ein wenig störte. Ob er das absichtlich tat?

Sobald ich mich mit meinem Handy näherte, verschwand er. Es war beinahe so, als wäre er auf der Flucht vor mir. Nach meinem fünften Versuch, etwas von ihm zu filmen, gab ich auf. Selbst schuld, wenn er nicht gesehen werden wollte.

Dafür hatte ich schöne Schnappschüsse von Jason, einem Abwehrspieler der Mannschaft, gemacht. Auf jedem Bild sah er nahezu perfekt aus, selbst mit den Schweißperlen, die an seiner Schläfe hinab rannen.

Gebannt starrte ich auf mein Telefon, legte den von mir erstellten Filter über das Foto, damit die Vereinsfarben besser zur Geltung kamen und bemerkte dabei nicht, dass sich mir jemand näherte. Erst seine Stimme ließ mich zusammenzucken.

»Na, hast du einen Narren an Jason gefressen?« Dylan legte sich seine Flasche an die Lippen und beobachtete mich währenddessen. Sein intensiver Blick löste eine angenehme, prickelnde Wärme in mir aus, die meinem Verstand alles andere als gefiel. Mein Körper war ein Verräter. Gerade war ich noch von Jason gebannt, nun war meine Aufmerksamkeit völlig auf Dylans Adamsapfel gerichtet. Bei jedem Schluck hüpfte er auf und ab. Bevor er noch einen dämlichen Kommentar hinterherschieben konnte, fing ich mich wieder.

»Ich kann nichts dafür, dass er sich im Gegensatz zu anderen Kollegen gerne aufnehmen lässt.« Gefährlich langsam hob Dylan eine Braue und stemmte die Hände in seine Hüften.

»Und ich kann nichts dafür, dass du Jason anhimmelst und mich nicht ausstehen kannst«, erwiderte er trocken.

»Das stimmt überhaupt nicht!«

»Was genau? Dass du Jason anschmachtest, oder mich nicht ausstehen kannst?« Nun wanderte sein linker Mundwinkel leicht nach oben, ein kleines Grübchen in seiner Wange entstand. Was um alles in der Welt wollte er mit diesem Auftreten bezwecken?

»Ich himmle Jason nicht an, ich mache hier bloß meinen Job und das solltest du auch tun. Du wirst schließlich nicht dafür bezahlt, mir auf die Nerven zu gehen, oder?« Der gereizte Unterton in meiner Stimme fiel nicht nur Dylan, sondern auch Coach Jenkins auf.

Alarmiert sah er in unsere Richtung, aber ich bedeutete ihm mit einem Nicken, dass alles in Ordnung war.

»Danke für den Tipp. Vielleicht sollte ich mal drüber nachdenken, mich dafür bezahlen zu lassen«, flötete Dylan herausfordernd.

Schnaubend machte ich einen Schritt zurück. Es fiel mir schwer, nicht komplett die Fassung zu verlieren, wenn er in meiner Nähe war. Das musste er doch ahnen. Er war derjenige, der unsere Freundschaft und das, was dabei war zu entstehen, von heute auf morgen beendet hatte. Glaubte er tatsächlich, ich wäre darüber hinweg und könnte mit ihm darüber scherzen und so tun, als wäre nie etwas zwischen uns vorgefallen?

Wie bei unserem ersten Wiedersehen, verblüffte mich seine äußerliche Veränderung noch immer. Seine Schultern waren breiter, er war größer und die Gesichtszüge maskuliner geworden. Die dunklen Bartstoppeln in seinem Gesicht und auch seine Haare, die er mittlerweile kürzer trug, ließen nur erahnen, wie er als Jugendlicher ausgesehen hatte. Dylan war immer schmal und athletisch gewesen. Heute war davon nichts mehr übrig. Die Muskeln an seinen Oberarmen deuteten darauf hin, wie viel er trainierte. Als Fußballer hatte man durch das Training ohnehin muskulöse Beine, aber ich vermutete, dass Dylan auch dafür ins Fitnessstudio ging.

Was mich am meisten ärgerte war, dass wir scheinbar die gleiche Leidenschaft zu Tattoos pflegten. Auf seinen Armen hatte er sich Trials in verschiedenen Mustern und Formen stechen lassen. Obwohl ich nicht glaubte, dass sie eine tiefere Bedeutung für ihn hatten, war ich neugierig, ob er noch mehr davon hatte. Trotzdem bedeutete meine Neugierde nicht, dass ich alles zwischen uns vergessen hatte.

»Machst du es mir absichtlich so schwer?« Meine Stimme zitterte, als ich die Frage stellte, die mir schon seit Tagen unter der Zunge brannte. Er war nie ein Draufgänger gewesen, diese Seite an ihm irritierte mich. Dieses Selbstbewusstsein hatte er nicht gehabt, als ich ihn kennengelernt hatte.

Womöglich lag es am Erfolg und an dem ganzen Geld, das er in den letzten Jahren durch unseren Traum verdient hatte. Geld machte nicht glücklich? Sah ich mir Dylan an, könnte ich schwören, dass dieser Satz eine reine Lüge war.

Ehe ich mich versah, wich der scherzhaften Miene ein bedrückter Gesichtsausdruck. Dylans Brauen zogen sich verwirrt zusammen, dazwischen bildete sich eine tiefe Sorgenfalte. Er presste seine vollen Lippen, denen ich als Jugendliche gerne zugehört hatte, fest aufeinander. »Ich würde nie etwas tun, um dir dein Leben zu erschweren, Brie.«

Ein ungläubiges Lachen entfuhr mir. Wie bitte? »Dann war das vor zehn Jahren also etwas Gutes, um meinem Leben eine tolle, neue Wendung zu geben? Sorry, aber falls du es vergessen haben solltest: ich wollte Fußballerin werden und nicht als Social-Media-Managerin enden.«

Während ich sprach, wurde meine Stimme immer lauter, sodass einige der Jungs alarmiert in unsere Richtung sahen.

»Brie, ich ... können wir bitte in Ruhe darüber reden? Nur du und ich«, schlug er leise vor. Diese dämliche Sorgenfalte war der einzige Beweis, dass er noch menschliche Gefühle in sich trug, die nichts mit seiner Selbstliebe zu tun hatten. Trotzdem knickte ich nicht ein. Lieber würde ich für den Rest meines Lebens nie wieder ein Fußballmatch sehen, als mit ihm allein zu sein. »Vergiss es. Wir haben nichts mehr zu bereden. Der Zug der Vergebung ist vor vielen Jahren abgefahren.«

Ich war selbst von der Kälte in meiner Stimme überrascht, aber zog die Haltung der eisernen Miene durch. Lange würde ich es nicht aushalten, doch zum Glück musste ich das auch nicht.

»Dylan, weitermachen!«, rief Coach Jenkins, wofür ich ihm in meinen Gedanken dankte. »Unser Gespräch ist noch nicht beendet, *Mariposa.*«

Rückwärts trabte Dylan zurück zu den anderen, er ließ mich dabei nicht aus den Augen. Die Falte in seinem Gesicht war verschwunden und es wirkte so, als wäre sie nie da gewesen. Das schelmische Grinsen lag wieder auf seinen Lippen.

Ich wusste nicht, ob es dieser Spitzname war, der mich völlig aus dem Konzept brachte oder das gemeinsame Schäkern. Mariposa. Gedankenverloren wanderte meine Hand an mein Schlüsselbein und ich berührte die Stelle an meinem Trikot, unter dem der Schmetterling seine Flügel auf meiner Haut ausgebreitet hatte. Eine Gänsehaut überzog meine Arme, als mir klar wurde, dass Dylan sich an diesen magischen Moment und den Spitznamen, den er mir gegeben hatte, erinnerte.

Ich verbot es mir, die positiven Gefühle zuzulassen, die sich einen Weg in mein Herz bahnen wollten. Das, was Dylan mir angetan hatte, konnte man nicht mit einem netten Zwinkern oder einem Neustart aus der Welt schaffen. Nach all den Jahren war ich noch immer der Meinung, dass er es niemals wieder gut machen könnte, egal was er tat. Er war der wichtigste Mensch in meinem Leben gewesen und ich dachte, dass ich ihm etwas bedeutet hatte. Er ließ mich fallen und war nicht da, um mich wieder aufzufangen. Aus diesem Fehler hatte ich gelernt und niemanden mehr so nah an mich herangelassen. Obwohl wir damals noch Kinder gewesen waren, saß der Schmerz tief. Möglicherweise war er gerade deshalb noch dermaßen allgegenwärtig. Mit Kindheitstraumata schloss man nicht so schnell ab.

»Geht's dir gut, Brie?« Der Coach riss mich aus meinen Gedanken. Vermutlich dachte er, ich hätte komplett den Verstand verloren, da ich einfach in der Gegend herum starrte.

»Alles in Ordnung«, log ich und zwang mich zu einem Lächeln.

Er bedachte mich mit einem skeptischen Ausdruck. »Wenn dir einer der Jungs Probleme macht, dann sagst du mir bitte Bescheid, okay?«

»Das mache ich, aber es ist wirklich alles in Ordnung. Dylan und ich …« Warum auch immer, aber ich konnte den Satz nicht beenden. Was waren wir? Freunde? Nein, sicherlich nicht. Aber Bekannte waren wir schließlich auch nicht, dafür hatten wir zu viel zusammen erlebt.

»Ihr kennt euch, habe ich recht?«

Vorsichtig nickte ich und steckte die Hände in meine Hosentaschen. Mein Versuch, lässig zu wirken, scheiterte kläglich. Zumindest teilte mir der Coach es mehr oder weniger mit.

»Egal, was zwischen euch passiert ist, lass es deine Zukunft nicht kaputt machen. Niemand ist es wert, das Leben einer ambitionierten, jungen Frau zu zerstören.« Damit legte er mir seine Hand sanft auf die Schulter und drückte ermutigend zu. Die Emotionen in mir kochten über. Nicht nur wegen dieser liebevollen Geste, sondern ebenso wegen diesem merkwürdigen Schlagabtausch mit Dylan. Jede Konversation mit ihm brachte mich an meine Grenzen. Würde ich jemals in meinem Leben ein normales Gespräch mit ihm führen können? Viel wichtiger war jedoch die Frage, ob ich das überhaupt wollte. Dylan hatte sich dazu entschieden, mich aus seinem Leben zu streichen, ich war ihm also nichts schuldig.

Tränen bildeten sich in meinen Augen, die ich weg blinzelte. Es bedeutete mir eine Menge, dass der Coach sich die Zeit für mich nahm, obwohl es nicht sein Job war. Niemand hier müsste sich um mein Wohlergehen scheren, aber ich hatte wieder einmal spüren können, dass diese Mannschaft wie eine kleine Familie war, die zusammengehörte.

»Geh nach Hause, Brie. Wir sehen uns auf deiner Einweihungsparty!«

Kapitel 8

Dylan

Den Coach mit Brie zu sehen, sollte mir eigentlich nichts ausmachen, aber das tat es. Sie vertraute sich ihm eher an als mir. Was hatte ich anderes erwartet? Mein dämliches Hirn wollte einfach nicht begreifen, dass sie nichts weiter in mir sah als einen Menschen, der ihr Leben ruiniert hatte. Der egoistische Teil in mir konnte trotzdem nicht anders, als immer wieder ihre Nähe zu suchen. Jetzt, wo Brie wieder da war, wurden meine Albträume noch schlimmer, aber ich begrüßte sie. Sie waren der Beweis dafür, dass ich unsere Vergangenheit nicht vergessen hatte und dass in mir noch das schlechte Gewissen tobte, das vor zehn Jahren aufgetaucht war.

Ich verließ das Trainingsgelände eine Stunde, nachdem der Coach Brie nach Hause geschickt hatte. Auf dem Weg zu meinem Wagen hörte ich seine Stimme hinter mir.

»Fraser, können wir kurz reden?« Abrupt blieb ich stehen und drehte mich wie in Zeitlupe in seine Richtung. Mit verschränkten Armen vor der Brust kam er näher.

»Was ist das zwischen dir und Brianna?«

»Ich wüsste nicht, in welchem Verhältnis das zu meiner Leistung auf dem Platz wichtig sein könnte«, wich ich ihm aus. Das war natürlich absoluter Schwachsinn. Sie beeinflusste meine Leistungen. Der Coach verengte seine Augen zu schmalen Schlitzen.

»Seit Brianna hier ist, bist du in einer schlechteren Verfassung. Du bist unkonzentriert, abgelenkt und suchst dauernd das Gespräch mit ihr. Ihr habt hier einen Job zu erfüllen. Der Platz ist kein Café, in dem ihr einen Kaffeeklatsch abhalten könnt.« Natürlich wollte er mich zurechtweisen, was auch sonst?

»Coach …« Er ließ mich nicht ausreden.

»Egal, was zwischen Brianna und dir vorgefallen ist, mach ihr das hier bitte nicht kaputt. Ich kenne ihre Geschichte und ich weiß, in welchem

Zusammenhang du in dem ganzen Chaos eine Rolle spielst. Sie hat es nicht verdient, erneut verletzt zu werden, Dylan.« Damit klopfte er mir zwei Mal auf die Schulter und lief an mir vorbei, um in sein Auto zu steigen.

Wie angewurzelt blieb ich auf der Stelle stehen und überlegte fieberhaft, was das zu bedeuten hatte. Woher wusste der Coach davon? Hatte Brie ihm davon erzählt? Was genau hatte sie ihm über uns gesagt?

Als ich die näherkommenden Schritte und Stimmen meiner Kollegen hörte, schulterte ich meine Sporttasche und sah zu, dass ich schnellstmöglich an meinen Wagen ankam. Die neugierigen Blicke auf dem Trainingsplatz hatten mir gereicht. Es war nur eine Frage der Zeit, bis einer von ihnen nachfragen würde, was da zwischen Brie und mir lief.

Nachdem ich den Motor gestartet hatte, lenkte ich meinen *Audi* auf die Hauptstraße und landete in der Straße von Bries neuer Wohnung. Sie hatte uns zu einer Einweihungsparty am Wochenende eingeladen und im Zuge dessen ihre Adresse an uns weitergegeben.

Bei Hausnummer siebzehn fuhr ich links ran.

Im Auto sitzend blickte ich an der Fassade des Gebäudes auf der gegenüberliegenden Seite hinauf. Ich wusste nicht, in welchem Stockwerk sie wohnte und fühlte mich im nächsten Augenblick wie ein Stalker. Was um alles in der Welt war bloß los mit mir, dass ich ihr geradewegs auflauerte?

Gerade, als ich den Wagen wieder zurück auf die Straße manövrieren wollte, öffnete sich die Haustür. Ein Mann in meinem Alter, mit dunkelblonden Haaren und einer Bikerjacke kam heraus und zog jemanden hinter sich die Stufen herunter.

Mein Herz setzte für einen Augenblick seine Schläge aus. Ein blauer Haarschopf erschien. Sie ließ sich von dem Kerl auf den Gehweg ziehen und lachte dabei. Selbst aus dieser Entfernung konnte ich das Glitzern in ihren Augen erkennen.

Vor einer Stunde trug sie noch unseren Trainingsanzug, aber jetzt saß eine zerrissene Jeans auf ihren Hüften und ein schwarzes Top aus Spitze umschmeichelte ihren Oberkörper. Brie lachte über etwas, das der Kerl sagte und konnte dabei nicht schöner aussehen.

Meine Hände umklammerten das Lenkrad so fest, dass meine Fingerknöchel weiß hervortraten. Wer war dieser Mann?

Die beiden schlenderten die Straße entlang und ich beobachtete durch den

Rückspiegel, wie er einen Arm um sie legte und sie an sich zog. Es gab mir den Rest, als sie ihren Kopf auf seine Schulter legte.

Natürlich hatte sie einen Freund! Wie blöd war ich zu glauben, dass jemand wie sie allein war? Brie war klug, wunderschön und ein liebenswerter Mensch. Die Männerwelt lag ihr mit Sicherheit zu Füßen. Ein weiterer Stich durchfuhr mich.

Verdammt, was war das bloß für eine Scheiße?

Die beiden bogen am Ende der Straße ab und ließen mich mit meinen wirren Gedanken zurück. Es war an der Zeit zu fahren.

Kurze Zeit später steuerte ich meinen Wagen zurück auf die Hauptstraße und hatte mir einen Plan für den Verlauf des weiteren Tages überlegt. Ich war zu aufgewühlt, um nach Hause zu gehen oder in meinem Gym weiter zu trainieren.

Mir konnte in diesem Moment allerdings nur eine Person weiterhelfen. Jemand, der mich besser kannte als ich mich selbst. Deshalb setzte ich den Blinker und versuchte nicht mehr an Brie zu denken.

»Dylan!«, rief Mum, als ich mit meinem Schlüssel die Tür öffnete und sie mit ihrem Staubsauger im Flur überraschte. »Zieh die Schuhe aus!«

Sofort tat ich, wie mir geheißen und schlurfte auf Socken ins Wohnzimmer. Ich ließ mich auf das große Sofa fallen. Mit einem schweren Seufzen legte ich meinen Kopf in den Nacken und starrte gegen die Decke.

»Was ist los, mein Schatz?« Mum stellte eine Kanne und zwei Tassen mit Earl Grey auf den Tisch und setzte sich zu mir.

Sie wusste noch nicht, dass Brianna und ich uns wieder gesehen hatten, aber sie kannte unsere Geschichte. Ihr konnte ich mich anvertrauen.

»Brianna arbeitet jetzt bei uns«, fiel ich mit der Tür ins Haus und beobachtete, wie sich verschiedene Emotionen in ihrem Gesicht spiegelten.

»Brianna? Du meinst Brianna Hogan? Deine Brianna?« Entsetzt schlug sie sich die Hand vor den Mund und wurde blass.

»Sie ist nicht *meine* Brianna, Mum.« Zumindest nicht mehr.

»Wie geht es ihr? Was macht sie bei euch?« Ich konnte ihr nicht verübeln, dass sie all diese Fragen beantwortet bekommen wollte. Brianna und meine Mum waren immer gut miteinander ausgekommen. Sie hatte sich mit meiner deutlich besser verstanden als mit ihrer eigenen Mum. Ob sich das in den letzten Jahren geändert hatte?

»Sie arbeitet bei uns als Social-Media-Managerin und sie hasst mich.« Während ich sprach, bildeten sich Tränen in Mums Augen, die sie sofort wegblinzelte. Mir wurde übel, weil ich nicht nur Brie, sondern auch Mum enttäuscht hatte. Niemand von uns hatte das vergessen.

»Ich bin mir sicher, dass sie dich nicht hasst, mein Schatz. Habt ihr nach all den Jahren endlich miteinander reden können?«

»Sie will nicht mit mir sprechen. Sie hat mir zu verstehen gegeben, dass sie nichts von mir wissen will und sich unser Kontakt auf die Arbeit beschränkt.«

»Gib ihr etwas Zeit. Es ist sicher nicht einfach für sie. Irgendwann wird sie mit dir reden und vielleicht könnt ihr beide mit diesem tragischen Kapitel abschließen und nach vorne sehen«, besänftigte sie mich und rückte näher, um einen Arm um mich zu legen. Sanft zog sie mich in eine Umarmung.

»Danke, Mum«, flüsterte ich und schmiegte meinen Kopf in ihre Halsbeuge.

Mum hatte bemerkt, dass mich dieses Thema weit mehr beschäftigte, als ich zugeben wollte, weshalb wir meinen Lieblingsfilm ansahen. *Jurassic Park*.

Kaum jemand wusste über die intensive Beziehung zu meiner Mum Bescheid. Wir beide waren schon immer ein eingeschworenes Team gewesen. Seit Dad bei einem Arbeitsunfall vor fast zwanzig Jahren ums Leben gekommen war, gab es nur noch uns beide. Wir hatten uns vor meinem Karrierestart ohne viel Geld durchs Leben gekämpft. Ich war stolz auf sie und unsere Bindung. Es schmerzte mich sehr, dass Call seine Mum vor einigen Jahren verloren hatte. Würde ich meine verlieren, würde meine Welt zusammenbrechen.

Nach der Sache mit Brie hatte sie mir eingebläut, dass ich mir keine Sorgen um unsere Finanzen und Zukunft machen sollte. Allerdings konnte ich die tiefen Ringe unter ihren Augen durch schlaflose Nächte, die sie auf der Arbeit durchgemacht hatte, nicht länger ignorieren. Wir wären beinahe aus unserem Haus geschmissen worden, in dem die letzten und einzigen Erinnerungen an meinen Dad hingen. Sie hatte ihren Ehemann verloren und sollte nicht auch noch die Erinnerungen verlieren. Deshalb war ich umso stolzer, ihr all das nun ermöglichen zu können. Mum arbeitete als Nanny, musste sich wegen meines Jobs jedoch keine Gedanken ums Geld machen. Zwar schüttelte sie jedes Mal ihren Kopf, wenn ich ihr Geldscheine in die Hände drückte, konnte aber nichts dagegen unternehmen, wenn ich es ihr heimlich in ihre Geldbörse steckte.

»Möchtest du hier übernachten?«, riss mich ihre Stimme aus meinen Gedanken.

»Nein danke, ich fahre nach Hause.«

Ich wollte sie mit meinen Albträumen nicht beunruhigen. Sie wusste nicht, dass ich sie immer noch hatte.

Nachdem wir uns voneinander verabschiedet hatten, fuhr ich mit lauter Musik nach Hause. Bevor ich wieder an Brie denken konnte, sang ich lieber zu den neuesten Hits aus den Charts mit. Zwar konnte ich nicht singen, aber es war besser, als dieses bescheuerte Herzklopfen zu spüren. Zuhause angekommen, setzte ich mich mit einem alkoholfreien Bier auf mein Sofa. In Gedanken versunken schaltete ich mein Handy ein und sah nach, ob Brie meine Anfrage auf *Instagram* angenommen hatte. Nein, natürlich nicht. Wahrscheinlich hatte sie sie gelöscht.

Seufzend rieb ich mir durch die Haare und dachte nach. Ich wusste, dass wir auf Abstand gehen mussten und auch der Coach hatte Recht mit dem, was er gesagt hatte. Brie hatte es nicht verdient, dass ich ihr diesen Job auch noch versaute. Allerdings glaubte der junge, naive Dylan in mir immer noch daran, irgendwann wieder mit Brie zusammen lachen und scherzen zu können. Ohne die Schatten der Vergangenheit über uns.

Das war absolutes Wunschdenken, aber die einzige Möglichkeit, dass ich nicht völlig durchdrehte. Meine Nächte wurden von Jahr zu Jahr schlimmer. Das schlechte Gewissen tobte heftig in meinem Unterbewusstsein und riss mich regelrecht aus dem Schlaf. Aus dem Grund hatte ich in den letzten Jahren angefangen noch härter zu trainieren, damit ich abends so platt war, dass ich ins Bett fiel und durchschlief. Mal gelang es, mal nicht.

Als ich mich ins Bett legte und die Augen schloss, sah ich Bries Gesicht vor mir. Es war eine schöne Abwechslung, ihr Lächeln zu sehen und nicht das schmerzverzerrte Gesicht vom Unfall, welches mich jede Nacht heimsuchte.

Nach einigen Minuten voller Herzklopfen schlief ich ein.

Am nächsten Morgen durchwühlte ich meine Erinnerungen an Bries Teenagerzeit und überlegte, was ich ihr als Einweihungsgeschenk besorgen konnte. Kurzerhand fuhr ich ins nächste Gartencenter und kaufte einen kompletten

Einkaufswagen voller Zimmerpflanzen. Hoffentlich war ihre Wohnung groß genug, um sie unterzubringen.

In ihrem Kinderzimmer hatte Brie unfassbar viele Pflanzen gehabt, so dass kaum noch ein Durchkommen war. Wir hatten allen einen Namen gegeben und über sie gesprochen, als wären sie echte Menschen. Ein Lächeln stahl sich auf meine Lippen, als ich während des Bezahlens an der Kasse daran dachte.

Meinen Kofferraum hatte ich mit einer wasserdichten und dreckabweisenden Plane ausgelegt und beförderte die Pflanzen hinein. Mit einem beflügelten Gefühl in meiner Magengegend fuhr ich in Richtung Trainingsgelände, bog eine Straße eher ab und landete wieder vor Bries Haus. In der Nähe waren die Autos meiner Kollegen nicht auszumachen, weshalb ich befürchtete, der Erste zu sein. Egal. Ich schnappte mir drei Pflanzen, klemmte sie mir irgendwie unter die Arme und ging zur Wohnungstür. Die Jungs würden mir schon helfen, den Rest hinaufzutragen.

»Hallo?«, hörte ich ihre knisternde Stimme durch die Freisprechanlage.

»Ich bin's Dylan«, gab ich zurück und versuchte, die Vorfreude in meiner Stimme zu unterdrücken.

»Was willst du hier?« Ihre Stimme klang kühl und versetzte mir einen schmerzhaften Hieb.

»Heute ist doch deine Einweihungsparty.«

»Nein, die Party findet morgen statt.« Was? Hatte ich mich wirklich um einen Tag vertan? Es herrschte Stille zwischen uns, aber ich ergriff erneut das Wort.

»Okay, dann ... komme ich morgen wieder.« Ich konnte nichts dagegen tun, die Enttäuschung machte sich in meiner Stimme breit, was Brie natürlich bemerkte. Sie seufzte und ein Surren erklang.

»Komm rein, ich wohne im zweiten Stock.«

Zwei Stufen auf einmal nehmend stieg ich die Treppen hinauf, bis ich an ihrer Wohnungstür ankam, die einen Spalt breit geöffnet war. Von Brie war weit und breit keine Spur, weshalb ich meine Schuhe auszog und hineintrat.

Brie kam aus einem Nebenraum, als ich die Tür hinter mir schloss. Obwohl sie wusste, dass ich es war, blieb sie abrupt stehen und wir starrten uns an.

Brie trug eine tiefsitzende schwarze Jogginghose und ein bauchfreies Top. Mein Blick blieb eine Spur zu lange auf ihrer nackten Taille liegen, woraufhin sie ihre Hände in die Seiten stemmte.

»Hast du dich absichtlich um einen Tag vertan?« Dabei hob sie eine Braue und kam auf mich zu, um mir die Pflanzen abzunehmen. Der Geruch von süßer Orange wehte mir entgegen. Ihre Haare schimmerten feucht. Hatte sie gerade geduscht?

»Nein, habe ich nicht. Ich dachte wirklich, die Feier wäre heute. Es tut mir leid, wenn ich dich störe, ich kann auch wieder fahren.« Nervös plapperte ich, was ich gar nicht von mir gewohnt war. Auch Brie schien irritiert von meinem Charakterwandel. Es musste daran liegen, dass Brie und ich zum ersten Mal seit langer Zeit allein waren.

»Danke für die Pflanzen, ich wollte schon längst welche gekauft haben«, erzählte sie und platzierte ihre neue Mitbewohnerin dort, wo sie sie haben wollte.

»Kein Thema, ich weiß, wie sehr du Pflanzen liebst.«

Von der Seite konnte ich sehen, wie sich ihr linker Mundwinkel hob.

»Das hat sich nicht geändert«, bestätigte sie und bemerkte dabei, dass sie in meiner Gegenwart gelächelt hatte. Also setzte sie wieder ihre eiserne Miene auf.

»Möchtest du etwas trinken? Ich habe *Dr. Pepper.*«

Ich ignorierte das warme Gefühl in meiner Brust, als sie das sagte. *Dr. Pepper* war immer unser gemeinsames Getränk gewesen. Also nickte ich und machte es mir auf dem Sofa bequem.

Brie ging in die Küche und kam mit zwei gekühlten Dosen zurück und stellte sie auf dem kleinen Couchtisch ab. Bevor sie sich setzte, schaltete sie ein kleines Radio ein, damit ein wenig Musik im Hintergrund spielte.

»Schön hast du es hier«, fing ich an und schlug mir gedanklich gegen die Stirn. Im Smalltalk war ich echt eine Nullnummer.

»Danke. Ivy und Spencer haben mir geholfen zu dekorieren.« Sie sprach nicht von diesem Typen, mit dem ich sie gesehen hatte, also schien er nicht großen Wert zu haben, oder? Sollte ich nachfragen? Nein, dann würde sie wissen, dass ich die beiden gesehen hatte.

»Ivy und Spence sind wirklich tolle Menschen. Wir waren zusammen im Ski-Urlaub«, erzählte ich mit einem Lächeln im Gesicht.

»Ach wirklich?«

»Ja, obwohl Spence und Johnny nicht oft mit auf der Piste waren. Sie haben sich in diesem Urlaub ineinander verliebt, aber vielleicht erzählen sie es dir irgendwann selbst.« Es stand mir nicht zu, ihre Geschichte zu erzählen.

»Das ist wirklich süß«, sagte sie und starrte auf ihre Hände in ihrem Schoß. Das war meine Chance.

»Und bei dir? Hast du in den letzten Jahren jemanden kennengelernt?« Ihr Kopf schoss in die Höhe und sie biss sich nervös auf die Unterlippe. Sie tat es also noch immer, wenn ihr nicht wohl war.

»Ich war in den letzten Jahren nicht leicht zugänglich«, berichtete sie monoton. »Da war niemand, der jemanden wie mich kennenlernen wollte.« Mir entging der Seitenhieb nicht, aber ich versuchte es nicht zu sehr an mich heranzulassen.

»Das ist ihr Verlust.« Unsere Blicke verhakten sich ineinander. Ihre grünen Augen musterten mich, was mir eine Gänsehaut bescherte. Die Worte sprudelten einfach aus mir heraus, ohne dass ich sie hätte steuern können.

»Lass dir das von jemandem gesagt haben, der es selbst erlebt hat. Jemanden wie dich zu verlieren, tut weh. Und dich nie kennengelernt zu haben, würde sicherlich noch mehr schmerzen.« Vielleicht hatte ich mich mit meinen Worten zu weit aus dem Fenster gelehnt, denn Brie antwortete nicht. Sie starrte mich an.

»Egal was du sagst, wir können nicht so tun, als wäre all das nie passiert.« Ihre Stimme klang rau, weshalb sie den Blickkontakt kurzzeitig unterbrach und einen

Schluck vom süßen Getränk nahm.

»Ich will auch nicht, dass wir so tun. Ich weiß, dass ich dich verletzt habe. Auf allen Ebenen, die es gibt, aber wir können uns in Zukunft nicht aus dem Weg gehen. Wir müssen lernen, miteinander auszukommen«, erklärte ich.

»Dylan, das … du weißt nicht, was du von mir verlangst«, stotterte sie und es zerriss mir das Herz, sie so zu sehen. Tränen sammelten sich in ihren Augen, aber sie unterdrückte den Drang zu weinen. Am liebsten hätte ich die Arme nach ihr ausgestreckt, um sie an mich zu ziehen.

»Ich kann nicht so tun, als würdest du mir nichts bedeuten«, seufzte ich. Die Tränen in ihrem Blick wichen plötzlich einem wütenden Ausdruck.

»Sag so etwas nicht, Dylan. Ich kann nur schwer glauben, dass ich dir je etwas bedeutet habe.«

»Das ist eine Lüge und das weißt du!«

»DU hast mich fallen gelassen! DU hast mich allein gelassen! Jetzt sag mir nicht, dass ich von uns beiden die Heuchlerin bin, wenn du derjenige warst, der alles verbockt hat!«

»Können wir bitte aufhören uns anzuschreien?«, fragte ich gereizter als beabsichtigt, was sie zusammenzucken ließ.

»Ich weiß nicht, ob dir der Ruhm zu Kopf gestiegen ist, aber es ist wohl klar, dass ich nicht einfach so tun kann, als wäre nie etwas passiert!«

Brie stand auf und lief zur Tür.

»Wieso können wir keiner normale Konversation miteinander führen?«

»Weil ich es nicht will, okay? Ich ertrage es nicht, in deiner Nähe zu sein, weil du mir all das zeigst, was ich verloren habe. Du lebst meinen Traum, den du mir genommen hast. Und jetzt geh bitte!« Bries Stimme zitterte, als sie mir endlich das sagte, was die ganze Zeit auf ihrer Seele brannte. Langsam stand ich auf und ging auf sie zu. Kurz vor ihr blieb ich stehen und sah zu ihr hinunter. Ihre Augen waren blutunterlaufen, aber ich musste noch etwas loswerden, bevor ich ging.

»Ich habe all das nie gewollt, Brie. Wenn ich könnte, würde ich es wieder rückgängig machen. Wenn ich könnte, würde ich mit dir tauschen und dir all die Träume erfüllen, die du hast. Niemand, den ich kenne, hätte es so sehr verdient, wie du.«

»Verschwinde«, flüsterte sie, während dicke Tränen über ihre Wangen flossen. Schweren Herzens ließ ich sie allein und zerbrochen in ihrer Wohnung zurück. Die Narben auf meinem Herzen rissen auf, als ich das Schluchzen auf der anderen Seite der Tür vernahm. Wie sollte ich jemals damit fertig werden, dass ich Bries Leben ruiniert hatte?

Kapitel 9

Brie

Es machte mich unendlich wütend, dass Dylan eine solche emotionale Gewalt über mich hatte. Obwohl ich mir wünschte, endlich mit allem abschließen zu können, konnte ich es nicht. Mein geschundenes Herz wollte nicht wahrhaben, dass Dylan die Wahrheit sagte. Hätte ich ihm etwas bedeutet, wäre er heute noch an meiner Seite ...

Womöglich war auch die Tatsache, dass er sich mit dem Tag der Einweihungsparty vertan hatte, eine glatte Lüge. Doch was hatte er davon, mich zu quälen, indem wir Zeit zu zweit verbrachten?

Noch einen Tag später dachte ich darüber nach und konnte mich gar nicht richtig auf die Vorbereitung der Party konzentrieren. Eigentlich hatte ich geplant, leckere Snacks zu machen und meine vier Wände zu dekorieren. Jetzt konnte ich an nichts anderes als an die letzte Begegnung mit Dylan denken. Er würde heute mit Sicherheit nicht noch einmal auftauchen und wenn er es doch tat, wusste ich nicht, ob ich ihn im hohen Bogen wieder rausschmeißen würde. Diesen Tag würde er mir mit Sicherheit nicht versauen. Würde er mich einfach fragen, wie ich das Wetter fand oder was ich von der aktuellen politischen Lage hielt, könnte ich mit aller Wahrscheinlichkeit ein respektvolles Gespräch mit ihm führen. Anders als die bisherigen verlaufen waren.

Die ersten Gäste trudelten gegen drei Uhr am Nachmittag ein, jeder hatte mir ein kleines Mitbringsel überreicht. Jason hielt ein Blech mit selbstgemachten Muffins in den Händen, welches ich dankend annahm und auf den Küchentisch stellte.

»Ich wusste gar nicht, dass so viel Talent in dir steckt«, scherzte ich währenddessen. Gespielt empört legte er seine Hand auf sein Herz und tat so, als hätte ich ihn damit tief getroffen.

»Du weißt eben noch nicht alles über uns«, sagte er mit einem breiten Grinsen und wackelnden Brauen.

Leo hatte seine Kinder mitgebracht, die sich freudig auf mein Sofa schmissen und in einer alten Zeitschrift herumblätterten.

»Wir haben ein Bild für dich gemalt«, sagten die zwei unisono. Ich konnte leider nicht ganz erkennen, was genau sie gezeichnet hatten, aber ich freute mich über die bunten Farben und den Glitzer darauf. Auch Ivy, Call, Spence und Johnny kamen kurze Zeit später an. So langsam wurde es richtig kuschelig in meiner kleinen Wohnung. Einige standen in meiner Küche und unterhielten sich, die anderen hatten auf der Couch Platz genommen oder standen mitten im Zimmer. Es war ungewohnt, so viele Menschen auf engstem Raum um mich zu haben, aber ich fühlte mich seit langem wieder zugehörig.

»Warst du im Gartencenter?«, fragte Ivy und begutachtete die Pflanzen auf der Kommode. Meine Gesichtszüge mussten in sich zusammenfallen, denn Spence sah mich verwirrt an.

»Nein, Dylan war gestern hier und hat sie mir vorbeigebracht«, erzählte ich ohne Umschweife.

»Wie bitte? Dylan war in einem Gartencenter? Der Typ hängt entweder im Gym oder in einem Pub!« Call schüttelte ungläubig den Kopf.

»Er hat gleich drei Pflanzen mitgebracht.« Johnny und Call nahmen die Pflanzen unter die Lupe und hoben ihre Brauen. Was hatte das zu bedeuten?

»Apropos Dylan. Wo ist er?«, wollte Spence wissen und sah sich um.

»Ihm ist etwas dazwischengekommen und deshalb war er gestern kurz hier«, log ich und fühlte mich gleich schlecht. Spence war mein Freund, ich wollte ihn eigentlich nicht belügen, aber auch Dylan war es nicht fair gegenüber, wenn ich aus dem Nähkästchen plauderte. Zwar war ich sauer auf ihn, aber ein schlechter Mensch war ich auch nicht.

Bevor noch jemand eine Frage über Dylan stellen konnte, klingelte es erneut. Die Wohnung war mittlerweile so voll, dass kaum noch jemand hineinpasste. Vielleicht hätte ich die Party auf zwei Tage verteilen sollen.

Als ich die Tür öffnete, stand der Coach vor mir und hielt ein Geschenk in den Händen. Es war ungewohnt, ihn nicht im Trainingsanzug, sondern in einer Jeans und einem schwarzen T-Shirt zu sehen.

»Das ist für dich«, sagte er und drückte mir das Päckchen in die Hände. »Es ist von uns allen.«

Ehe ich das Paket neugierig öffnete, bat ich Robert herein, der sich von Call ein Bier geben ließ.

»Mach's auf!«, rief Lucy, die kleine Tochter von Leo, woraufhin alle lachten.

Also tat ich, was sie von mir verlangten, und hob den Deckel.

»Das ... da steht ja mein Name drauf!« Vom Verein hatte ich einen Trainingsanzug geschenkt bekommen, auf den jedoch keine Initialen gedruckt worden waren. Die Jungs hatten mir deshalb ein Trikot mit meinem Nachnamen anfertigen lassen.

»Das ist ...«, vorsichtig drehte ich das Shirt in meinen Händen und musste die Tränen der Rührung unterdrücken. »Vielen Dank. Ihr wisst nicht, wie viel mir das bedeutet!«

Die Jungs lächelten mich an, während ich mit meinem Handrücken die Tränen wegwischte.

Die Gespräche wurden wieder aufgenommen und Robert gesellte sich zu mir.

»Du bist jetzt eine von uns, auch wenn du selbst nicht auf dem Platz stehen kannst.« Mit den Worten prostete er mir zu und konnte gar nicht ahnen, wie sehr mich das berührte.

Der Nachmittag war einer der schönsten, die ich je erlebt hatte. Immer wieder wurde ich in Gespräche einbezogen, sollte einen fachmännischen Rat abgeben oder mir wurde eine Anekdote aus der Vergangenheit erzählt.

»Ich habe gehört, du fährst mit ins Trainingslager?« Jason hielt mir einen seiner selbstgebackenen Muffins unter die Nase und nahm einen Schluck aus der Dr.-Pepper-Dose, die er sich aus dem Kühlschrank genommen hatte. Kurz dachte ich an den Moment zwischen Dylan und mir, schob die Gedanken jedoch wieder beiseite, um mich auf die Konversation mit Jason zu konzentrieren.

Genüsslich biss ich von dem Muffin ab und antwortete ihm, nachdem ich das fluffige Stückchen heruntergeschluckt hatte. »Genau, ich bin schon gespannt, wie es wird.«

»Es wird sicher ungewohnt sein, jemanden dabei zu haben, der gefühlt alles und jeden filmt.«

»Wenn du nicht gefilmt werden möchtest, kannst du mir das gerne sagen, Jason«, beruhigte ich ihn und wurde etwas unsicher. Gab ich ihm kein gutes Gefühl?

»Nein, das meinte ich nicht. Es war etwas ungeschickt formuliert. Ich wollte einfach nur zum Ausdruck bringen, dass ich mich freue, wenn du mitfährst. Wir mögen dich sehr und freuen uns, dass du dich wohlfühlst.«

In Augenblicken wie diesen fragte ich mich, womit ich dieses plötzliche Glück verdient hatte. Hinter der nächsten Ecke musste mit Sicherheit etwas lauern, das mich bei lebendigem Leibe verschlingen würde. Diese Zufriedenheit würde nicht lange andauern, da war ich mir sicher. Trotzdem erlaubte ich mir, für eine kurze Zeit unbeschwert zu sein. Ich hatte nicht nur einen erfüllenden Job, sondern durfte dadurch großartige Menschen kennenlernen. Die Sache mit Dylan würde ich fürs Erste ausblenden können.

»Das ist wirklich lieb, Jason. Danke!« Er lächelte und wir stießen mit unseren Getränken an.

Der Abend kam viel zu schnell. Zwar wusste ich, dass ich auch im Trainingslager weiter die Chance bekam, die Jungs näher kennenzulernen, dennoch fühlte ich mich merkwürdig einsam, als der Letzte durch die Tür ging und ich allein zurückblieb. Und obwohl ich mir diese Gedanken verboten hatte, fiel mir auf, dass Dylan nicht dabei gewesen war. Seine Anwesenheit tat mir weh, aber seine Abwesenheit fühlte sich noch eigenartiger an. Ergab das Sinn? Ich wollte nicht dafür verantwortlich sein, dass er sich ausgeschlossen fühlte, und wollte mir in Zukunft mehr Mühe geben, ihn mit einzubinden. Das Thema war an diesem Nachmittag öfter auf Dylan gefallen und viele fragten mich, warum er nicht ebenfalls da gewesen war. Die Jungs waren auch außerhalb des Platzes mit ihm befreundet und liebten ihn. Was für ein Mensch war ich, wenn ich einen Keil zwischen ihn und die anderen brachte?

Fast zehn Jahre waren seit dem Unfall vergangen, so langsam musste ich damit klarkommen. Schmerzhafte Erinnerungen versuchten, sich an die Oberfläche zu drängen, aber ich ließ sie nicht gewähren. Mir war bewusst, dass ich nicht vergessen und nicht vergeben konnte, aber vielleicht schaffte ich es dennoch, eine einigermaßen respektvolle Art zu finden, um mit Dylan umzugehen. Für das Team, aber am allermeisten für mich. Dieser ständige Kampf gegen ihn machte mich müde und zerriss mich innerlich. Nach langen Überlegungen und verschiedenen Emotionen legte ich mich früh schlafen.

Am nächsten Morgen fühlte ich mich ausgeschlafen und fitter denn je. Mit meinem Koffer und meinem Rucksack bepackt lief ich die Straße zum Trainingsgelände herunter. Der Mannschaftsbus würde uns von dort in eine ländliche Gegend bringen. Das Trainingslager fand in der Nähe des *South Downs Nationalpark* statt. Die Fahrt würde nicht länger als zwei Stunden in Anspruch nehmen, weshalb ich meinen Laptop in meinem Gepäck verstaut hatte. Für zwei Stunden brauchte ich ihn nicht herauszuholen, lieber hörte ich Musik auf der Fahrt und würde mit dem Arbeiten vor Ort anfangen.

Das war einer der Vorteile an meinem Job. Mir wurde unfassbar viel Verantwortung gegeben, die ich mir jedoch selbst einteilen konnte. Es tat gut, dass man mir vertraute.

Das Vibrieren meines Handys riss mich urplötzlich aus meinen Gedanken. Ein *FaceTime* Anruf von Miles. Mit einem breiten Grinsen nahm ich ab.

Miles und ich waren vorgestern zusammen Pizza essen und es hatte sich alles andere als kompliziert mit ihm angefühlt. Wir hatten ein wenig Spaß, nicht im sexuellen Sinne. Er hatte nicht noch einmal versucht, mich zu küssen, weshalb ich davon ausging, dass er beim letzten Mal gespürt hatte, dass es keine gute Idee gewesen war.

»Hey, bist du schon auf dem Weg?«, wollte er wissen und schob sich nebenbei eine Portion Nudeln in den Mund. Das Video auf meinem Smartphone zeigte mir, dass er in seiner Küche saß und hinter ihm das absolute Chaos ausgebrochen war.

»Ich bin gleich am Trainingsplatz. Sag mal, hast du gekocht? Es sieht aus, als wäre bei dir eine Bombe eingeschlagen!« Miles drehte sich um, wodurch das Bild wackelte.

»Du hast mich wohl auf frischer Tat ertappt«, gab er sich geschlagen und bot mir volle Sicht auf seine Küchenzeile. »Eventuell ist mir die Tomatensoße angebrannt.«

Mir entfuhr ein Kichern. »Miles, du arbeitest in einem Diner und kannst nicht einmal Nudeln mit Tomatensoße kochen? Hat Val dich beim Einstellungsgespräch nicht gefragt, ob du qualifiziert bist?«

Mit vollem Mund überlegte er und antwortete. Eine Nudel fiel ihm dabei wieder heraus. »Sie hat dringend einen Mitarbeiter gesucht und scheinbar mache ich meinen Job gut! Schließlich bin ich seit drei Jahren dort.«

»Zumindest bist du ein guter Barista«, neckte ich ihn. Kurz sah ich über meinen Displayrand und erkannte bereits einige Jungs vor dem riesigen Bus stehen. »Ich muss auflegen, Miles. Wir fahren jeden Augenblick los.«

»Viel Spaß, Brie. Schick mir eine Postkarte!«

Schleunigst schob ich mein Handy zurück in meine Hosentasche und schloss zu den anderen auf. Jason war der erste, der mich begrüßte. Wir standen wie bei einer Klassenfahrt im Kreis vor dem Bus und auch dieses freudige Gefühl wie bei einer machte sich in mir breit. Man war voller Vorfreude, hatte Lust, Zeit mit seinen Freunden zu verbringen, und wollte möglichst neue Eindrücke mitnehmen.

Jason, Call und Leo waren in einem Gespräch vertieft, dem ich aufmerksam lauschte. Auf meinem Gesicht klebte ein Dauergrinsen und auch die Stimme von Dylan, der leise heranschlich, konnte meiner guten Laune nicht trotzen.

»Hi Brie!« Er räusperte sich und hielt mir einen Kaffeebecher unter die Nase. »Ich habe dir einen Milchkaffee mitgebracht.«

Verwirrt blickte ich zwischen dem Becher und ihm her. Woher wusste er, welchen Kaffee ich gern trank?

»Das wäre nicht nötig gewesen«, antwortete ich und schob schnell ein »Danke« hinterher. Sofort nahm ich einen großen Schluck und seufzte zufrieden auf. Dylan grinste leicht, wurde aber wieder ernster. Er verlagerte sein Gewicht vom einen auf das andere Bein. War er etwa nervös?

»Wie war die Party gestern? Hat dir unser Geschenk gefallen?« Anders als sonst, ärgerte es mich nicht, dass er versuchte Smalltalk mit mir zu führen.

»Es war wirklich schön und ich habe mich sehr über das Geschenk gefreut!« Fröhlich drehte ich mich einmal um die eigene Achse und Dylan erkannte, dass ich es bereits trug.

»Ich war der Meinung, dass du eins mit deinem Namen benötigst.«

Meine Augen weiteten sich vor Überraschung. »Das war deine Idee?«

Eine leichte Röte überzog seine Wangen und er nickte. »Du bist schließlich nicht irgendjemand, der hier im Verein arbeitet. Du bist *ein Teil von uns.*«

Mein Herz machte einen Sprung und ich hatte nicht erwartet, dass ich dieses Gefühl zuließ. Wärme breitete sich in mir aus und wanderte in meinen Brustkorb.

Ein Teil von uns. Nicht nur Dylan war dieser Meinung, auch der Coach und Jason hatten so etwas in der Richtung gesagt.

»Danke«, nuschelte ich und war mindestens genauso überrascht wie Dylan, dass ich mich ausgerechnet bei ihm bedankte. Schon zum zweiten Mal innerhalb weniger Minuten.

»Nicht dafür«, gab er leise zurück. Unsere Blicke verhakten sich ineinander und wir lächelten uns an. Das hatte es schon lange nicht mehr gegeben und es fühlte sich merkwürdig befreiend an. Waren wir vielleicht auf dem Weg, normal miteinander umzugehen? Die Frage war allerdings, wie lange es dauern würde, bis meine innere, tickende Zeitbombe hochgehen würde. Fakt war nun einmal, dass ich zwangsläufig an die Vergangenheit dachte. Schnell schob ich diese Gedanken beiseite und nahm einen weiteren Schluck meines Lebenselixiers.

»Es geht los!«, rief der Coach und einige Männer erschienen hinter dem Bus, um unser Gepäck in den vorgesehenen Klappen unterzubringen. Nachdem jeder seine Sachen abgegeben hatte, stiegen wir in das Fahrzeug. Ohne zu überlegen entschied ich, mich weit vorn hinzusetzen. Der Platz neben mir blieb leer und Dylan nahm eine Reihe hinter mir neben Jason Platz.

Als der Busfahrer uns auf die Straße manövrierte und durch das Mikro bekannt gab, welche Strecke wir nehmen und wann wir ankommen würden, kramte ich doch nach meinem Laptop. Andernfalls hätte ich die Reise mit dem Starren aus dem Fenster verbracht und dieser Typ Reisender war ich nicht. Ich musste stetig etwas zu tun haben.

Ich blickte durch den kleinen Spalt zwischen dem Sitz und dem Fenster hinter mir. Dylan hatte seinen Kopf auf seiner Hand abgestützt, trug seine Kopfhörer und starrte aus dem Fenster. Seine Iriden bewegten sich ruckartig. Über seinem Kopf schwebte eine schwere Gedankenblase, zumindest sah sein nachdenklicher Gesichtsausdruck so aus. Für einen Moment fragte ich mich, was passieren würde, wenn ich mich zu ihm umdrehte, um mich bei ihm zu erkundigen, ob alles okay wäre. Dann fiel mir aber ein, dass wir diese Art Beziehung nicht führten.

Bevor er mich beim Beobachten ertappte, drehte ich mich wieder nach vorn und klappte den Bildschirm auf.

Zwei Stunden, drei geplante Videos, einen Blogbeitrag und das Beantworten einiger Mails später verkündete der Fahrer, dass wir in wenigen Minuten das Hotelgelände erreichen würden.

Die Jungs wurden unruhig und fingen an, ihre Klamotten zusammenzupacken. Auch ich klappte mein *MacBook* wieder zu und stopfte ihn zurück in meinen Rucksack.

»Bist du vorangekommen?« Ich zuckte ruckartig zusammen, legte meinen Kopf in den Nacken und blickte kopfüber in das Gesicht von Dylan. Er war aufgestanden und ragte groß über meinem Sitzplatz auf.

»Ja, ich habe einiges vorbereitet und das in dieser kurzen Zeit.«

»Vielleicht solltest du öfter Bus fahren«, scherzte er und griff nach seinem Rucksack, den er auf die dafür vorgesehenen Gitter unter der Decke gelegt hatte.

»Nein, danke. Ich arbeite lieber auf dem Platz.«

»Das verstehe ich.«

»Wir sind da!« Keine Ahnung, wer das Bedürfnis hatte, uns das Offensichtliche mitzuteilen. Der Bus hielt an und die Jungs stürmten wie die Kinder in einem Schulbus ungeduldig in Richtung der Türen.

Wir bekamen unsere Zimmerkarten und eine kleine Einweisung vom Personal, wo sich was auf dem Gelände befand. Natürlich hatte ich ein Einzelzimmer bekommen. Ich war neben den Physiotherapeutinnen die einzige Frau in dieser Crew. Meine Kollegen mussten sich teilweise ihre Zimmer teilen, was für sie aber keinerlei Probleme darstellte.

»Der Mittag steht euch zur freien Verfügung, ehe wir heute Nachmittag mit der ersten kleinen Trainingseinheit starten«, erklärte der Coach, woraufhin wir unisono nickten.

»Hast du Lust, eine Runde durch den Park zu gehen?«, fragte Dylan, als ich mir meinen Koffer geschnappt hatte und gerade zum Eingang laufen wollte.

Etwas überrumpelt drehte ich mich in seine Richtung. Wollte ich mit Dylan allein sein? Mein Herz klopfte plötzlich schneller bei dem Gedanken, mit ihm durch die Wälder zu streifen.

»Ich bin ein bisschen müde und würde mich gern aufs Ohr legen«, log ich.

»Oh ... okay. Vielleicht heute Abend nach dem Training?«

Bevor ich antworten konnte, erschien Call bei uns und legte Dylan brüderlich einen Arm um die Schulter.

»Komm Alter, wir beziehen unser Zimmer. Bis später, Brie!« Damit zog er Dylan von mir fort, der sich noch einmal in meine Richtung drehte und mir zuwinkte. Sein Mund formte sich zu einem entschuldigenden Lächeln und auf seiner rechten Wange erschien ein Grübchen. Ich wusste nicht, was ich davon halten sollte, dass in diesem Moment kein Hauch von Wut in mir zu finden war. Da war nichts, außer das Bedürfnis, die Vergangenheit für eine Zeit zu vergessen.

Kapitel 10

Dylan

Was läuft da zwischen dir und unserem Neuling?« Call schloss die Zimmertür auf und schmiss sich auf das Bett, das er sich augenblicklich ausgesucht hatte. Seinen Koffer ließ er achtlos fallen.

»Ich weiß nicht, was du meinst.« Ich schloss die Tür hinter uns und schob meinen Koffer vor unseren Kleiderschrank. Daraufhin ließ ich mich ebenfalls auf die Matratze fallen und streckte meine Beine aus, die im Bus eindeutig zu wenig Platz gehabt hatten.

Mir war nicht entgangen, dass Brie mich beobachtet hatte. Schließlich war es genau das, was ich auch getan hatte.

Meine Augen waren die ganze Zeit auf ihren blauen Hinterkopf gerichtet. Was würde ich dafür geben, ihre Gedanken lesen zu können? Andererseits hatte ich eine enorme Angst davor, nur Abneigung mir gegenüber zu finden.

»Verarsch mich nicht«, brummte Call und drehte seinen Kopf in meine Richtung. »Seit sie da ist, verhältst du dich anders und in ihrer Nähe reagierst du merkwürdig.«

»Sowas in der Art hat der Coach auch schon gesagt.«

»Und das, was der Coach sagt, trägt immer ein bisschen Wahrheit in sich«, predigte er, woraufhin ich schwer stöhnte.

»Brie und ich haben eine gemeinsame Vergangenheit.« Es war das erste Mal, dass ich jemandem abseits meiner Mum davon erzählte. Der Coach zählte nicht, er hatte es schließlich selbst herausgefunden und nicht von mir erfahren.

Call pfiff begeistert durch die Zähne. »Wusste ich's doch. Ist zwischen euch alles *in Ordnung*? Ich spüre gemischte Vibes.«

Genervt verdrehte ich die Augen. Call sprach zwischendurch in Jugendsprache, das hatte er sich von Ivys jüngerem Bruder und seiner eigenen Schwester abgeguckt. Er verbrachte eindeutig viel Zeit mit seiner Familie.

»Ich weiß nicht, aber ich würde behaupten, unser Verhältnis ist alles andere als in Ordnung.«

»Was soll das jetzt heißen?«, wollte er wissen und setzte sich auf. »Muss ich dir eigentlich alles aus der Nase ziehen?«

Normalerweise war ich nicht der gefühlsduselige Typ und der letzte, der mit seinen Freunden über so etwas, für mich Banales, wie Emotionen sprach. Trotzdem tat es gut, mit Call darüber zu reden, es war irgendwie befreiend.

»Brie und ich waren als Teenager unzertrennlich, bis ich etwas Schlimmes getan habe, was uns auseinandergerissen hat. Es ist ein Wunder, dass sie mir nicht den Kopf abgerissen hat, als sie mich das erste Mal gesehen hat.« Meine Erklärung war schwammig. Für Call eindeutig zu schwammig. Er hob die Augenbrauen und bedeutete mir mit einer ausladenden Geste seiner Hand, weiterzusprechen. Sollte ich es ihm anvertrauen? Wenn nicht Call, wem dann? Er und Johnny waren die Jungs im Team, die ich am ehesten zu meinen engsten Freunden zählte. Seit die beiden in einer Beziehung waren, hatte sich auch unser Verhältnis verändert. Beide waren gefühlvolle Menschen geworden, die sich um die Emotionen der anderen sorgten. Das konnte auf der einen Seite echt nervtötend sein, aber vor allem in Calls aktueller Position als Kapitän war es ein Vorteil. Er musste uns Jungs im Griff haben und das hatte er, wenn er von unseren Bedürfnissen, Ängsten und Sorgen wusste.

»Ich bin schuld, dass Brie nicht … wegen mir …« Ich konnte die Worte nicht aussprechen, aber ein Blick in Calls Augen bestätigte mir, dass er Bescheid wusste.

»Fuck«, fluchte er und schüttelte ungläubig seinen Kopf. »Ich habe Brianna gegoogelt, aber nichts zu ihrem Unfall gefunden.« Das war auch so eine Sache. Es gab eine Menge Menschen, die früher der Meinung gewesen waren, dass eine unbefleckte Schürze besser war, als preiszugeben, was wegen mir passiert war. Allen voran mein damaliger Trainer hatte alles in Gang gesetzt, dass niemand vom tragischen Unfall erfuhr.

»Du wirst über ihren Unfall nichts finden, weil alle Artikel gelöscht worden sind. Das bedeutet wiederum nicht, dass es dadurch ungeschehen gemacht wurde. Fakt ist, dass ich Bries Leben ruiniert und unserer Freundschaft damit ein Ende gesetzt habe.«

Hinter meinen Lidern brannte es verräterisch, aber ich schickte das dumpfe Gefühl, das sich in mir breit machte, weit weg.

»Sie ist eine starke Frau. Sie hat es überlebt«, versuchte mein Freund mich aufzumuntern.

»Zu welchem Preis? Ich weiß nicht einmal, ob sie mit ihrem jetzigen Leben glücklich ist. Sie dreht durch, wenn das Thema auf die Vergangenheit fällt.«

»Kannst du es ihr verübeln? Womöglich fühlt und sieht sie all die Schmerzen, die sie damals empfunden hat, wenn du in ihrer Nähe bist und mit ihr sprichst«, mutmaßte Call.

Das war mir auch schon in den Sinn gekommen. Umso schwerer war es, mit ihr zu kommunizieren. Ein Teil von mir wollte versuchen, mit ihr auszukommen, vielleicht wieder so etwas wie Freunde werden. Der andere Teil ermahnte mich und sagte mir, genau das nicht zu tun. Er redete mir ein, es bei einem kollegialen Verhältnis miteinander zu belassen. Mein Herz fing jedoch an zu kapitulieren und klopfte wütend gegen meinen Brustkorb, sobald ich diese Option in Erwägung zog.

Brie war ein Teil von mir und würde es für immer bleiben. Dass sie nun wieder in meinem Leben war, machte das Ganze noch schwieriger.

»Manchmal wünschte ich mir, sie würde mich anschreien, beleidigen und schlagen für das, was ich ihr angetan habe, in der Hoffnung, dass wir danach wieder Freunde werden können«, offenbarte ich meine inneren Gedanken und war selbst schockiert darüber.

»Das kann ich verstehen, aber ich schätze Brie nicht dermaßen ein. Sie wirkt wie ein Mensch, der vieles in sich hineinfrisst, bevor er explodiert. Ihr habt es beide nicht verdient, das zu empfinden, was ihr scheinbar gerade fühlt.«

Verdutzt sah ich Call an, der bloß mit den Achseln zuckte.

»Für mich sieht es so aus, als würdet ihr beide leiden. Mir sind eure Blicke nicht entgangen, wenn ihr euch beobachtet und das Gefühl habt, der jeweils andere würde es nicht bemerken. Wenn du spielst, funkelt da etwas in Bries Augen. Ich kann es nicht definieren. Es ist etwas zwischen Wut und Stolz. Und du siehst aus wie jemand, dem schleunigst gesagt werden muss, dass es ein verdammter Unfall war und du keinerlei Schuld an dem ganzen Scheiß trägst.«

Calls Worte schlängelten sich einen Weg durch meine steinerne Fassade und klopften gegen die Stelle in meinem Herzen, die für Brie reserviert war. Hatte er Recht mit dem Part über unsere Blicke? Mir waren sie entgangen. War Brie überhaupt in der Lage, mir gegenüber etwas anderes als Hass zu empfinden? War sie tatsächlich stolz auf mich?

»Ich weiß einfach nicht, was ich tun soll«, seufzte ich und schlug mir wie ein Stückchen Elend die Hände vors Gesicht.

»Versucht, miteinander auszukommen, bis ihr diese bestimmte Grenze erreicht habt, und dann redet offen über alles, was jemals zwischen euch geschehen ist. Nur sprechenden Menschen kann geholfen werden, hat meine Mum immer gesagt.«

Ich nahm mir Calls Ratschlag zu Herzen, wusste gleichzeitig, dass es nicht einfach werden würde. Spätestens bei unserer Aussprache würde ich Brie wieder verlieren. Sobald sie erfahren würde, was wirklich geschehen war, wär's das. Da konnte ich meine Karriere drauf verwetten.

Ein Versuch war es dennoch wert.

Call und ich gingen eine Runde zusammen durch den wunderschönen Nationalpark joggen. Hier zu sein war neben dem stressigen Alltag in einer großen Stadt wie London eine willkommene Abwechslung. Ich erwischte mich dabei, wie ich immer wieder bewusst tiefe Atemzüge nahm und die frische Waldluft in mir aufsog.

Als wir nach zwei Stunden wieder am Hotel ankamen, saß Brie mit einem Buch auf der Waldterrasse. Call bedeutete mir mit seinem bloßen Blick, dass ich zu ihr gehen sollte.

»Ich bin völlig verschwitzt«, flüsterte ich.

»Ich wette, Brie kann unterscheiden zwischen Angstschweiß und *Ich-habe-mir-gerade-die-Seele-aus-dem-Leib-gerannt-Schweiß*.«

»Fick dich«, murmelte ich, musste aber grinsen.

»Bis später!« Er salutierte und trabte davon.

Noch hatte Brie mich nicht entdeckt, aber das änderte sich, als ich einen Schritt auf die Fliesen der Veranda machte. Sie hob ihren Blick und kniff die Augen zusammen, um mich mit der Sommersonne im Rücken zu erkennen.

Ihre Nase kräuselte sich dabei süß. Süß?! Seit wann benutzte ich solche Ausdrücke?

»Was liest du da?«

Brie drehte das Buch in ihren Händen, sodass ich den Titel erkennen konnte.

»*How to break up with your phone*«, las ich laut vor und hob die Brauen. »Bist du ein Smombie?«

»Nun, ich arbeite mit den sozialen Medien und auch in meiner Freizeit bin ich viel an meinem Handy. Das möchte ich ein bisschen eindämmen.« Während sie erzählte, klappte sie das Buch zu und legte es sich auf ihren Schoß. Für einen kleinen Moment herrschte Stille zwischen uns.

»Und ihr? Wart ihr im Wald?« Ich nickte eifrig und setzte mich auf die Bank ihr gegenüber.

»Call und ich waren eine Runde joggen. Es ist echt schön hier und was anderes als London. Wir sind oft in diesem Trainingslager. Hier kriegt man den Kopf frei.«

Brie lauschte mir geduldig und ließ daraufhin den Blick durch die dichten Bäume auf dem Gelände schweifen.

»Mir gefällt es hier auch sehr«, schwärmte sie. »In London gibt es eindeutig zu wenig Bäume!«

Wir lächelten uns an. Warum konnten wir keine Konversation miteinander führen, die länger als ein paar Sätze ging?

»Wie geht es eigentlich deiner Mum?« Brie hob ihre Beine an und setzte sich in den Schneidersitz.

»Sehr gut, danke dass du nachfragst. Ich war vor einigen Tagen bei ihr«, erzählte ich. »Sie arbeitet immer noch als Tagesmutter.«

Brie schüttelte unverständlich den Haarschopf. »Ich werde bis heute nicht verstehen, warum man freiwillig Kindergeschrei über sich ergehen lassen möchte, wenn es nicht gerade das eigene Kind ist.«

»Ich erinnere mich an eure unzähligen Diskussionen darüber.«

»Deine Mum hat versucht, mir schmackhaft zu machen, so früh es geht Kinder zu bekommen«, schwelgte sie lachend in Erinnerungen. »Ich war gerade einmal vierzehn!«

»Sie liebt Kinder eben«, nahm ich meine Mum spielerisch in Schutz.

»Am liebsten Kinder, die wir bekommen hätten.« Bries Worte hatten ihren Mund verlassen, noch bevor sie über die Schwere dieser nachdenken konnte. Verwirrt und etwas überrascht, riss sie die Augen auf.

»Sorry, das war unangebracht.«

»Alles in Ordnung«, beruhigte ich sie und tastete mich weiter voran. »Wie geht es deiner Familie?«

Brie lehnte sich tiefer gegen die Bank und seufzte.

»Soll ich ehrlich sein? Ich weiß es nicht. Als ich den Job angenommen habe, bin ich ausgezogen. Seitdem habe ich nichts von ihnen gehört und ich weiß nicht, ob es mich zu einem schlechten Menschen macht, aber ich vermisse sie nicht.«

Obwohl es mir für Brie unendlich leidtat, freute ich mich, dass sie sich mir offenbarte.

»Es macht dich nicht zu einem schlechten Menschen, wenn du dich von den Leuten löst, die dir nicht guttun.« Brie sah mich unter ihren langen Wimpern an und blinzelte ein paar Mal. Hoffentlich projizierte sie diese Aussage nicht auf mein plötzliches Verschwinden aus ihrem Leben. Zum Glück tat sie es nicht, sondern nickte anerkennend.

»Seit wann bist du so weise, Dylan Fraser?« Ein Lächeln lag auf ihren Lippen und jetzt war ich es, der blinzeln musste. Mein Herz klopfte fest gegen meinen Brustkorb und meine Hände fingen an zu schwitzen, als mir bewusst wurde, wie mein Körper auf meine älteste Freundin reagierte. Zwar hatte ich als Jugendlicher bereits öfter das Bedürfnis verspürt, Brie näher zu kommen, es aus Angst vor einer Abfuhr jedoch nicht getan. Jetzt fühlte sich diese Spannung zwischen uns intensiver an und ich hatte das Gefühl, es würde gar nicht mehr vergehen. Seit Bries Ankunft im Verein, trug ich ständig eine Schwere in meiner Magengegend, die ich nicht erklären konnte.

»Wir sind beide älter geworden«, antwortete ich und sah fest in ihre Augen. »Es tut mir leid, dass es mit deiner Familie nicht gut läuft.«

»Das muss es nicht. Du weißt, dass es früher schon so war.«

»Wenn du möchtest, kannst du mal mit zu meiner Mum. Ihr könntet miteinander reden ... so wie früher.« Nervös knetete ich meine Hände in meinem Schoß, als ich ihr diesen Vorschlag machte. Brie wich meinem Blick aus und seufzte.

»Ich glaube nicht, dass das eine gute Idee wäre, Dylan.«

»Ich würde auch nicht mitkommen!«

»Ich überlege es mir, okay?« Als wir uns wieder ansahen, leuchtete etwas in ihren Augen, das mich besänftigte. Das war ein gutes Zeichen, oder? Sie arbeitete daran, ein einigermaßen normales Verhältnis mit mir aufzubauen.

»Wir sollten aufbrechen. Das Training fängt gleich an«, sagte sie plötzlich und sammelte ihre Sachen zusammen.

Bevor ich etwas erwidern konnte, klingelte ihr Telefon, welches sie mit einem entschuldigenden Ausdruck annahm.

»Hey Miles«, flötete sie hinein und klemmte sich ihr Buch unter ihren Arm. Sie winkte mir noch einmal zu und verschwand von der Terrasse. Ich blieb allein zurück und überlegte fieberhaft, ob Brie wirklich mit diesem Miles zusammen war und warum er ausgerechnet diesen Moment zwischen uns zerstören musste.

Kapitel 11

Brie

Der Anruf von Miles war ein willkommener Ausweg aus dem Gespräch mit Dylan. Unbehagen und ein schlechtes Gewissen machten sich in mir breit, als ich ihn einfach auf der Terrasse sitzen ließ, aber etwas in mir wehrte sich dagegen, dass ich mich wieder normal in seiner Gegenwart fühlte.

Als Dylan mich gefragt hatte, ob ich seine Mum wiedersehen wollte, hätte ich fast angefangen zu weinen. Seine Mum Veronica und ich waren beinahe wie beste Freundinnen gewesen. Nach meinem Unfall hatte ich also nicht nur meinen besten Freund, sondern durch seine Abwendung auch sie verloren.

Miles hatte bloß angerufen, weil er wissen wollte, wie viel Wasser meine neuen Pflanzen brauchten.

Danach hatten wir schnell wieder aufgelegt und ich stand in meinem Hotelzimmer vor meinem Spiegel und starrte mich an.

Auf meinen Wangen schimmerte eine leichte Röte, die dem Gespräch mit Dylan zuschulden kam.

»Fuck«, flüsterte ich und schloss die Augen, warf meinen Kopf in den Nacken und stöhnte auf. »Das darf nicht passieren!«

Ich fühlte mich, als wäre ich zwischen zwei Stühlen gefangen. Einerseits wollte ich die Nähe zu Dylan, auf der anderen Seite wollte ich, dass er mir fernblieb. Am Ende würde ich ohnehin verletzt werden. Dieses Chaos in mir war ich nicht gewohnt und ich bekam Angst vor möglichen Situationen, in die Dylan mich hineinmanövrieren würde. Schließlich war ich nicht blöd und hatte seine Annäherungsversuche bemerkt. Er wollte mich wieder in seinem Leben. Aber wollte ich ihn wieder in meinem?

Mein Herz gab mir mit einem schnellen Klopfen eine eindeutige Antwort. Mein Verstand schlug sich währenddessen gegen die Stirn.

Was sollte ich bloß tun?

Dylan darf meine Gedanken nicht vollkommen einnehmen, versuchte ich mir ins Gedächtnis zu rufen und sah auf mein Smartphone.

Es war Zeit für die Arbeit.

Keine halbe Stunde später stand ich auf dem Platz und sah den Jungs dabei zu, wie sie Runden drehten, um sich warm zu laufen. So sehr ich versuchte, mich auf meine Arbeit zu konzentrieren, brachte ich nicht mehr als ein paar Bilder zustande. Zu meinem Glück beobachtete mich niemand und ich konnte machen, was ich wollte.

Meine Augen wurden automatisch von Dylan angezogen. Um mich abzulenken, setzte ich mich an den Rand, öffnete meinen Laptop, um an einem Blogbeitrag weiterzuarbeiten. Die Aufmerksamkeit hielt nicht lange an, da beobachtete ich ihn schon wieder.

Dylan trug heute neben seinen Sportshorts und Trainingsschuhen, ein enges Sport-Top, welches seine Armmuskeln besonders zur Geltung brachte. Während jeder Bewegung konnte man das Muskelspiel in ihnen beobachten. Oberflächlichkeiten wie das Aussehen von Menschen interessierten mich eigentlich nicht, aber mir war bei unserem ersten Aufeinandertreffen schon aufgefallen, dass Dylan ein wunderschöner, attraktiver Mann geworden war. Es wunderte mich nicht, dass er mit Models abhing. Dylan war als Jugendlicher um einiges schüchterner als ich und obwohl er ein guter Fußballer gewesen war, hatte er sich vieles, anders als ich, nicht getraut. Wie oft stand ich am Rand des Platzes und schrie ihm zu, dass er mutiger sein und einfach auf sein Bauchgefühl hören sollte?

In dem Moment, als ich den Gedanken zu Ende gedacht hatte, nahm Dylan wie selbstverständlich und mit einem Selbstbewusstsein Callum den Ball ab und grinste ihm schief über seiner Schulter hinweg zu.

Heute brauchte er mich wohl nicht mehr dafür.

Die Jungs spielten ein kleines Match gegeneinander und Dylan nahm dem Innenverteidiger Ivan den Ball so gekonnt ab, dass mir abermals die Luft wegblieb. Diesen Trick hatte er eben bereits bei Callum gemacht. Wie er mit dem Ball am Fuß über das Feld schwebte, hatte nahezu etwas Magisches. Sein Ausdruck war fokussiert und konzentriert. Bis er in meine Richtung sah, meinen Blick einfing und Johnny das Leder an sich nahm. Der Coach rief Dylan zu, dass er besser aufpassen sollte. Eine Röte zeichnete sich auf seinem Gesicht ab, weil er gesehen hatte, wie ich ihn beobachtet hatte. Entschuldigend lächelte ich ihn an und versuchte mich danach voll und ganz auf meine Arbeit zu konzentrieren, damit er das auch konnte.

Tatsächlich schaffte ich es ohne weitere Zwischenfälle weiterzuarbeiten und verließ zusammen mit den Jungs nach zwei Stunden den Trainingsplatz.

»Hast du Lust heute Abend ein bisschen rumzuhängen?«, fragte Johnny, als wir den Eingang des Hotels betraten. Die anderen verteilten sich bereits und waren auf dem Weg zu ihren Zimmern, um zu duschen, schlafen oder sich einfach auszuruhen.

»Ich gehe kurz duschen. Was genau habt ihr denn vor?« Würde Dylan dabei sein?

»Einfach den Abend gemütlich ausklingen lassen. Wie wäre es?« Johnny lächelte mir zu und ich konnte deshalb gar nicht anders, als zuzusagen. Ich mochte ihn wirklich sehr und bewunderte ihn für seinen Mut, den er in den letzten Monaten aufgebracht hatte.

Mit der Hilfe des Teams und seines Freundes Spencer hatte er sich geoutet und eine Organisation für homosexuelle Spieler und Spielerinnen in der Sportbranche gegründet.

»Ich bin dabei!«

»Super, dann treffen wir uns heute Abend gegen sieben Uhr auf der Terrasse«, meinte er und winkte mir noch einmal zu, ehe er in die Richtung seines Flurs lief.

Nach einer heißen Dusche, Überlegungen, was ich anziehen sollte, und weiteren Gedanken an Dylan hatten wir uns auf der Terrasse getroffen, hörten Musik und tranken eine kühle Limo. Call telefonierte mit Ivy und Johnny erzählte mir gerade von Spencers aktueller Kunstausstellung, als Jason sich zu uns setzte. Mein Blick fiel auf Dylan, der uns gegenübersaß und eine Braue hob, als Jason genau neben mir Platz nahm. Mit einem Lächeln stieß er mit mir an.

»Wie geht's Spence?«, erkundigte sich Jason. Dylan verdrehte die Augen und wich meinem Blick aus, als er bemerkte, dass ich seine Reaktion wahrgenommen hatte. Herrschte zwischen Jason und ihm etwa böses Blut? In meinen Augen war es aufmerksam von Jason, dass er sich bei Johnny erkundigte, wie es seinem Freund ging. Allgemein fand ich es unfassbar toll, wie die Mannschaft miteinander auskam und sie untereinander sogar neben dem Platz befreundet waren.

»Er ist zu bescheiden. Wenn die Menschen ihm zu seinem Erfolg gratulieren, winkt er andauernd ab.« Johnnys Augen erhellten sich, als er über seinen Freund sprach, was mir auch ein Schmunzeln auf die Lippen zauberte. Die beiden waren ein absolutes Traumpaar.

»Naja, so bist du schließlich auch. Wer war denn letzte Saison Torschützenkönig der Saison und wollte nicht zur Verleihung des Preises?« Jason rempelte Johnny spielerisch mit der Schulter an, der daraufhin seufzte.

»Aufmerksamkeit ist eben nicht so mein Ding.«

»Dann hast du dir aber den falschen Beruf ausgesucht«, warf ich ein. »Deine letzte Saison war der absolute Hammer.«

»Du hast uns verfolgt?«, fragte Johnny ungläubig.

»Natürlich! Zumindest habe ich mir Zusammenschnitte von einigen Spielern angesehen. Ich analysiere gerne«, erzählte ich und dachte darüber nach, dass ich mir von beinahe jedem Spieler der Mannschaft einen Zusammenschnitt angeschaut hatte. Außer von Dylan, der mich ansah und gebannt zuhörte.

»Und was hast du bei mir analysiert?«, wollte Jason wissen.

»Du verlierst ziemlich oft im Zweikampf den Ball«, haute ich trocken heraus. »Aber dafür bist du im Kopfball sehr stark.« Den letzten Teil fügte ich mit einem zuckersüßen Grinsen hinzu, was Jason auflachen ließ.

»Und was ist mit mir?«, warf Callum dazwischen, dabei hielt er noch immer sein Telefon an seinem Ohr.

»Du reagierst zu langsam, wenn dich ein Mitspieler anspielen will«, sagte ich. Callums Mund klappte auf.

»So etwas hat der Coach auch schon gesagt«, murmelte er und ich zuckte mit den Achseln.

»Ich wusste nicht, dass du dich wirklich dermaßen gut auskennst«, äußerte sich Jason mit Überraschung in seinem Blick.

Ich blickte beschämt auf meine Hände in meinem Schoß und bereute die Worte, bevor ich sie ausgesprochen hatte.

»Ich habe selbst mal gespielt.«

»Was?!«, riefen Johnny und Jason gleichzeitig aus.

Zum Glück kam genau in diesem Moment Call dazu, der sein Telefonat beendet hatte und sich eine Limo vom Tisch nahm. Danach setzte er sich neben Dylan, der mich immer noch anstarrte. Er hatte die Lippen zu einer schmalen Linie zusammengepresst und sah aus, als hätte er Schmerzen. Hatte das etwas mit meinen Worten zu tun gehabt?

»Ivy hat morgen endlich ihre Operation«, berichtete er uns mit sorgenvoller Miene und legte sich seine Flasche an die Lippen.

»Sie wird es schon packen«, sagte Johnny aufmunternd.

»Was für eine Operation?«, erkundigte ich mich. Ivy hatte dahingehend gar nichts erwähnt.

»Ivy hat eine Fehlstellung ihres Hüftgelenks und hat manchmal starke Schmerzen beim Laufen. Es war ein weiter Weg, bis sie sich endlich dazu bereit erklärt hat, sich operieren zu lassen.« Meine Gedanken schweiften urplötzlich zurück zu meinen unzähligen Operationen nach meinem Unfall, weshalb ich mich versteifte. Der sterile Geruch des Krankenhauszimmers stieg mir in die Nase. Mir wurde schlecht.

»Alles in Ordnung mit dir?« Jason hatte bemerkt, dass ich merkwürdig reagiert hatte und lehnte sich ein Stückchen in meine Richtung. *Nicht jetzt, nicht hier, Brie!*

»Mir geht's gut«, winkte ich ab und bemerkte, wie Dylan mich unter Argusaugen beobachtete.

»Möchtest du noch etwas zu trinken?« Dylan reichte mir eine weitere Flasche Orangenlimo, die ich dankend annahm. Call sah zwischen Dylan und mir mit einem zufriedenen Grinsen hin und her. Hatte ich etwas verpasst?

Der Abend verlief gemütlich, bis wir uns gegen zehn dazu entschieden, schlafen zu gehen. Vor allem für die Jungs würden die nächsten Tage anstrengend werden und ich wollte nicht der Grund sein, warum sie nicht ausgeschlafen waren. Deshalb war ich die Erste, die die Runde verließ und mich schlafen legte.

Bevor ich einschlief, ließ ich den Tag noch einmal Revue passieren und musste mit Entsetzen feststellen, dass es keinen Moment gab, in dem ich Dylan aus dem Weg gehen wollte. Vielleicht ging es doch bergauf mit uns …

Am nächsten Tag verbrachte ich nur wenige Minuten auf dem Platz, da ich eine Aufgabe aus London bekam, die ich für unsere Homepage fertigstellen musste. Nachdem ich ein paar Aufnahmen für *Instagram* gemacht hatte, ging ich zurück zum Hotel.

Meine Arbeitszeit verbrachte ich auf der Waldterrasse, trank einen Tee nach dem anderen und machte in meiner Mittagspause einen kleinen Spaziergang durch den Wald.

Ich hatte mich bewusst dazu entschieden, mein Telefon in meinem Zimmer zu lassen, damit ich mit der Natur allein war. Die Kronen der Bäume wurden von der Sommersonne erhellt und warf einige Lichtstreifen auf den Gehweg. Keine Menschenseele war unterwegs, weshalb ich bloß das Zwitschern der Vögel wahrnahm.

Dylan hatte Recht. Es war wirklich ein wundervolles Fleckchen Erde und man konnte ordentlich nachdenken. Das Problem war, dass ich über Dinge nachdachte, über die ich eigentlich nicht nachdenken wollte.

Als ich mich gestern Abend von der Gruppe verabschiedet hatte, hatte Call Dylan verschwörerisch angerempelt, der mit sich gerungen hatte, ob er sich mir anschließen sollte. Er hatte sich dagegen entschieden und ich wusste beim besten Willen nicht, warum mich das gestört hatte. In diesem Augenblick wollte ich, dass Dylan mich auf mein Zimmer brachte. Was war nur los mit mir? Ich schob meine widersprüchlichen Gefühle und Gedanken darauf, dass Dylan mich den Abend über mit seinen Blicken verwirrt hatte.

Bevor ich eingeschlafen war, musste ich ununterbrochen an ihn denken. Wie er mich angesehen hatte, als ich darüber gesprochen hatte, dass ich selbst einmal gespielt hatte. Über die kleine Sorgenfalte zwischen seinen Brauen, als ich bei der Erwähnung von Ivys OP zusammengezuckt war. Ein kleiner Teil meines Herzens brüllte mir zu, dass er sich um mich sorgte und ich ihm noch etwas bedeuten musste. Danach schlug jedoch mein Verstand Alarm, der mir vor Augen führte, was Dylan getan, beziehungsweise, was er nicht getan hatte.

Auf einer Parkbank machte ich Rast und ließ meinen Blick über einen kleinen Hang schweifen. Verschiedene Pflanzen und Blumen ragten aus der Erde und wogen im leichten Sommerwind. Die Idylle machte mich wehmütig und ich verspürte das Bedürfnis, diesen Moment mit jemandem zu teilen. Mit *ihm* zu teilen.

Es war wie ein Fausthieb in die Magengrube, als ich begriff, dass es wieder passierte. Solche Momente hatte ich in den vergangenen Jahren des Öfteren erlebt. Nicht zuletzt bei meiner Abschlussfeier. Mein geschundenes Herz und meine Seele, die nicht allein sein wollte, hatten sich immer jemanden an meiner Seite gesehnt. Egal, was in meinem Leben geschehen war, der Drang, Dylan davon zu erzählen, war da, weshalb ich angefangen hatte, Briefe an einen Dylan zu schreiben, den es in meinem Leben nicht mehr gab. Sie lagen in einem Karton unter meinem Bett. Beim Umzug hatte ich vorgehabt, sie alle zu entsorgen, aber hatte es nicht übers Herz bringen können. Wenn ich all die Erinnerungen, die ich mit jemandem hatte teilen wollen, einfach vernichten würde, fühlte es sich so an, als würde ich auch die Erinnerungen zerstören. Ergab das Sinn?

Nach zehn Minuten des Grübelns erinnerte ich mich daran, dass ich weiterarbeiten musste und nicht im Urlaub war. Also stand ich auf, sog einen tiefen Atemzug ein und lief zurück. Trotzdem war ich noch immer unentschlossen, wie ich zu meinen Gefühlen gegenüber Dylan stand.

Eine knappe Stunde später war ich wieder am Hotel angekommen und setzte mich mit meinem Laptop zum Arbeiten raus. Am frühen Abend konnte ich meine Aufgaben endlich beenden und schickte die erledigte Aufgabe zurück nach London. Der Administrator unserer Homepage würde meinen Artikel formatieren und in den nächsten Tagen hochladen. Das bedeutete, dass ich mich ab morgen wieder ganz auf Social Media konzentrieren konnte.

Auch hatte ich mir bereits Gedanken und Notizen über den Bericht über das jetzige Trainingslager gemacht, aber nun hatte ich erst einmal Feierabend und würde diesen mit meinem Buch genießen!

Die Ruhe währte nicht lange, denn nach einer knappen halben Stunde hörte ich die Stimmen der Jungs, die vom Platz kamen. Die Temperaturen waren heute so hoch wie lange nicht mehr, deshalb gingen sie erst einmal ins Hotel, um sich abzuduschen. Eine Weile später hörte ich erneut Stimmen, aber niemand von ihnen gesellte sich zu mir. Ich streckte meinen Kopf in die Höhe und sah, wie eine kleine Gruppe den Pfad in den Wald nahm. Scheinbar gingen sie eine Runde spazieren. Woher nahmen sie diese Motivation nach einem anstrengenden Trainingstag? Wäre ich heute vier Stunden über den Platz gerannt, wäre mein nächstes Ziel mein Bett.

»Hey Brie!« Eine tiefe, rauchige Stimme riss mich aus meinen Gedanken. Plötzlich fing mein verräterisches Herz an, schneller zu schlagen und eine Gänsehaut rannte über meinen Nacken. Ich erinnerte mich an mein

Gedankenkarussell im Wald und mein Verstand verspottete mich, dass ich mich so wenig unter Kontrolle hatte.

»Darf ich mich zu dir setzen?« Ich nickte knapp und sah ihm dabei zu, wie er sich in seinen dunklen Shorts und seinem enganliegenden schwarzen T-Shirt auf die Bank gegenüber setzte. In seiner rechten Hand hielt er zwei Dosen *Dr. Pepper.* Meine Augen wurden größer.

»Wo hast du die denn her?!« Dylan lachte und reichte mir eine der Dosen.

»Das ist ein Geheimnis!«

»Solange du mir eine mitbringst, musst du mir von deinem Geheimnis nichts verraten.« In dem Moment fiel mir auf, dass er auch in der anderen Hand etwas hielt.

»Du hast ein Buch dabei?«

»Ja, ich dachte, ich eifere dir nach und lese ein wenig. Ist schließlich ein schöner Ort dafür.«

»Ich weiß noch, wie wir uns als Kinder ständig aus Comics vorgelesen haben.« Anders als erwartet verspürte ich keine Schmerzen oder Wut, als ich Dylan von meinen Erinnerungen erzählte.

»Daran musste ich auch denken«, pflichtete er mir bei und hob das Buch, was sich letztendlich als Comic entpuppte, in die Höhe.

»Hast du bisher eigentlich je ein richtiges Buch gelesen?«

»Comics sind Bücher!«, stöhnte er gespielt genervt. Auch diese Diskussion hatten wir früher öfter geführt.

»Solange du mich mit Dr. Pepper versorgst, hast du mit allem Recht, was du sagst«, scherzte ich und ließ den Blick über das Gelände schweifen. Außer uns war weit und breit niemand zu sehen.

»Ich habe auch so Recht mit allem, was ich sage.«

»Ach ja?« Ich hob neugierig eine Braue in die Höhe.

»Du siehst heute wunderschön aus, Mariposa.«

Ein dicker Kloß setzte sich in meinem Hals fest und ich merkte augenblicklich, dass mir warm wurde.

»Dylan …«, fing ich an, wusste aber nicht, was ich eigentlich sagen wollte. Was wollte ich erwidern?

»Du warst schon immer der schönste Mensch und das hat sich nicht geändert. Sowohl innerlich als auch äußerlich.«

»Egal, was du sagst, Dylan, ich kann dir nicht mehr vertrauen«, antwortete ich ehrlich und blickte in sein zerknirschtes Gesicht. Seine Worte bedeuteten mir etwas. Das hieß aber nicht, dass alles andere vergessen war.

»Was muss ich tun, damit wir neu starten können?«

»Es gibt nichts, was du tun kannst. Wir sollten versuchen, irgendwie miteinander auszukommen und das wars.«

»Das kann ich aber nicht«, erwiderte er.

»Warum nicht?« Meine Stimme klang erschöpft und genauso fühlte ich mich plötzlich auch.

»Ich habe dich geliebt, Brianna«, platzte aus ihm heraus. Mein Körper versteifte sich und sämtliche Alarmglocken in mir fingen an zu schrillen. Bevor ich etwas antworten konnte, schob er noch etwas hinterher.

»Und ich rede hier nicht von Liebe, die man zwischen guten Freunden oder Geschwistern verspürt. Es war viel mehr als das! Und jetzt, wo du wieder in meinem Leben bist, kann ich an nichts anderes mehr denken, außer daran, dass ich es dir nie gesagt habe, weil ich Angst vor deiner Reaktion hatte. Du kannst nicht von mir erwarten, dass ich so tue, als wäre nie etwas zwischen uns gewesen. Du musst es doch auch gespürt haben.«

Ich starrte ihn an, unfähig etwas zu sagen. Warum tat er das? Wir kamen gerade wieder einigermaßen klar und er ließ eine gewaltige Bombe platzen.

Panik erfüllte mich. Warum kam mir keine Erwiderung über die Lippen? Mein Schutzmechanismus musste schleunigst die Kontrolle übernehmen.

»Wir waren beste Freunde«, versuchte ich, unsere Konversation und unser aufkeimendes, gesundes Verhältnis zu retten.

Dylan schnaubte. »Beste Freunde küssen sich nicht!«

»Es war nur ein einziges Mal gewesen und es lag an der Situation!«, log ich. Meine Stimme wurde lauter, aber das war mir egal. Mir hatte es mehr bedeutet, als er sich vorstellen könnte, aber das nun zuzugeben, würde die Situation bloß verschlimmern.

»Ach, hat dir etwa einer der Schmetterlinge zugeflüstert, dass du mich küssen sollst?«, fragte er sarkastisch.

»Dylan, hör bitte auf damit. Du machst es nur noch schlimmer.«

»Es kann gar nicht schlimmer werden. Was soll noch passieren? Ich habe meine beste Freundin verloren, das Mädchen, das ich über alles geliebt habe. Die Frau, die ich immer noch liebe, hasst mich!«

»Verarsch mich nicht«, flüsterte ich beinahe. »Lüg mich nicht an, Dylan.

Das kann nicht dein Ernst sein!« Wütend stand ich auf und machte mich vor ihm groß. Dylan blieb seelenruhig sitzen, während neben ihm ein Schmetterling auf den Pflanzen landete.

Das sollte wohl ein Witz sein. Das Schicksal verspottete mich.

Kapitel 12

Dylan

Ich hatte es getan. Ich hatte ihr von meinen Gefühlen erzählt, aber sie konnte mich nicht ernst nehmen und das war etwas, das ich ihr nicht verübeln konnte. Das hatte ich verdient, aber es schmerzte dennoch.

Brie starrte auf die Blumenkübel neben mir und ich drehte meinen Kopf. Ein Schmetterling saß auf einer der Blumen. Augenblicklich wurde ich Jahre zurückgeschleudert.

Mit vierzehn Jahren waren wir zusammen in einem Schmetterlingspark gewesen. Ein blauer Schmetterling mit einem wunderschönen, hellen Ton war auf Bries' Nasenspitze gelandet. An diesem Tag hatten wir unseren ersten Kuss erlebt. Dass der Schmetterling ausgerechnet während unseres Gesprächs neben uns gelandet war, musste ein Zeichen sein.

»Das ist nicht wahr«, murmelte Brie und konnte den Blick nicht von dem wunderschönen Insekt lösen, das leicht seine Flügel bewegte.

»Brie, ich …«, setzte ich an, aber sie unterbrach mich.

»Bitte hör auf, ich kann das nicht!« Tränen hatten sich in ihren Augen gesammelt. Sie riss den Blick von mir los und stürmte davon. Auch der Schmetterling flog fort und ließ mich abermals allein zurück.

Es fühlte sich an, als hätte ich das zarte Band unserer Verbindung mit einem scharfen Messer zerschnitten. Wieder einmal war ich für ihr Leid verantwortlich und ich wusste, dass ich etwas tun musste, um sie und vielleicht sogar ein mögliches *uns* zu retten. Aber wie sollte ich das anstellen, wenn ich es immer wieder vermasselte?

***

Die nächsten Tage vergingen wie im Flug. Brie ignorierte mich und auch während unserer Team-Meetings ging sie mir aus dem Weg. Mit meinen Kollegen allerdings hatte sie abends auf der Terrasse viel Spaß.

Der letzte Abend war angebrochen und die Jungs hatten sich entschlossen, eine kleine Wanderung durch den Nationalpark zu machen. Die Temperaturen waren in den vergangenen Tagen dermaßen angestiegen, dass es uns nichts ausmachte, erst am späteren Abend loszulaufen.

Leider hatte ich am heutigen Trainingstag meinen Knöchel leicht angeknackst, weil ich während einer Kopfballübung falsch aufgekommen war. Demnach hatten mir unsere Physios geraten, lieber das Bein hochzulegen und den Abend im Hotel zu verbringen.

Ich wusste nicht, ob Brie sich den anderen angeschlossen hatte, traute mich auch nicht zu fragen.

Es war wirklich ermüdend. Erst hatte ich geglaubt, dass wir das zwischen uns hinkriegen würden. Warum musste ich Idiot ihr auch meine Gefühle gestehen? Hätte ich einmal mehr den Mund gehalten, würden wir vielleicht den Abend zusammen verbringen. Wie Normalos, die sich ein bisschen unterhielten.

Die Jungs waren losgezogen und ich verspürte bereits die Welle der Langeweile aufkommen. Was sollte ich bloß den ganzen Abend tun? Der Coach war mit Angeline verabredet, die in der Gegend einen Job angenommen hatte, und die anderen Mitglieder des Vereins, die nicht mit wandern gegangen waren, hatten sich zu einem anderen Ausflug entschieden. So oder so hätte ich an keiner Aktivität teilnehmen können.

Da fiel mir ein, dass uns am Ankunftstag von dem Spa-Bereich im Hotel erzählt wurde. Wir waren mit der Mannschaft die einzigen Gäste, weshalb ich mir sicher sein konnte, dort meine Ruhe zu haben und ein bisschen zu entspannen. Vielleicht würde ich endlich aufhören können an Brie zu denken. Und diesen Ausdruck, den sie in den Augen hatte, als ich ihr gesagt hatte, dass ich sie liebte.

Es war regelrecht aus mir herausgesprudelt. Dennoch bereute ich nichts, was ich gesagt hatte. Brie war schon immer mein Ein und Alles gewesen. Wie blöd wäre ich gewesen, wenn ich diese Chance nicht beim Schopf gepackt hätte? Ich wusste, dass ich mich ins Zeug legen musste, aber ich wollte Brie mehr als alles andere wieder in meinem Leben haben. So richtig.

An der Rezeption war niemand auszumachen, weshalb ich die Eigeninitiative ergriff, mir ein leichtes Shirt und meine Badeshorts anzog. Danach schnappte ich mir ein Handtuch und ging die Stufen hinunter zum Wellnessbereich.

Die Tür des größten Poolraums war leicht angelehnt, was mich wunderte.

Der Geruch von Chlor und wohliger Entspannung strömte mir entgegen, als ich die Tür öffnete und in den Raum trat. Das Wasser warf Muster an die Wand, es war warm und roch angenehm nach Sommer. Aus der Entfernung hörte ich Wasser plätschern. War vielleicht doch jemand hier? Neugierig ging ich um die Ecke, nachdem ich die Tür hinter mir geschlossen hatte.

Tatsächlich. Mein Herz schlug abermals schneller, als ich Brie entdeckte, die ihren Kopf in den Nacken gelegt hatte und sich mit geschlossenen Augen auf dem Wasser treiben ließ. Sie trug einen dunkelroten Bikini, der sich wie eine zweite Haut an ihren Körper schmiegte. Sie hatte mich noch nicht gesehen und ich erlaubte mir, sie zu beobachten. Ihre Lider flatterten und ihr Brustkorb hob und senkte sich in einem entspannten Rhythmus. Auf ihren vollen Lippen lag ein zufriedenes Lächeln. Vermutlich sollte ich gehen und sie allein lassen, aber meine Beine missachteten meine Befehle und blieben an Ort und Stelle.

Brie war so wunderschön.

Plötzlich blinzelte sie und öffnete ihre Augen. Erschrocken sah sie mich an, wie ich vor dem Pool stand und sie beobachtete wie ein Spanner, der seine Beute erblickt hatte. Eine leichte Röte zog sich über ihre Nase und sie schwamm in meine Richtung.

»Wieso bist du nicht mit den anderen unterwegs?« Brie hatte nicht mitbekommen, dass ich mich während des Trainings verletzt hatte, weil sie schon wieder vom Hotel aus gearbeitet hatte.

»Ich habe mich verletzt, ist aber nichts Wildes«, erklärte ich ihr und setzte mich an den Beckenrand, sodass meine Beine im Wasser baumelten.

Plötzlich weiteten sich ihre Augen.

»Hast du die Tür geschlossen?!«

»Ähm ... ja?« Meine Antwort klang wegen der Verwirrung wie eine Frage.

Brie fluchte.

»Das Türschloss funktioniert nicht mehr. Wenn wir Pech haben, kommen wir hier nicht mehr raus.«

Nach Pech klang das für mich nicht, aber das ließ ich Brie nicht wissen. Gespielt schockiert sah ich sie an und zum Glück kaufte sie mir das ab.

Ich kletterte wieder aus dem Wasser und ging zur Tür, die tatsächlich klemmte.

»Hast du dein Telefon dabei?«, rief ich über meine Schulter hinweg.

»Nein, du?«

Mein Smartphone lag auf meinem Zimmer und hing am Strom. Vermutlich hatte Brie Recht und wir würden erst einmal hier feststecken. Anders als Brie freute ich mich. Vielleicht wirkte das sadistisch, aber in meinem Kopf ergab das Ganze schon wieder Sinn. Das musste Schicksal sein.

Mit lockeren Schritten, um meinen Knöchel nicht zu belasten, schlenderte ich zurück zu Brie, die mich erwartungsvoll ansah.

Ein paar Meter vor dem Becken blieb ich stehen und zuckte unentschlossen die Achseln.

»Die Tür ist zu.« Brie verdrehte über meine Erkenntnis die Augen und ließ sich im Wasser treiben.

»Immerhin haben wir ein bisschen Alkohol«, meinte sie und deutete auf die Bank, auf der tatsächlich verschiedene Flaschen Alkohol standen. Eine davon war bereits leer.

»Du hast eine ganze Flasche Wein allein getrunken?« fragte ich, eher schockiert, als beeindruckt. Das erklärte auch dieses Funkeln in ihren Augen, was ich nicht hatte deuten können. Und die Tatsache, dass Brie plötzlich wieder mit mir sprach. Schließlich hatte sie mich die letzten Tage durchgehend gemieden. Mit einem Seufzen setzte ich mich erneut an den Beckenrand.

»Möglicherweise«, gluckste sie.

Was sollte ich davon halten? Ein vernünftiger Typ wäre längst gegangen, aber erstens war ich nicht vernünftig und zweitens hätte ich nicht einmal gehen können. Wir waren hier drin eingesperrt.

»Möchtest du auch reinkommen?« Brie forderte mich mit einem Kopfnicken heraus.

»Ich weiß nicht, ob das eine gute Idee ist«, wiederholte ich die Worte, die sie mir während unserer letzten Gespräche des Öfteren gegen den Kopf geworfen hatte.

»Es muss nicht immer eine gute Idee sein, Dylan.« Möglicherweise stimmte das, aber ich durfte nicht vergessen, dass sie ein wenig angetrunken war und nur deshalb meine Nähe duldete.

»Wirst du das auch so sehen, wenn du wieder nüchtern bist?«

»Finden wir es heraus.« Sie kam auf mich zu geschwommen und legte ihre Hände um meine Schienbeine. Ein Kribbeln fuhr über meine Haut bis in meinen Bauch. Geschockt blickte ich zu ihr hinab, unsere Augen waren fest aufeinander gerichtet. Es war das erste Mal seit Jahren, dass sie mich berührte. Brie übte Druck auf meinen Knöcheln aus, umklammerte sie und versuchte mich ins Becken zu ziehen.

»Komm schon«, flüsterte sie beinahe drängend. In meinen Gedanken wog ich die Vor- und Nachteile ab. Obwohl mein Verstand wusste, dass es eine bescheuerte Idee war, fasste ich den Entschluss zu ihr zu gehen, weil mein Herz es wollte. Ich wollte sie berühren, ihre Nähe spüren, und deshalb tat ich das Dümmste, was ich je hätte tun können.

Mit einem Ruck hatte ich mich aus meinem Oberteil befreit, schmiss es auf eine der Liegen und rutschte in das warme, wohlige Wasser. Brie ging einige Schritte zurück und kniff die Augen zu, weil ich ihr versehentlich Wasser ins Gesicht spritzte.

Wir standen uns gegenüber. Es gab nur noch uns beide, selbst das ruhige Plätschern des Wassers blendete ich in diesem Augenblick aus. Brie war mir dermaßen nah, dass ich die Wassertropfen auf ihren Wimpern zählen konnte. Mit schweren Lidern ließ sie ihren Blick über meinen Körper wandern und stockte. Dabei fuhr sie sich mit ihrer Zunge über die Lippen. Zwischen meinen Beinen zuckte es verräterisch.

»Dylan«, hauchte sie und starrte weiter auf die Tattoos, die meine meiner Brust zierten. Bisher hatte sie niemand zu sehen bekommen. Auch auf dem Platz zeigte ich die Tinte auf meiner Brust niemandem. Bei einem Torjubel hatte ich nie mein Trikot ausgezogen und auch für andere Aufträge hatte ich nicht blank gezogen. Einzig die Frauen, mit denen ich mal ein Schäferstündchen verbracht hatten, hatten diese Kunstwerke gesehen. Ab dem Moment war ihnen klar, dass es jemanden in meinem Leben gab, den ich nicht vergessen konnte. Jemanden, dem ich voll und ganz ausgeliefert war.

Ich wusste nicht, ob ich es mir einbildete, aber auf einmal stand Brie noch näher vor mir.

Vorsichtig, als wäre ich zerbrechlich, hob sie die Hand und fuhr mit ihren Fingerspitzen über die Farbe auf meiner Brust.

Obwohl ich im warmen Wasser war, bekam ich auf dem ganzen Körper eine Gänsehaut. Brie spürte es unter ihren Fingern und sah mir tief in die Augen.

»Er ist wunderschön!« Sie fuhr die Zeichnung des Falters auf meinem Brustkorb nach. Ihr Mund war leicht geöffnet und ich stellte mir unwillkürlich vor, wie sie sich nach vorn beugte und sie auf meine legte. Küsste sie noch immer wie früher? Ich wollte es unbedingt herausfinden, aber alle Alarmglocken, die es gab, schrillten bereits in allergrößter Bereitschaft. Sie würde mich hassen für alles, was nun passierte, aber waren wir mal ehrlich ... schlimmer konnte es nicht mehr werden. Vielleicht war ich ein egoistisches Arschloch, aber Brie und ich gehörten zusammen und es wurde an der Zeit, dass sie es begriff. Wenn ihr leicht alkoholisiertes Ich das wusste, dann musste auch ihr nüchternes Ich davon wissen!

Bevor ich etwas erwidern konnte, erkannte sie die römischen Ziffern neben dem Schmetterling und erstarrte abermals.

»Das ... Dylan das ist mein Geburtsdatum!« Ungläubig wich sie zurück, unterbach den Körperkontakt, was mir absolut missfiel. Mein Körper reagierte und ich griff unter Wasser nach ihrer Taille, damit sie bei mir blieb. Überraschung machte sich in ihrem Gesicht breit.

»Ich habe uns nie vergessen«, sagte ich sanft und strich mit meinem Daumen behutsam über ihre nackte Haut. »Ich habe dich nie vergessen.« Sie erschauderte unter meiner Berührung, woraufhin mein bestes Stück reagierte. All die angenehme Wärme strömte direkt zwischen meine Beine.

»Du kannst so etwas nicht sagen«, schluchzte sie und kurzerhand flossen dicke Tränen über ihre Wangen.

»Es ist die Wahrheit!«

»Dylan, ich ...« Um Worte ringend, wich sie meinem Blick aus und starrte auf meine Brust. Worüber dachte sie bloß nach?

»Rede mit mir«, forderte ich und zog sie ein kleines bisschen näher.

»Ich habe Angst«, gestand sie. »Ich verrate mich selbst, wenn ich es zulasse.«

»Wenn du was zulässt?« Konnte sie mein wild klopfendes Herz spüren? Denn ich tat es!

»All die Emotionen, meine Gefühle und ...« Langsam hob sie ihre Hand und legte sie mir flach auf die Brust. Es bestand kein Zweifel mehr, spätestens jetzt konnte sie die Aufregung in mir spüren. Voller Hoffnung wartete ich auf die nächsten Worte. Sie würden entweder bedeuten, dass ich mich zukünftig komplett von ihr fernhalten musste oder das genaue Gegenteil.

»Meine Liebe zu dir, die nie vergangen ist.«

Einige Sekunden starrten wir uns an, keiner sagte etwas. Glück strömte aus jeder Zelle meines Körpers. Ich hatte Recht gehabt. Brie fühlte genau wie ich.

Die Spuren von Bries Tränen waren noch nicht getrocknet, da ließ sie ihre Hand weiter nach oben wandern. Über meine Schulter, bis an meine Wange. Ihre Berührungen entspannten mich mehr, als dieser Pool es je hätte schaffen können.

»Du liebst mich?«, fragte ich atemlos.

»Es ist falsch auf so vielen verschiedenen Ebenen, aber ich kann nichts dagegen tun.«

»Du musst nichts dagegen tun«, meinte ich und nahm ihre Hand, die eben noch an meiner Wange lag und legte sie zurück auf mein Herz. »Du kannst es zulassen, hab keine Angst davor. Zumindest für diesen Augenblick.«

»Okay«, flüsterte sie und beugte sich in meine Richtung. Ihre Lider flatterten, ich legte meine Hand in ihren Nacken und zog sie langsam zu mir. In mir explodierte alles, als unsere Lippen sich berührten und Brie endlich bei mir angekommen war. Sie war zuhause.

Kapitel 13

Brie

In diesem Moment erlaubte ich mir alles zu fühlen. Den Schmerz, die Wut und all das Negative, was ich in den letzten Jahren gespürt hatte, verpuffte, als Dylans Lippen auf meine trafen.

Die leichten Stoppeln seines Dreitagebarts kitzelten mich und schickten ein angenehmes Prickeln durch meinen Körper. Wie ferngesteuert legte ich meine Arme um seinen Hals, um ihn näher an mich heranzuziehen. Meine Brust drückte gegen seinen harten Oberkörper, den ich endlich auf diese intime Art bewundern konnte. Dylan war nicht nur verdammt attraktiv, sondern unfassbar sexy.

Sein tiefes Brummen, als ich mit meiner Zunge gegen seine stieß, ließ mich wohlig aufseufzen. Ich hatte vergessen, wie großartig es sich anfühlte, Dylan nah zu sein. Der Knoten, der sich in mir gebildet hatte, jedes Mal, wenn ich ihn berühren wollte, aber nicht konnte, platzte in diesem Moment. Meine Gefühle für ihn zerflossen und ich ließ mich in seine Arme fallen. Egal, was er nun sagen würde, ich würde es ihm glauben. Dylan war alles, was ich brauchte.

Wir taumelten durch das Wasser, bis ich die Wand des Beckens in meinem Rücken spürte. Jetzt gab es keinen Ausweg mehr.

Dylan küsste mich wild, als hätte er die letzten Jahre nur auf diesen Moment gewartet. Er verzehrte sich nach mir. Und ich verzehrte mich nach ihm.

Unsere Zungen prallten unkontrolliert aufeinander und mir wurde immer heißer. Als er seine Lippen von meinen löste, um danach an meinem Hals und meinem Dekolleté weiterzumachen, presste ich ihm meine Mitte gegen seinen Schritt. Jede Stelle meines Körpers sehnte sich nach Dylan.

»Du bist so wunderschön«, keuchte er, ließ seine Hand über meinen Bauch, meine Taille bis zu meinen Hintern wandern. Er umfasste meine Pobacke und drückte gleichzeitig Küsse auf den Ansatz meiner Brüste.

Zufrieden legte ich meinen Kopf in den Nacken und stellte mir vor, wie es wäre, mit Dylan zu schlafen. Das hier war nur ein Vorgeschmack auf all das, was er mir bieten konnte. Vielleicht konnte er mir die Befriedigung geben, nach der ich die letzten Jahre vergeblich bei den Männern gesucht hatte.

Allerdings hatten wir keine Kondome, was mich innehalten ließ. Dylan bemerkte mein Zögern und sah zu mir auf.

»Alles in Ordnung?«

»Wenn wir weitermachen …« Dylans Lippen waren von unseren Küssen so geschwollen, dass es zwischen meinen Schenkeln anfing zu ziehen. »Wir haben keine Kondome.«

Dylan lachte leise, was mich irritierte. Er beugte sich zu mir herunter, sein herb-zitroniger Duft stieg mir in die Nase und benebelte meine Gedanken. Mit seiner verführerischsten Stimme flüsterte er in mein Ohr.

»Für das, was ich vorhabe zu tun, brauchen wir keine Kondome, Brianna.«

Ich wusste nicht, was mich mehr anmachte. Dass er meinen Namen aussprach oder dass er darüber nachdachte, mit mir diese unanständigen Dinge zu tun.

Abermals platzierte er seine Lippen direkt unter meinem Ohr, sog sanft an meiner Haut, bis er weitermachte und zarte Küsse auf meine Schulter hauchte. Seine Hand wanderte von meinem Po, über meinen Rücken zurück zu meinem Bauch. Vorsichtig rieb er mit seinen Fingerkuppen über den Stoff meines Bikinis. Verdammt, ich musste dieses Ding schleunigst loswerden!

Als hätte Dylan meine Gedanken gelesen, umfasste er meine Taille, hob mich auf den Beckenrand und fragte mich mit stummen Blicken, ob er weitergehen durfte.

Mit einem Nicken gab ich ihm das Startsignal. Mit gekonnten Griffen und ein bisschen Hilfe meinerseits, schob er das Bikiniunterteil über meine Beine und legte ihn neben mich auf den Rand.

Während er mein rechtes Bein anhob und anfing, leichte Küsse darauf zu platzieren, musste ich mich am Boden abstützen, um nicht völlig den Halt zu verlieren. Zwischen meinen Beinen prickelte es vor Verlangen und dass Dylan nicht ein einziges Mal hingesehen hatte, machte mich verrückt. Seine Augen waren ununterbrochen auf meine gerichtet. Auch jetzt, als er mein verletztes Knie küsste. Kurz hielt er inne, sah sich die Narbe an, um mit seiner Nase vorsichtig darüber zu streichen.

Ich keuchte auf, als er weiter machte und mit seiner Zunge eine Bahn über meinen Innenschenkel zog.

Knapp vor seinem Ziel löste er sich von mir. Ich unterdrückte ein schweres Seufzen, konnte aber nicht anders und schob meinen Körper weiter an den Rand des Beckens.

»Du weißt gar nicht, wie sehr ich mich schon als Teenager nach dir gesehnt habe, Brie«, säuselte er und drückte jetzt Küsse auf mein linkes Bein.

Gebannt sah ich ihm dabei zu und lauschte dem, was er sagte. »Seit ich dich beim Vereinsabend gesehen habe, wollte ich genau das hier tun.«

Wieder ein Kuss, dieses Mal auf meinen linken Innenschenkel, direkt neben dem riesigen Tattoo eines Löwenkopfes. Mir entfuhr ein leises Wimmern, was Dylan noch befeuerte.

Ein tiefes Lachen erklang und hallte von den Wänden wider. »Um genau das aus deinem Mund zu hören.«

Warum konnte er das so gut? Es wäre deutlich einfacher für mich, wenn er schlecht war in dem, was er mit mir anstellte.

»Dylan, bitte mach weiter!« Ich erkannte meine Stimme kaum wieder. Bisher war ich nicht der Typ, der während intimen Momenten mit dem Partner sprach. Nun, scheinbar war ich doch der Typ, aber war bisher mit den falschen Männern zusammen gewesen.

Dylan bewegte sich näher an den Beckenrand, das Wasser um ihn kringelte sich und plätscherte vor sich hin. Erst jetzt löste er den Blick von meinem Gesicht und blickte auf meine Mitte, als er seine Arme um mich schlang. Seine Hände fanden irgendwie den Weg unter meinen Hintern, damit er mich gerade so an die Kante ziehen konnte, dass ich nicht hinein fiel.

Die Lust stand ihm ins Gesicht geschrieben, seine Augen funkelten, als ich meine Beine weiter öffnete und über seine Schultern legte.

»Fuck, Brianna«, keuchte er. »Du bist schon jetzt bereit!«

»Ich weiß«, brummte ich und war kurz davor, seinen Hinterkopf zu packen und ihn gegen mich zu pressen.

Wieder entfuhr ihm dieses kehlige Lachen, das mich augenblicklich feuchter werden ließ. Dylan hatte schon immer diese gewisse Wirkung auf mich gehabt. Mit vierzehn hatte ich all das jedoch noch nicht wirklich verstanden.

Nachdem er mich richtig positioniert hatte, zog er seine Hände unter meinem Hintern hervor, legte die eine auf meine Hüfte und ließ die andere über meinen Bauch wandern. Normalerweise hätte ich mich geschämt, wenn jemand meinen Bauch in solch einer Situation berührt hätte. Es war kein Geheimnis, dass ich nach dem Unfall nicht mehr so fit war wie früher. Einige Fettpölsterchen hatten sich angesammelt, allen voran mein Bauch und meine Hüften waren anfällig.

Wie Dylan mich jedoch berührte, ließ mich all das vergessen, weil er mir das Gefühl gab, genau so richtig zu sein.

»Sieh mich an, Brie«, forderte er, als ich meinen Kopf in den Nacken legte. Sofort riss ich meinen Kopf wieder nach vorn. »Ich möchte, dass du mir dabei zusiehst, wenn ich mich dir ergebe.« Und mit diesen Worten drückte er mit seinen breiten Schultern meine Beine weiter auseinander und leckte mit seiner Zunge von unten nach oben über meine Spalte.

»Dylan«, keuchte ich, griff ruckartig nach seinem Kopf und drückte ihn gegen mich. In mir brodelte es vor heißem Verlangen. Als ich spürte, wie seine Bartstoppeln über meine empfindliche Haut strichen, hätte ich vor Wonne beinahe angefangen zu weinen.

Es war unfassbar heiß, Dylan dabei zuzusehen, wie er mich leckte. Diese Gedanken sollten mich erschrecken, aber das taten sie nicht. Ich hieß sie willkommen und auf einmal fühlte ich mich mutiger denn je. Mit anderen Männern hatte es sich nicht einmal beim Sex so angefühlt. Wie würde es sein, Dylan in mir zu spüren? Ihn mich völlig ausfüllen zu lassen?

Seine große, tätowierte Hand wanderte meinen Bauch hinauf und bahnte sich einen Weg unter den Bikinistoff. Ohne zu zögern und darüber nachzudenken, dass jemand hereinplatzen könnte, griff ich nach den Bändern in meinem Nacken und riss mir den Bikini vom Oberkörper.

Meine Brüste fühlten sich vor Erregung schwer an. Dylans Augen schimmerten glasig vor Lust und er sah nicht weg. In dem Augenblick, als er meine Brust mit seiner Hand umfasste, schob er seine Zunge in mich.

Mein Becken übernahm die Kontrolle und ich bewegte mich immer wieder in seine Richtung, um ihn noch intensiver spüren zu können. Mit seinen rauen Fingern kniff er mir in die Brustwarze und vergrub seinen Kopf noch tiefer zwischen meinen Schenkeln.

»Fuck«, stöhnte ich. »Wieso fühlt sich das so verdammt gut an?«

Dylan konnte mir nicht antworten, weil er mit anderen Dingen beschäftigt war, aber das störte mich nicht. Mit jedem Stoß seiner Zunge kam ich meinem Orgasmus näher. Als er anfing, gegen meine Vagina zu brummen, weil er selbst erregt war und daraufhin zwei Finger in mich hineinschob, war es um mich geschehen. Das Band, das sich während der Zeit ausgedehnt hatte, zerriss mit einem Mal.

Mit einem Schrei kam ich gegen seinen Mund und sank rücklings auf den Boden. Schwer atmend blickte ich gegen die Decke und musste verarbeiten, was da gerade passiert war.

Zwischen meinen Beinen zuckte und pochte es. Das Gefühl war so überwältigend, dass ich am liebsten weitergemacht hätte.

Ich hörte, wie Dylan sich am Beckenrand abstützte und sich aus dem Wasser drückte. In seiner vollen Größe beugte er sich über mich. Mein Blick wanderte zu der riesigen Beule in seiner Hose, die er wegen mir hatte.

»Das war …«, stammelte ich, konnte die Worte aber nicht aussprechen. Meine Unterlippe zitterte dank des wahnsinnigen Orgasmus.

»Du bist verdammt schön, wenn du kommst!«

Jetzt kamen die Worte mit voller Wucht bei mir an und ich errötete. Hatte ich mich tatsächlich von Dylan lecken lassen?! Die Erinnerungen an das, was gerade passiert war, ließen meine Brustwarzen erneut steif werden. Mein Körper war ein verdammter Verräter!

»Ich kann nicht glauben, dass das gerade wirklich passiert ist.« Ich schlug mir meine Hände vors Gesicht und sah zwischen zwei Fingern, dass Dylan sich neben mich setzte und zu mir hinuntersah. Da schimmerte noch immer Erregung in seinen Augen, die ich ihm gern genommen hätte, wenn mein Verstand in diesem Moment nicht wieder die Kontrolle an sich gerissen hätte.

»Ich bereue es nicht, Brie. Die Frage ist, ob du es bereust.« Er nahm meine Hände und entfernte sie von meinem Gesicht. Vorsichtig strich er mir verirrte Haarsträhnen hinter meine Ohren. Beinahe rührend ging er mit mir um.

»Ich glaube nicht«, flüsterte ich und starrte ihn an. »Ich habe es wirklich sehr genossen.«

Dylan lachte. »Und ich erst!«

Nachdem mein Körper sich beruhigt und ich meinen Bikini wieder angezogen hatte, gingen Dylan und ich noch einmal ins Wasser. Wir schwammen stumm ein paar Bahnen, bis ich mich in den hinteren Teil des Pools verzog. Dort gab es eine Nische, in die Massagedüsen eingebaut waren. Entspannung breitete sich in mir aus, als ich mich auf die Bank setzte und den Druck auf meinem unteren Rücken spürte.

Es dauerte nicht lange, bis sich Dylan zu mir gesellte. Er setzte sich mir gegenüber und wir sahen uns still an.

»Wie geht es dir?« War das sein Ernst? Tatsächlich musste ich kichern.

»Seit langem wieder gut«, platzte die Wahrheit aus mir heraus. Mir entging nicht, dass sich sein Gesicht erhellte und er glücklich über meine Antwort war. Ich war selbst überrascht, dass auch ich glücklich war. Es fühlte sich an, als würde ein warmes Licht in mir brennen. Die graue Wolke, die sonst über meinem Kopf schwebte, war fort.

»Ich habe Angst, die Frage zu stellen, aber wie geht es jetzt weiter?«

Die graue Wolke erschien in meinem Blickwinkel. Mit Mühe versuchte ich sie fortzutreiben und zwang mich zu einer Antwort.

»Ich weiß es nicht.« Und das war die Wahrheit. »Darauf kann ich dir keine Antwort geben.«

Dylans Miene verdunkelte sich. Augenblicklich fühlte ich mich schlecht, weil ich nicht wollte, dass es ihm nicht gut ging.

Wie bitte?

Woher kam dieser Gedanke?

Noch vor einigen Tagen war ich der Meinung, dass Dylan all den Schmerz verdient hatte, weil ich diejenige war, deren Leben zerstört worden war.

Ohne großartig darüber nachzudenken, stieß ich mich von der Bank ab und schwamm auf Dylan zu, der überrascht die Augen aufriss.

»Darf ich?« Mit meinem Kopf deutete ich auf seinen Schoß. Dylan nickte eifrig und seine Hände fanden sofort meine Taille, als ich mich rittlings auf seinen Schoß setzte.

»Ich kann nicht glauben, dass du dir einen Schmetterling und mein Geburtsdatum hast tätowieren lassen!« Wieder strich ich vorsichtig über die Motive. »Das bedeutet mir viel.«

»Du bedeutest mir viel, Brie. Deshalb habe ich diese Tattoos«, antwortete er und starrte auf meine Lippen. Am liebsten hätte ich ihn nochmal an mich gezogen und geküsst, aber erst einmal mussten wir miteinander sprechen. Ansonsten würden wir bald wie zwei Feuerwerkskörper in die Luft gehen und unsere Beziehung wäre wieder dahin. Vorsichtig löste ich mich und setzte mich neben ihn.

»Du mir auch«, gab ich endlich zu und legte seine Hand auf meine Brust. Er sah sich den blauen Schmetterling an und schluckte schwer.

»Brie, es tut mir leid, was ich dir angetan habe …«

»Dylan«, versuchte ich, ihn zu stoppen. Ich brauchte keine weitere Entschuldigung, sondern Erklärungen.

»Nein. Ich muss darüber reden.«.

Also nickte ich und bedeutete ihm damit, dass er anfangen sollte.

»Mir ist klar geworden, dass ich in dich verliebt bin, als dieser Schmetterling auf deiner Nase gelandet ist«, erzählte er und strich vorsichtig über die Stelle. Ein Lächeln erschien auf meinen Lippen, woraufhin Dylan schluckte. »Bis heute bereue ich, dass ich dir nie gestanden habe, was ich für dich fühle. Vielleicht wäre dann alles anders gelaufen.« Sein Blick wich in die Ferne und ich erkannte, dass sich Tränen in seinen Augen gesammelt hatten. In meinem Brustkorb wurde es eng.

»Ich hatte Angst, Brie. Ich wusste, dass du mich hassen wirst.« Jetzt sah er mich an und eine Träne floss über seine rechte Wange, die ich mit meinem Daumen wegwischte. Diesen starken, großen Mann weinen zu sehen, verschnürte mir das Herz.

»Ich könnte dich niemals hassen, Dylan. Egal, was passiert. Du warst der wichtigste Mensch in meinem Leben und du hast mir am allermeisten bedeutet. Das, was mich zerstört hat, war die Tatsache, dass du nach dem Unfall wie vom Erdboden verschluckt warst. Ich musste da allein durch, ohne dich.« Dylans rieb sich mit seinem Handrücken unter den Augen her, um weitere Tränen fortzuwischen.

»Es tut mir leid«, flüsterte er mit gebrochener Stimme.

»Ich weiß nicht, ob ich dir irgendwann vergeben kann.«

»Das verstehe ich.«

»Aber ich weiß, dass ich immer noch etwas für dich empfinde und das kann und will ich nicht ignorieren. Heute war ich das erste Mal seit damals wieder glücklich.« Dabei lächelte ich wie eine Verrückte, aber in Dylans Armen fühlte ich mich nur halb so verrückt.

»Ich bin gerade auch sehr glücklich«, entgegnete Dylan und zog mich näher an sich.

Ein lautes Rumpeln ließ uns auseinander zucken. Schnell rutschte ich von Dylan weg und tat so, als würde ich Bahnen schwimmen.

Calls Stimme ertönte und kurz darauf stand er vor dem Pool.

Verschwörerisch hob er eine Braue, als er zwischen uns hin und her sah. »Na, ihr zwei? Was habt ihr in den letzten beiden Stunden getrieben?«

Kapitel 14

Dylan

Meine Angst, dass Brie meine Berührungen nur zugelassen hatte, weil sie Alkohol intus hatte, war unbegründet gewesen. Sie hatte mir offenbart, dass auch sie Gefühle für mich hatte, was mich womöglich zum glücklichsten Mann der Welt machte.

Die anderen durften erst einmal nicht erfahren, dass zwischen Brie und mir etwas lief. Der Einzige, der es witterte, war Call. Allerdings auch nur, weil er uns erwischt hatte.

Apropos erwischt. Die Nacht war wirklich die Hölle. Zwar hatte ich es genossen, Brie zu befriedigen, aber mein Schwanz gab mir deutlich zu verstehen, dass er auch gern zum Zuge gekommen wäre. Nun, vielleicht wäre er es, wenn Call uns ein bisschen später befreit hätte.

Auch die Busfahrt nach Hause am darauffolgenden Tag zerrte an meinen Nerven. Brie trug heute ein knielanges Sommerkleid mit Sonnenblumen. Ihre blauen Haare fielen ihr in leichten Wellen über die Schultern. Ein zarter Rosaton schimmerte auf ihren Lippen, den ich am liebsten fortgeküsst hätte. Nachdem wir uns hingesetzt hatten und der Busfahrer den Bus auf die Straßen lenkte, sank ich in meinem Stuhl zurück und versuchte mich auf alles andere als Brie zu konzentrieren. Brie, die wie auf der Hinfahrt vor mir saß.

Einige Kilometer später wanderten meine Gedanken zurück zu gestern und ich wurde unruhig. Es machte mich fertig, dass sie so nah bei mir war, aber gleichzeitig konnte ich sie nicht an mich ziehen.

Ungeduldig trommelte ich mit meinen Fingerknöcheln auf die Armlehne meines Stuhls. Plötzlich vibrierte mein Handy und ich schnappte es mir augenblicklich. Ein Lächeln stahl sich auf meine Lippen, als ich Bries Namen erkannte.

Warum bist du so nervös?, schrieb sie.

Ich möchte mit dir allein sein, war meine Antwort. Brie kicherte, was mich glücklich stimmte. Jason saß neben mir und hob verwirrt eine Braue. Ich ignorierte ihn.

Und? Wann werden wir allein sein?, war ihre nächste Frage.

Meine Finger flogen nur über die Tastatur.

Heute Abend? Ich hole dich ab und wir schauen einen Film?

Das klingt verlockend. Ich freue mich, antwortete sie prompt.

Fieberhaft überlegte ich, welchen Film wir ansehen könnten. Allerdings riss mich der Busfahrer aus meinen Gedanken, als er unsere Ankunft am Trainingsgelände verkündete. Als wir aus dem Bus stiegen und Brie mir einen Seitenblick zuwarf, erschienen ganz andere Sorgen als die Filmauswahl in meinem Gedächtnis. Was würde Brie zu meinem Zuhause sagen? Würde sie sich dort wohlfühlen?

Ich verabschiedete mich schleunigst von den Jungs, damit ich mein Haus auf Vordermann bringen, die Popcorn-Maschine rauskramen und duschen konnte.

In weniger als zwei Stunden war alles für unseren gemeinsamen Abend bereit. Ich hatte Staub gewischt, meine Klamotten gewaschen und ausgiebig geduscht. Obwohl es noch zu früh war, hielt ich es keinen Augenblick länger aus und rief Brie an.

»Ich stehe schon vor deiner Haustür«, begrüßte sie mich. Wie bitte?!

»Woher weißt du, wo ich wohne?« Mit schnellen Schritten stand ich vor der Tür und riss sie auf. Brie trug noch immer das schwarze Kleid mit den Sonnenblumen und hielt ihr Telefon in der Hand. Gebannt von ihrem Anblick, senkte ich meine Hand, drückte den Anruf weg und steckte das Handy in meine Hosentasche.

»Eventuell stalke ich dich«, erwiderte sie kichernd, während ich sie eintreten ließ. Die Tür fiel ins Schloss und wir waren endlich allein. Neugierig betrachtete sie meine Wohnung und lächelte dabei zufrieden.

»So wie du es dir vorgestellt hast?«, wollte ich wissen.

Brie nickte. »Es ist wirklich schön hier und es passt zu dir«, stellte sie fest.

Ihr blumiger Duft strömte mir entgegen, als sie sich ihre Schuhe auszog und barfuß vor mir stand.

Bilder des vergangenen Tages schossen durch meine Gedanken und ich betete zu Gott, dass meine Erektion noch einige Minuten warten konnte. Auf dem Sofa könnte ich sie wenigstens unter einem Kissen oder einer

Decke verbergen. Brie schien die Spannung zwischen uns ebenfalls zu bemerken.

Sie schluckte.

»Ich habe dich vermisst«, schob sie hinterher und war mit wenigen Schritten bei mir. Als gehörten meine Hände genau dorthin, wanderten sie an ihren Rücken und ich zog sie an mich.

Dieses Mal war ich derjenige, der lachen musste.

»Wir haben uns doch vor zwei Stunden erst gesehen«, erwiderte ich und beugte mich ein Stück in ihre Richtung.

»Aber es ist fast vierundzwanzig Stunden her, als ich das hier das letzte Mal tun konnte«, flüsterte sie, stellte sich auf die Zehenspitzen und legte ihre Lippen auf meine.

En Stromstoß schoss durch meinen Körper und ich drängte Brie an die Wand. Jede Faser meines Körpers fühlte sich zu ihr hingezogen, weshalb ich gar nicht anders konnte, als meine Hände zu ihren Hüften wandern zu lassen.

Bries Zunge bat um Einlass und ich ließ sie gewähren. Unsere Zungen umkreisten sich quälend langsam.

»Dylan«, keuchte Brie zwischen den Küssen und zog mich näher zu sich.

»Hm?«, brummte ich und drückte meinen Schritt gegen ihren Bauch.

»Können wir den Film später schauen?«

»Warum?« Natürlich wollte ich sie aufziehen und es gelang mir auch.

Brie stöhnte und schob mich ein Stückchen von sich fort. »Ist das dein Ernst?«

»Vielleicht möchte ich einfach aus deinem Mund hören, was du vorhast«, neckte ich sie. Bries Augen funkelten, als sie mich wieder zu sich zog.

»Ich kann es dir auch einfach zeigen. Wo ist dein Schlafzimmer?«

Das ließ ich mir nicht zwei Mal sagen, nahm sie an die Hand und ging mit ihr die Stufen zur oberen Etage. Brie folgte mir mit schnellen Schritten.

Als die Schlafzimmertür hinter uns ins Schloss fiel, drückte sie mich dagegen und machte sich daran, mein Shirt auszuziehen.

Keine Sekunde später lag das Kleidungsstück auf dem Boden und Brie strich mit ihren Händen über meine Brust.

Das Verlangen in ihren Augen erregte mich und ich griff nach dem Reißverschluss ihres Kleids, sodass es mit einem Rascheln nach unten fiel. Brie trug weiße Unterwäsche und brachte mich damit komplett um meinen Verstand.

Das blaue Haar fiel bis auf ihre Brüste. Ich wickelte es mir um meine Hand und legte es ihr auf den Rücken, damit ich freie Sicht auf ihr Dekolleté hatte. Langsam senkte ich meinen Kopf und küsste den Schmetterling auf ihrem Schlüsselbein, wanderte zu ihren Brüsten und umrundete ihren steifen Nippel. Brie presste sich an mich und ließ ihre Hand zum Bund meiner Hose wandern. Sie nestelte an dem Reißverschluss herum, wurde zu ungeduldig und schob kurzerhand ihre Hand unter den Stoff. Ihre Finger fanden meinen Schwanz und strichen vorsichtig darüber.

»Brie», keuchte ich gegen ihren Hals.

Sie sagte nichts, sondern machte einfach weiter, bis ich es nicht mehr aushielt, mich aus meiner Hose schälte und gleichzeitig die Unterhose runterzog.

Brie ließ ihren Blick über meinen Körper wandern und hielt einen Augenblick inne, als sie meinen Penis in ihrer Hand sah. Gierig leckte sie sich über die Lippen, was mich völlig aus der Bahn warf.

Mit einem Griff hob ich sie auf mein Bett und stützte mich über sie. Ihre Haare lagen wie ein Fächer um ihren Kopf und sie sah mich mit großen Augen an.

»Du bist wunderschön«, flüsterte sie und legte eine Hand an meine Wange. Eigentlich war ich es, der Brie andauernd sagte, wie schön sie war. Aus ihrem Mund zu hören, dass sie mich attraktiv fand, bedeutete mir eine Menge.

Ihre Hand wanderte wie selbstverständlich wieder in meinen Schritt und mit einem wohligen Grinsen ließ sie ihre Finger an ihm entlangwandern. Keuchend versuchte ich mich zurückzuhalten. Meine Instinkte wollten übernehmen und mich Bries Berührungen ergeben. Allerdings wollte ich diesen Moment mit ihr so weit hinauszögern, wie es ging.

Brie stöhnte geräuschvoll, als ich meine Hand unter ihren BH wandern ließ und an ihren Nippeln spielte. Sie reckten sich mir entgegen und wollten von mir verwöhnt werden. Kurzerhand öffnete ich Bries BH an dem Reißverschluss an der Vorderseite. Ihre wunderschönen Brüste wurden sichtbar und ich ließ meinen Kopf auf sie sinken. Mit meiner Zunge liebkoste ich ihre linke Brust, knetete sie und sog den Nippel zwischen meine Zähne. Unter mir bewegte sich Brie plötzlich noch unkontrollierter und presste mir ihr Becken entgegen.

Meine Erektion pochte in ihrer Hand und bettelte um die Erlösung, die sie seit gestern brauchte. Ihr Mund war leicht geöffnet und sie seufzte erregt, als meine Hand an ihrem Bauch zwischen ihre Beine wanderte. Ich erstarrte.

»Fuck, Brie! Du bist …«

Brie brummte und umfasste meinen Schaft noch fester. Eigentlich hatte ich Brie noch einmal mit dem Mund kommen lassen wollen, aber ich konnte nicht anders und riss ihr den Slip von den Beinen. Sofort öffnete Brie ihre Schenkel und griff nach meiner Hand, um sie genau dort zu platzieren, wo sie mich haben wollte.

Ein tiefes Stöhnen drang aus meiner Kehle, als ihre Feuchte meine Finger benetzte. Sie war bereit für mich, sodass ich schleunigst nach einem Kondom in meinem Nachttischschrank suchte. Ruckartig öffnete ich das Papier und streifte mir den Gummi über.

Brie packte meine Schultern und drehte mich auf den Rücken. Für einen kleinen Augenblick schwebte sie über mir. Danach nahm sie meinen Schwanz, positionierte ihn an ihrem Eingang und suchte den Blickkontakt. Langsam ließ sie sich auf mich sinken, ihre Lider flatterten und in meiner Brust wurde es augenblicklich eng. Zu spüren und zu sehen, wie sehr ich Brie erregte, ließ kleine Feuerwerke in meinem Bauch explodieren. Eine Einheit mit ihr zu werden, fühlte sich tausend Mal schöner an, als ich vermutet hatte. Wir zwei gehörten zusammen und endlich begriff sie es auch. Es stand förmlich in ihren Augen geschrieben, als sie mich anlächelte und anfing ihr Becken zu bewegen. Sanft nahm ich ihre Arme und half ihr, sich ihren BH auszuziehen, der noch um ihre Schultern hing.

Brie auf mir sitzen zu sehen, machte mich fertig. Meine Hände fanden ihre Oberschenkel und streichelten sie. Wir wurden rasch hemmungsloser. Bries Hüften bewegten sich, als wären sie für mich geschaffen worden. Auf ihren Lippen lag ein zufriedenes Grinsen und jedes Mal, wenn wir uns ansahen, biss sie sich verstohlen auf die Unterlippe. In meinen Augen war diese Frau verflucht sexy!

Mit ihren Bewegungen trieb sie mich immer weiter in den Wahnsinn und ich schaffte es kaum, mich zu halten. Meine Finger gruben sich in ihre Oberschenkel, was Brie nur weiter antrieb und sich schneller auf und ab sinken ließ. Meine rechte Hand griff nach ihrer Taille und mein Becken machte sich selbständig. Mit tiefen Stößen drang ich in sie und entlockte ihr damit die verführerischsten Laute, die ich je in meinem Leben gehört hatte. Sie bahnten sich einen Weg bis in mein Herz.

»Dylan«, murmelte sie und krallte sich in meinen Schultern fest. Nie wieder wollte ich eine andere Frau als Brie meinen Namen sagen hören. Brie stöhnte laut, als ich abermals nach ihrer Brust griff und in ihren Nippel kniff.

Sie stützte sich auf meinen Schultern ab und ließ ihre Hüften noch intensiver kreisen.

»Ich will, dass du mich fickst«, hauchte ich, woraufhin kurzweilig ein überraschter Ausdruck in ihren Augen erschien.

»Dann schließ die Augen«, flüsterte sie und ich tat wie mir geheißen.

Brie griff nach meiner rechten Hand und führte sie an ihre Wange. Was hatte sie nur vor?

Sie winkelte meine Finger an, sodass nur mein Zeigefinger übrigblieb. Plötzlich spürte ich, wie sie ihn in den Mund nahm und zu saugen begann. Es kribbelte in meinem ganzen Körper und ich stöhnte Bries Namen. Meine Augen hielt ich fest verschlossen und bewegte meine Hüften, als Brie anfing, mich härter zu reiten.

Noch nie in meinem Leben hatte sich Sex dermaßen sinnlich angefühlt. Brie und ich verschmolzen zu einem Ganzen und fanden einen gemeinsamen Rhythmus. In meinem Haus war es still, man hörte nur unser Keuchen und das unregelmäßige Stöhnen.

»Komm für mich«, flüsterte Brie und das war mein Signal. Ich ließ los. Mein Samen ergoss sich in das Kondom und ich sackte kraftlos zusammen, während ich Bries Namen wieder und wieder stöhnte. Brie kam nicht, aber das schien sie nicht zu stören.

Als ich meine müden Augen öffnete, küsste sie meine Brust und ließ sich auf mich fallen. Wir kuschelten uns eng aneinander. Ich wusste nicht, wer von uns als erstes einschlief, aber seit langer Zeit hatte ich in dieser Nacht keine Albträume.

Brie und ich schliefen bis Mitternacht und fielen kurz darauf abermals übereinander her. Wir schafften es kaum aus dem Bett, da rissen wir uns die Kleider vom Leib und vögelten auf meinem Schlafzimmerboden.

Bries Gesicht war gerötet, als wir es endlich in meine Küche geschafft hatten und ich dabei war, ihr Pancakes zu machen. Sie trug mein Shirt und war darunter splitterfasernackt. In meinem Schritt zuckte es verräterisch, als sie sich neben mir zum Schrank streckte, um Gläser herauszuholen. Auf ihrem Hintern prangte ein roter Handabdruck.

»Dylan, wir können nicht ununterbrochen Sex miteinander haben«, sagte sie mit einem Lachen, als sie meinen Blick auf ihren Po bemerkte. Sie rempelte mich mit ihrer Schulter an und ich verlor beinahe das Gleichgewicht.

»Warum nicht?«

Brie verdrehte die Augen und goss uns Orangensaft ein.

»Bist du schon nervös wegen des Saisonstarts?«, wechselte sie das Thema. Nur schwer kam ich von den Gedanken los, erneut mit Brie zu schlafen. Mit einem Pfannenwender drehte ich den Pancake in der Pfanne, ehe ich ihr antwortete.

»Ein bisschen. Vielleicht springt während der Saison ein neuer Vertrag für mich raus.« Brie hielt inne und stellte ihren O-Saft wieder auf der Arbeitsplatte ab.

»Du möchtest den Verein verlassen?«

Wenn man Fußballer war, durfte man sich nicht zu schnell an einen Ort gewöhnen. In den seltensten Fällen verbrachte man seine gesamte Karriere in einem Sportclub. Obwohl der Londoner FC dafür bekannt war, dass die Spieler dem Verein treu blieben, wusste ich nicht, ob meine Zukunft hier war.

»Wir haben in den letzten Jahren keinen einzigen Titel gerissen«, versuchte ich mich zu erklären. Brie legte den Kopf schief und kniff die Augen leicht zusammen. Das tat sie immer, wenn sie jemanden hinterfragte oder es in ihrem Kopf auf Hochtouren arbeitete.

»Es geht doch nicht nur um Erfolge. Dieser Verein ist etwas Besonderes. Du fühlst dich wohl, warum möchtest du gehen?«

Ich spürte, dass etwas Persönliches dem Gespräch beiwohnte. Brie hatte schon immer eine andere Einstellung als ich gehabt. Nur schwer konnte sie akzeptieren, dass ich mich einem Verein gegenüber nicht mein gesamtes Leben loyal gegenüber verhalten wollte.

»Das weiß ich. Ich habe nur das Gefühl, dass ich mich mit diesem Team nicht zu dem entwickeln kann, der ich eigentlich sein kann.«

»Das sehe ich anders«, konterte sie. Mein Blick huschte auf ihre eiserne Miene.

»Was?«, fragte ich ungläubig. Brie holte einen Teller aus dem Schrank, nahm mir den Pfannenwender ab und schob sich den Pancake darauf.

»Ich habe während des Trainingslagers deine letzten Jahre nachgearbeitet und dich analysiert«, erwähnte sie beiläufig. »Das Problem ist nicht die Mannschaft, sondern du.«

Wie bitte?! Ein Hauch von Wut prickelte in meiner Magengegend. Ich hasste es, wenn andere Menschen abseits des Trainers mich analysierten. Aus dem Grund verabscheute ich die Interviews mit den Journalisten nach den Spielen. Sie wollten einen nur zur Weißglut bringen und dass Brie gerade das Gleiche versuchte, ärgerte mich. Wir hatten eine so schöne Zeit, warum machte sie das mit ihrer Analyse kaputt?

»Was soll das heißen?«, wollte ich dennoch wissen. Brie war nicht dumm und kannte sich aus. So etwas sagte sie nicht einfach so.

»Das soll heißen, dass du eine bessere Version deiner selbst sein kannst, wenn du an dir arbeitest«, erklärte sie und schnappte sich den Ahornsirup.

»Ich arbeite an mir selbst.« Brie sah mich mit einer hochgezogenen Braue an, während sie ein paar Spritzer auf ihren Pancake träufelte.

»Pumpen im Fitnessstudio ist nicht das, was ich damit meinte.« Daraufhin steckte sie sich eine Gabel mit Pancakes in den Mund und seufzte zufrieden.

»Woher willst du wissen…?« Sie unterbrach mich mit vollem Mund.

»Du trainierst viel zu viel. Deine Muskeln haben sich in den letzten Monaten verdreifacht, wenn ich mir deine Videos und Bilder ansehe. Das ist nicht normal, Dylan. Und ungesund ist es obendrein auch.«

»Ich brauche das Training«, verteidigte ich mich und schob mir ebenfalls einen Pancake auf meinen Teller.

»Warum?«

Sollte ich ihr von meinen Schlafstörungen seit dem Unfall erzählen? Das war ich ihr schuldig, wenn ich schon nicht alles verraten konnte. »Seit dem Unfall höre ich jede Nacht deine Schreie«, offenbarte ich ihr. Brie hörte auf zu kauen und starrte mich an. »Manchmal träume ich davon und es wiederholt sich. Immer die gleichen Schreie, immer dein schmerzverzerrtes Gesicht.«

»Dylan«, hauchte sie, schob ihren Teller beiseite und kam auf mich zu. Sie schnappte sich meinen Teller und stellte ihn auf die Anrichte. Plötzlich hielt sie mich in ihren Armen. Wenn Brie so liebevoll mit mir umging, fühlte ich mich unbesiegbar. Ihre Berührungen und ihre Nähe wirkten tröstlich auf mich und ich fühlte mich augenblicklich wie ein Heuchler. Das hatte ich nicht verdient. Vor allem hatte sie das nicht verdient.

Trotzdem brachte ich es nicht über das Herz, ihr die komplette Wahrheit zu sagen.

Brie sollte mich weiterhin mit diesen Augen ansehen. Sie hatte selbst gesagt, dass sie glücklich war. Wer wäre ich, wenn ich ihr dieses Glück wieder nehmen würde?

Kapitel 15

Brie

Es bedeutete mir unsagbar viel, dass Dylan sich mir anvertraute und mir von seinen Schlafstörungen erzählt hatte. Seitdem wir uns nähergekommen waren, war dieses Gefühl, dass Dylan Schuld an allem trug, beinahe komplett verblasst. Ein bitterer Beigeschmack blieb trotzdem, wenn wir über Fußballthemen oder die Vergangenheit sprachen.

Mir gingen die Gedanken, dass er den Verein wechseln wollte, auch nicht aus dem Kopf. Dylan war ein großartiger Spieler, aber stand sich selbst im Weg. Er durfte nicht den gleichen Fehler wie viele andere machen und denken, er müsste seine Kollegen verlassen, um besser zu werden.

Vielleicht sprach ich mal mit dem Coach und überlegte mit ihm zusammen, was wir tun konnten, um Dylan eine Möglichkeit zur Weiterentwicklung zu bieten.

Dylan schmiegte seinen Kopf in meine Halsbeuge und ich strich behutsam über seinen muskulösen Rücken. Mein Blick fiel auf die Uhr. Sie zeigte vier Uhr morgens an. Was war passiert, dass mein Leben sich so sehr verändert hatte? Ich stand mitten in der Nacht in Dylans Küche und tröstete ihn. Das Leben war manchmal wirklich verrückt.

Nachdem wir unsere Pancakes verputzt hatten, kuschelten wir uns zurück ins Bett. Dylan schlief mit seinem Kopf auf meinem Bauch ein und ich streichelte über sein kurzes Haar.

An Schlaf war für mich nicht mehr zu denken. In meinem Kopf kreisten unzählige Gedanken und Fragen, die ich mir nicht beantworten konnte. Warum war es plötzlich so leicht in seiner Gegenwart? War ich vielleicht doch in der Lage, einen Neustart mit ihm zu wagen? Dylan bereute schließlich alles, was er getan hatte, und gab mir eine Antwort auf die Frage, warum er gegangen war. Diese war auch plausibel, stellte mich aber nicht hundertprozentig zufrieden. Warum hatte er so viele Jahre gewartet, um sich bei mir zu entschuldigen, wenn er doch so viel für mich empfand?

Ich hatte meine Eltern gefragt, ob Dylan während meines Krankenhausaufenthalts da gewesen war, und sie hatten es verneint. Dylan hatte keinen einzigen Versuch gestartet, auf mich zuzugehen. Hätte er es jemals getan, wenn ich nicht hier aufgekreuzt wäre?

Das waren Fragen, die ich schnell beiseiteschob, um der schlechten Laune, die sich anbahnte, aus dem Weg zu gehen.

Am frühen Morgen kletterte ich aus dem Bett und wollte uns ein kleines Frühstück vorbereiten. Dylan schlief seelenruhig weiter.

In der Küche suchte ich nach allen Zutaten, die ich brauchte. Plötzlich klopfte es an der Tür. Hatte ich mir das Geräusch nur eingebildet oder war da wirklich jemand? Leise schlich ich zur Tür und erkannte hinter dem Milchglas eine weibliche Silhouette. Sofort fing mein Herz schneller an zu schlagen. Wer konnte das sein um diese Uhrzeit?

Die Frau klopfte noch einmal. Dieses Mal lauter. Wenn sie so weitermachen würde, würde sie Dylan wecken. Das wollte ich nicht. Außerdem war ich viel zu neugierig und wollte wissen, wer Dylan früh morgens besuchte.

Langsam öffnete ich die Tür und erstarrte.

»Brianna Lee Hogan?!« Meine Augen fokussierten die Frau und ich blinzelte ein paar Mal ungläubig. Das konnte nicht wahr sein!

»Victoria?« Mir war schleierhaft, warum ich ihren Namen wie eine Frage aussprach, schließlich stand sie wahrhaftig vor mir. Dylans Mutter fiel mir um den Hals und presste ihren schlanken Körper an mich.

»Wie geht es dir, mein Kind?«, fragte sie und strich über meinen Hinterkopf, während verschiedene Emotionen durch mich hindurch strömten. Unbeholfen legte ich meine Arme um sie.

Ich hatte gerade echt guten Sex mit deinem Sohn, schoss mir durch den Kopf und Hitze kroch in meine Wangen.

Als sie mich vorsichtig von sich entfernte, betrachtete sie mich. Erkenntnis machte sich in ihrem Gesicht breit und die Situation wurde noch viel unangenehmer. Fast zehn Jahre hatten wir uns nicht gesehen und die erste Situation war diese. Das Schicksal war scheinbar doch nicht auf meiner Seite.

»Mir geht es gut.« Angesichts der Tatsache, dass sie mich halbnackt in der Wohnung ihres Sohnes entdeckt hatte, ging es mir wirklich blendend.

»Also scheint es, als hättet ihr beide …« Victoria stammelte und suchte fieberhaft nach den richtigen Worten. »Euch wieder vertragen?« So hätte ich es zwar nicht genannt, aber ich antwortete ihr mit einem schüchternen Lächeln.

»Das freut mich für euch beide! Schläft Dylan noch? Ich wollte ihm Brötchen vorbeibringen.« Erst jetzt entdeckte ich die Tasche, die auf dem Boden neben ihr stand. »Wenn ich gewusst hätte, dass du da bist, hätte ich dir Scones mitgebracht.« Die mütterliche Beziehung zwischen uns war wieder da und ein dicker Kloß setzte sich in meinem Hals fest. Victoria hatte sich mehr um mich gekümmert, als es meine Eltern getan hatten. Das wurde mir wieder einmal mehr bewusst.

»Das ist wirklich lieb, Vi«, sagte ich und öffnete die Tür weiter. »Möchtest du nicht reinkommen? Wir könnten zusammen frühstücken.«

Auf ihrem Gesicht erschien ein breites Grinsen und sie trat dankend ein. Victoria ging schon einmal in die Küche, derweil zog ich mich um. Im Schlafzimmer lag mein Kleid noch immer auf dem Boden und Dylan schnarchend in seinem großen Bett. Von der Tür aus erkannte ich bloß seinen starken Rücken, weil er auf dem Bauch schlief.

Ein unsichtbares Band zog mich zu ihm. Vorsichtig strich ich über sein Haar und er brummte dabei zufrieden. Ich beugte mich nach vorn und hauchte ihm einen zarten Kuss auf seine Schläfe. Unbeirrt schnarchte er weiter, was mich schmunzeln ließ. Dylan war schon immer eine Schlafmütze gewesen, auch das hatte sich nicht verändert.

Vi und ich deckten gemeinsam den Tisch und machten es uns in der Küche bequem. Diese Situation erinnerte mich an vergangene Tage und es fühlte sich an, als wären nicht einmal zwei Wochen vergangen zwischen unserem letzten gemeinsamen Frühstück und heute.

Nachdem wir uns gesetzt hatten und ich ihr einen Tee eingoss, schwiegen wir einen Moment lang, bis ich das Wort ergriff.

»Es tut mir leid, dass ich mich damals nicht bei dir gemeldet habe, nachdem du versucht hast, mich telefonisch zu kontaktieren. Ich hoffe, du weißt, dass es nichts mit dir zu tun hatte.«

Victoria griff nach meiner Hand und legte ihre behutsam darauf. »Ich weiß, Brie. Ich habe nicht geglaubt, dass du mich hasst. Dein Leben wurde von jetzt auf gleich auf den Kopf gestellt und dass Dylan sich verhalten hat, wie er sich verhalten hat, machte das Ganze für dich sicher nicht einfacher.

Bitte glaub nicht, dass du dich bei mir entschuldigen musst«, besänftigte sie meine schweren Gedanken mit einem mütterlichen Tätscheln meiner Hand.

»Ich habe dich vermisst, Vi«, murmelte ich und spürte, wie Tränen in meinen Augen brannten.

»Ich dich auch, mein Schatz. Es tut mir unendlich leid, was dir zugestoßen ist und ich wünsche dir sehr, dass du einen Weg gefunden hast, damit umzugehen. Sieh dich an, du bist zu einer wunderschönen, starken Frau herangewachsen!«

Stolz loderte in ihren Augen, was das Fass zum Überlaufen brachte. Meine Tränen bahnten sich einen Weg über meine Wangen, die ich hastig wegwischte. Victoria sah mich mit diesem Lächeln an, das mir sagen sollte, dass ich all meinen Emotionen freien Lauf lassen durfte.

Nachdem ich mich wieder beruhigt hatte, war es Vi, die das Gespräch erneut aufnahm.

»Ich möchte mich ungern einmischen, aber ich bin einfach zu neugierig. Was läuft da zwischen dir und meinem Sohn?« Natürlich nahm ich Vi die Frage nicht übel, dennoch war sie mir unangenehm. Niemand sprach gerne mit der Mutter seines ... ja, was genau waren wir?

»Ich weiß es nicht«, erwiderte ich ehrlich und zuckte die Achseln. »Das Einzige, was ich weiß, ist, dass ich mich mittlerweile wohl in seiner Nähe fühle und ich nicht ständig an den Unfall denken muss. Es ist plötzlich so einfach.«

Victoria nickte wissend und lehnte sich in ihrem Stuhl zurück.

»Es ist schön, wenn ihr euch gegenseitig Halt geben könnt.« Und das taten wir auf gewisser Weise wirklich.

Ein Rumpeln hinter mir erweckte unsere Aufmerksamkeit. Ein verschlafener Dylan stand in der Tür, fuhr sich durch die müden Augen und blinzelte irritiert, als er das Bild vor sich sah.

Mich kostete es einiges an Willenskraft, nicht auf seinen Oberkörper zu starren oder auf seine ziemlich tief sitzende Hose. Sofort prickelte es zwischen meinen Beinen, als ich an die vergangene Nacht dachte.

»Mum?«, fragte er verwirrt und kam auf uns zu. »Ist das hier etwa ein Traum?«

Vi und ich kicherten.

»Nein, wir haben ein bisschen gequatscht«, flötete seine Mum und schob den dritten Stuhl zurück, damit er sich setzen konnte. »Hast du endlich ausgeschlafen, du Schlafmütze?«

»Ich habe geschlafen wie ein Stein«, murmelte er und blickte mit einem schelmischen Grinsen in meine Richtung. Scham stieg in mir auf, aber Vi verdrehte bloß die Augen, als sie den Ausdruck in Dylans Gesicht sah.

»Was habt ihr heute vor?«, wechselte sie glücklicherweise das Thema. Dylan und ich sahen uns an. Wir hatten heute nichts vor, zumindest hatten wir nichts ausgemacht. Der Tag nach dem Trainingslager war frei, also konnten wir tun und lassen, was wir wollten.

»Bisher ist noch nichts geplant«, meinte Dylan und biss in das Brötchen, das er sich aus der Tüte geangelt hatte. »Allerdings habe ich noch ein paar Pflanzen im Garten stehen, die eigentlich in Bries Wohnung gebracht werden müssen.«

Überrascht riss ich die Augen auf.

»Du hast mir doch schon drei Pflanzen besorgt.«

»Mein ganzer Kofferraum war voll mit Grünzeug«, erzählte er, während er weiter aß. »Die müssen schleunigst in dein neues Zuhause. Bei mir gehen sie ein. Mum hat sich die letzten Tage darum gekümmert.«

»Warum hast du …?«, fing ich an, aber Dylan unterbrach mich.

»Niemand liebt dieses Zeug so sehr wie du!« Für diese liebevolle Geste schenkte ich Dylan ein dankbares Lächeln, welches er erwiderte. Die Schmetterlinge in meinem Bauch drehten ihre Kreise und ich konnte über diese Umstände nicht glücklicher sein.

Während Dylan mit seiner Mutter über das Trainingslager sprach, beobachtete ich die beiden und fühlte mich seit langer Zeit einer Familie zugehörig. Traurigkeit machte sich abermals in mir breit, weil ich dieses Gefühl niemals mit meiner eigenen Familie erleben würde. Jetzt waren Dylan und Vi wieder in meinem Leben. Nichtsdestotrotz schwebte ein merkwürdiger Gedanke über mir und versuchte die positiven Gefühle zu schmälern. Dylan hatte mich schon einmal verletzt und daraufhin hatte ich ihn und Vi verloren. Was würde beim nächsten Mal passieren? Wenn Dylan eines Tages den Verein verließ, würde er mich in London zurücklassen. Schließlich gab es uns nicht im Doppelpack. Kein Verein würde mich aufnehmen, nur weil sie Dylan haben wollten. Das war eine utopische Vorstellung. Was dachte Dylan wohl darüber? War er sich dessen überhaupt bewusst? Noch war ich nicht in der Lage zu beurteilen, was ich tun würde, wenn Dylan einen Vertrag bei einem anderen Verein unterschrieb. Würde ich meinen Job, der mir so viel Spaß machte, an den Nagel hängen für ihn? Womöglich nicht. Schließlich war ich ihm nichts schuldig. Warum sollte ich meine Karriere wieder aufgeben müssen, weil er etwas tat, was Konsequenzen für mich hatte?

All die Gedanken bereiteten mir ziemliche Bauchschmerzen, aber ich tat es wie immer und versuchte an etwas anderes zu denken.

Vi verabschiedete sich eine halbe Stunde später und ließ uns allein. Während wir die Küche auf Vordermann brachten, schwiegen wir. Dylan war derjenige, der die Stille unterbrach.

»Ist alles okay?« Mit einem Spültuch in der Hand drehte ich mich um.

»Warum fragst du?« Dylan kam näher und legte seine Hände an meine Hüften.

»Du bist so still und siehst nachdenklich aus. Fühlst du dich nicht wohl?« Seine einfühlsame Art war etwas, das ich an ihm schätzte und gewissermaßen liebte.

»Ich musste bloß an unser Gespräch denken. Was wird mit mir passieren, wenn du den Verein wechselst?«

Meine Stimme hörte sich verletzlich an und das wollte ich nicht. Die letzten Jahre hatte ich nicht umsonst hart gekämpft, um nicht alle paar Minuten in Tränen auszubrechen. Irgendwie machte es mir Angst, Dylan ausgeliefert zu sein. Zwar konnte er mich zur glücklichsten Frau der Welt machen, aber auch schlagartig fallen lassen.

Er atmete hörbar aus und zog mich näher an sich.

»Du weißt, dass ein Wechsel nicht von heute und morgen passiert. Außerdem war das nur Gerede. Aktuell hat kein Verein Interesse an mir.«

»Das wird sich ändern. Du bist ein grandioser Spieler«, meinte ich und legte das Spültuch beiseite, um meine Arme um ihn zu legen. »Die Vereine wären dämlich, wenn sie dich nicht wollten.«

Dylan legte seine Stirn gegen meine und sah mir tief in die Augen. Sofort überzog eine Gänsehaut meine Arme.

»Auch wenn ich es ziemlich heiß finde, dass du mich lobst, möchte ich nicht, dass du dir derartige Gedanken machst. Ich habe dich gerade erst wieder, warum sollte ich gehen wollen?«

Mein verliebtes Herz klopfte fest gegen meinen Brustkorb und ich glaubte ihm in diesem Moment alles, was er sagte. Angst hatte ich trotzdem, schließlich lebte ich nicht hinterm Mond und wusste, wie es im Fußball-Business ablief. Irgendwann würden sie nach Dylan greifen und wenn das Angebot stimmte, würde er gehen, ohne überhaupt drüber nachzudenken, was mit mir war. Die Sache war nämlich, dass ich es vermutlich genauso tun würde, wenn ich könnte.

Die Fußballkarriere war immer das Wichtigste in meinem Leben gewesen. Mir ging es dabei nicht nur um den Erfolg und ums Geld. Vielmehr wollte ich Fußballerin werden, um meinen Traum zu leben und als Art Vorbild zu agieren. Kleine Kinder sollten mich ansehen und denken: *Wow, eine Frau, die richtig gut kicken kann. Das möchte ich auch!*

Der Traum war allerdings zerplatzt und der Grund dafür stand direkt vor mir. Überraschenderweise braute sich keine Wut in mir auf, sondern ein ganz anderes Gefühl. Mitleid. Dylan konnte nachts nicht schlafen, weil er an den Unfall denken musste. Wie es aussah, war ich mit meiner Traumabewältigung in den letzten Jahren einige Schritte weitergekommen als er. Tatsächlich hatte ich kein einziges Mal darüber nachgedacht, wie es für ihn war. Wie hatte er mit diesen Schuldgefühlen überlebt, ohne völlig durchzudrehen? Wie konnte er mir in die Augen sehen, ohne ein Stechen in der Brust zu verspüren?

»Hey«, murmelte er und stupste seine Nase gegen meine. »Worüber denkst du nach?«

»Über nichts wichtiges«, log ich und zwang mich zu einem Lächeln. Dylan versuchte mich gerade davon zu überzeugen, dass alles gut war. Er wirkte glücklich. Warum sollte ich wieder eine Diskussion starten, die wir ohnehin nicht zu Ende führen konnten, weil die Vergangenheit uns einholen würde? Es würde nichts bringen.

»Hattest du Albträume diese Nacht?«, versuchte ich das Thema auf eine halbwegs andere Schiene zu bringen. Dylan schüttelte den Kopf.

»Ich habe die Wahrheit gesagt. Ich habe wie ein Stein geschlafen.« Während er sprach, hatte er seine Hand an meine Wange gelegt und ich schmiegte meinen Kopf hinein. Seine Berührungen waren wie Balsam für meine Seele.

»Woran das nur lag?«, fragte ich keck und bekam die direkte Antwort.

Dylan presste seine weichen Lippen auf meine und vergrub seine Hand in meinen Haaren. Ich liebte es, wenn er das tat. Für mich fühlte es sich an, als würde er damit zum Ausdruck bringen, dass ich zu ihm gehörte. Wahrscheinlich waren das nur Wunschvorstellung von meinem inneren Teenager-Ich, aber es war unendlich schön, verliebt zu sein und diese Gefühle erwidert zu bekommen. Wenn man mir damals gesagt hätte, dass Dylan und ich noch einmal zusammenkommen würden, hätte ich denjenigen für verrückt erklärt. Vor allem nach dem Unfall hatte ich nie für möglich gehalten, dass wir überhaupt jemals wieder miteinander sprechen würden.

Dylan griff nach meiner Taille und hob mich vorsichtig auf die Küchenzeile. Automatisch, als gehörten sie dorthin, schlug ich meine Beine um seine. Unsere Körper rieben aneinander und ich spürte, dass Dylan schon wieder bereit war. Seine Erektion drückte gegen meine Mitte und ließ mich gegen seinen Mund seufzen.

Dylan verteilte Küsse auf meinem Gesicht, wanderte über meinen Hals auf meine Schultern, wobei er die Träger meines Kleides beiseiteschob. Ein wohliger Schauer lief über meinen Rücken. Verdammt, warum fühlte es sich so gut an? Wie konnte es sein, dass wir ständig die Kontrolle verloren?

»Ich kann nicht aufhören«, brummte Dylan zwischen seinen Liebkosungen. Wollte ich, dass er aufhörte? Nein. Also packte ich sein Gesicht und drückte meine Lippen erneut auf seine, um ihm zu zeigen, dass ich weitermachen wollte. Hier in seiner Küche miteinander zu schlafen, fühlte sich beinahe illegal an.

»Hast du ein Kondom?«

Dylan fasste in seine Hosentasche.

»Du hast nicht ernsthaft ein Kondom mit runtergebracht?«

»Natürlich! Wenn Mum uns nicht überrascht hätte, hätte ich dich überrascht.« Dylan lächelte verführerisch und löste eine Sehnsucht in mir aus, die ganz dringend gestillt werden musste.

»Du denkst wirklich an alles«, sagte ich schmunzelnd und zog ihn wieder an mich. Meine Hände ruhten auf seiner Brust, wanderten über seine Brustwarzen bis zum Bund seiner Hose. Seine Haut unter meiner kam dem Gefühl des Fliegens gleich. In Dylans Armen fühlte ich mich schwerelos und unbesiegbar.

Seine Hose landete kurz darauf auf dem Boden und ich ertastete plötzlich nackte Haut. Verwirrt unterbrach ich den Kuss und sah an ihm herunter. Er trug unter seinen Hosen keine Shorts?

»Ich denke wirklich an alles«, wiederholte er meine Worte und drückte sein steifes Glied gegen meine Mitte. Lachend griff ich danach und begann es sanft zu massieren.

»Du bist unmöglich.«

»Meinetwegen«, erwiderte er und schob mein Kleid nach oben. Als er sah, dass ich ebenfalls keinen Slip trug, weil ich ihn heute Morgen nicht gefunden hatte, erstarrte er.

»Überraschen kann ich auch!«, säuselte ich.

Dylan murmelte etwas vor sich hin, das ich nicht verstand, und öffnete das Kondom mit seinen Zähnen. Anschließend rollt er das Kondom über seinen Penis.

»Ich habe heute Nacht davon geträumt, dich in meiner Küche zu nehmen.« Dylans Stimme war rau, dunkel und ging mir unter die Haut. Mein Körper reagierte augenblicklich auf das Gesagte und ich spürte, wie die Erregung durch mich hindurch strömte. In meinem Kopf fühlte es sich an, als wäre Watte darin, meine Brüste wurden schwer und zwischen meinen Beinen wurde es warm. Sehnsüchtig wartete ich, dass Dylan mich für ihn bereit machte.

Seine langen Finger fanden ihren Weg zwischen meine Schenkel. Wir küssten uns, während er seinen Daumen über meine Perle bewegte. Meine Hände lagen auf seinen Schultern. Ein Stöhnen entrang sich meiner Kehle und ich presste mich gegen seine Hand.

»Sag mir, was du willst, Mariposa«, flüsterte Dylan in mein Ohr. Mein Herz raste unkontrolliert. Einerseits vor Erregung, andererseits vor einer aufkommenden Scham, weil ich selten beim Sex sprach.

»Ich will …« Dylan machte unbeirrt weiter, weshalb ich mich schwer konzentrieren konnte.

»Ja?«

»Ich will dich in mir.« Das war nichts Wildes, aber ein guter Anfang. Scheinbar empfand Dylan es genauso, er packte seine Erektion und positionierte sie vor meiner Vagina.

Ich lehnte mich zurück, damit es ihm einfacher fiel, in mich einzudringen. Mit einem Mal füllte er mich aus und streichelte meinen Innenschenkel.

»Du fühlst dich so gut an«, raunte er und küsste mich stürmisch. Meine Hände umfassten seinen Hintern und ich presste mich ihm entgegen, damit er tiefer in mich eindringen konnte.

Nach einigen Stößen fanden wir einen Rhythmus, der uns beiden gefiel. Keuchend griff ich nach seinem Nacken und krallte meine Finger in die Haut, während er seinen Penis immer schneller in mich stieß.

»Fuck«, murmelte ich, als ich bemerkte, wie ich meinem Höhepunkt immer näherkam. Dylans Augen waren auf meine gerichtet. Wir starrten uns an, die Sehnsucht und Leidenschaft brodelten in ihnen. Zwischen uns entstand eine Art der Verbindung, die ich noch nie gespürt hatte. Das, was sich zwischen uns abspielte, war nicht nur platonisch. Es ging so viel tiefer.

Dylan war mein Anker gewesen und ich die Gestrandete, bevor das Schicksal uns entzweiriss. Nun war er wieder in meinem Leben und dieses Mal waren wir beide Anker für den jeweils anderen.

Heiße Tränen sammelten sich in meinen Augenwinkeln, weil ich begriff, dass das hier mehr war als bedeutungsloser Sex. Da waren so viele Gefühle im Spiel, mein Herz wurde beinahe damit überströmt.

Dylan bemerkte meine Tränen, wollte sich aus mir zurückziehen, um mich zu trösten.

»Nein, hör nicht auf«, hauchte ich und sah weiterhin in seine wunderschönen, von Lachfalten umgebenen Augen.

»Liebe mich«, forderte ich mit leiser Stimme und in diesem Moment explodierten all die Emotionen in mir und ich wurde über den Rand der Ekstase geschleudert. Dylan folgte mir mit einem tiefen Brummen und küsste mir die Tränen von den Wangen.

»Ich habe nie damit aufgehört«, flüsterte er mir zu und nahm mich in eine tiefe Umarmung.

Kapitel 16

Dylan

Ein Romantiker war ich scheinbar nicht, sonst hätte ich Brie nicht in meiner Küche, während wir miteinander geschlafen hatten, gesagt, dass ich sie liebte. Große Gefühle hegte ich dennoch für sie.

Brie ließ mich zu dem Mann werden, der ich eigentlich hatte werden wollen. Liebevoll und sanft, statt hart und auf der Suche nach neuen Abenteuern.

Sie wollte hören, dass ich sie liebte und verdammt, das tat ich aus vollem Herzen. Aus diesem Grund wurde meine Angst, sie jeden Augenblick verlieren zu können, immer größer. Noch einmal würde ich das sicher nicht durchstehen können.

Vorsichtig zog ich mich aus Brie zurück, schnappte mir ein Küchentuch, wickelte das Kondom darin ein und warf es in den Mülleimer. Brie sprang mit wackeligen Beinen von der Anrichte und blieb mit einem zufriedenen Grinsen vor mir stehen. Nachdem ich meine Hose hochgezogen hatte, wartete ich darauf, dass Brie sich ebenfalls wieder ankleidete.

»Wollen wir deine Pflanzen in deine Wohnung bringen oder hast du heute schon etwas anderes vor?«, fragte ich sie vorsichtig und musste plötzlich an diesen Miles denken. Darüber hatten wir noch gar nicht sprechen können, aber jetzt war nicht der richtige Zeitpunkt dafür.

»Das wäre super, danke noch einmal. Damit habe ich wirklich nicht gerechnet«, bedankte sie sich und gab mir einen Kuss.

Zurück in meinem Schlafzimmer zogen wir unsere Kleidung an und verfrachteten die übrig gebliebenen Kübel in meinen Wagen, um sie in Bries Wohnung zu bringen.

»Hast du Hunger?«, wollte sie wissen, nachdem wir eine große Areca-Palme in ihrem Schlafzimmer untergebracht hatten.

Just in dem Moment knurrte mein Magen, was Brie auflachen ließ.

»Verstehe. Ich bestelle uns eine Pizza. Magst du immer noch Peperoni?«

Mein Herz machte vor lauter Freude einen Sprung. Sie wusste noch immer, was meine Lieblingspizza war. »Ja, danke!«

Wir legten uns auf Bries Sofa, während wir auf die Pizza warteten, und starteten eine Serie mit Vampiren auf Netflix, die ich allerdings nicht wirklich nachverfolgen konnte. Meine Gedanken schweiften immer wieder zu meiner größten Angst zurück. Brie erneut zu verlieren, wenn sie erfuhr, dass ich ihr nicht die ganze Wahrheit gesagt hatte.

Brie schaffte es mit lustigen Anekdoten aus ihrer Studienzeit, dass ich nicht länger darüber nachdachte. Als die Pizza eintraf und wir sie schnell verschlangen, kuschelte sie sich danach wie selbstverständlich an mich und erzählte mir von ihren Aufgaben im Job. Mit Brie zusammen zu sein, fühlte sich genauso an wie damals, als wir Teenager waren und die gleichen Träume und Ziele hatten. Heute sah alles ein bisschen anders aus, aber ich hatte das Gefühl, auf dem richtigen Weg zu sein, um glücklich zu werden. Zumindest so lange, bis die Wahrheit ans Licht kam.

Am Abend verabschiedete ich mich schweren Herzens von ihr und fuhr nach Hause.

Die nächsten Tage im Training waren pure Hölle für mich. Nicht, weil ich nicht mithalten konnte, sondern wegen Bries Präsenz. Egal, was ich tat, ich spürte ihre Blicke und hätte sie am liebsten in die Arme genommen, um ihr zu zeigen, wie sehr ich sie vergötterte. Die anderen Kollegen hatten bisher nichts gesagt, aber Call merkte, dass sich seit dem Trainingslager etwas zwischen Brie und mir verändert hatte. Er schlug mir eines Tages wissend auf die Schulter.

»Herzlichen Glückwunsch, Kumpel«, sagte er und nickte anerkennend.

»Was meinst du damit?«, hakte ich nach.

Call verdrehte die Augen und wackelte mit den Brauen. »Du siehst genauso aus wie ich, als Ivy und ich zusammengekommen sind«, stellte er fest und traf damit den Nagel auf den Kopf.

»Ich weiß nicht, was du meinst«, versuchte ich mich rauszureden, aber unserem Kapitän konnte man nichts vormachen. Wir lächelten uns wissend an.

Brie und ich sahen uns jeden Abend und hatten viel Sex. Das Gefühl, mit ihr intim zu sein, war mit nichts anderem zu vergleichen. In ihren Armen fühlte ich mich wohl und geborgen.

Das Einzige, was mich störte, war dieser Kerl namens Miles. Brie hatte ihn in meiner Gegenwart noch nie erwähnt, aber ihr Handy zeigte am Tag öfter seinen Namen an, als sie »Ich liebe dich« zu mir sagte. Etwas in mir weigerte sich, nach ihm zu fragen. Schließlich wollte ich, dass Brie sich mir öffnete und keine Angst vor meiner Reaktion hatte. Allerdings befürchtete ich, dass ich noch eine Weile warten musste, bis das passierte. Es ging mir einfach darum, zu wissen, mit wem sie ihre Zeit verbrachte, wenn ich nicht bei ihr war.

Brie liebte mich und ich wusste, dass sie mich nicht verletzen würde. Niemals würde sie mich mit einem anderen Mann betrügen, das war nicht ihre Art.

Diesen Miles hasste ich trotzdem. Vielleicht war ich einfach eifersüchtig.

Ganze zwei Wochen waren seit dem Trainingslager vergangen. Die neue Saison stand in den Startlöchern und ich hatte Brie ursprünglich gesagt, dass ich nicht nervös war. Das hatte sich mittlerweile geändert. Ich war ein verdammtes Nervenbündel. Was war, wenn die Mannschaft diese Saison wieder nichts erreichte? Meine Intuition flüsterte mir zu, dass es für viele Spieler und vielleicht auch für den Coach Zeit sein würde zu gehen. Brie glaubte, ich wäre in der Lage, den Club einfach zu verlassen, und auch wenn ich das einfach so sagte, stimmte das nicht ganz. Mein Herz zog sich zusammen, bei dem bloßen Gedanken, diesen Verein, die Menschen und die Stadt verlassen zu müssen. Wir mussten uns diese Saison echt den Arsch aufreißen!

Die Sorge von Brie, dass ich gehen könnte, war demnach nicht unbegründet. Ich wusste selbst nicht, was ich tun würde, wenn ein anderer Club Interesse äußern würde. Jetzt, wo ich Brie wieder in meinem Leben hatte, konnte ich nicht einfach die Reißleine ziehen und abhauen. Das hatte sie nicht verdient. Andererseits ... Was würde sie tun? Wir kannten uns lange gut genug, um den anderen einschätzen zu können. Obwohl sie mich liebte, wusste ich, dass sie ihrem Herzen folgen würde. Und ihr Herz hatte sich immer für den Fußball entschieden. Auch, als sie die Wahl zwischen ihm und ihrer Familie hatte.

»Hey.« Sie riss mich aus meinen Gedanken, während ich mir mit einem starren Blick meine Beine dehnte.

»Hey«, gab ich zurück und blickte mich um. Meine Kollegen waren in ihre Übungen vertieft. Schnell beugte ich mich in ihre Richtung und bat stumm um Erlaubnis. Gerade war es mir egal, dass die anderen davon erfahren könnten. Brie nickte und ich drückte ihr einen kurzen Kuss auf die Lippen. »Ich konnte einfach nicht anders«, flüsterte ich, was Brie zum Schmunzeln brachte. »Vielleicht bringt es mir Glück.«

»Du brauchst kein Glück«, erwiderte sie und steckte ihre Hände in die Taschen ihrer Trainingsjacke. Sie sah unfassbar süß aus.

»Stimmt, du bist hier. Mein Glücksbringer.«

»Na, ihr Turteltauben?« Call begrüßte Brie mit einem Fistbump, die ihre Faust rausstreckte und schockiert den Mund öffnete, als sie begriff, was Call gesagt hatte.

»Leute, wir sehen zwar manchmal den Ball nicht, blind sind wir trotzdem nicht. Die halbe Mannschaft hat gerade gesehen, wie ihr euch geküsst habt.« Tja, nun war es also raus.

»Ihr braucht uns nichts vormachen«, äußerte sich Johnny ebenfalls, der neben Call auftauchte. »Wir wissen Bescheid.«

»Es war ja auch kaum zu übersehen die letzten Tage«, meldete sich Jason zu Wort, der Brie für meinen Geschmack eine Spur zu lang ansah.

»Okay, Leute«, versuchte ich die Meute unter Kontrolle zu halten. »Wir sind uns aber darüber einig, dass Jenkins nichts davon erfährt, oder?« Die Jungs schwiegen, starrten uns an. Jemand räusperte sich hinter uns. Das konnte nicht wahr sein!

»Wie die Jungs schon sagten, wir sind nicht blind.« Coach Jenkins blickte zwischen Brie und mir hin und her. Plötzlich fing er an, breit zu grinsen und schlug mir brüderlich auf die Schulter.

»Ich freue mich für euch, aber wir müssen uns jetzt aufs Spiel vorbereiten. Brie, hast du hier noch etwas zu tun?«

Sie schüttelte ihren hochroten Kopf und tat ihr Bestmögliches daran, schnell aus dem Weg zu kommen.

Als Brie weg war, nahm der Coach mich beiseite. Innerlich stellte ich mich auf eine Moralpredigt ein, die aber überraschenderweise ausblieb.

»Sie wirkt wirklich glücklich die letzten Tage.«

»Das sind wir«, bestätigte ich und spürte, wie mein Herz anschwoll.

»Das habt ihr verdient. Beide. Hoffentlich wirkt sich das heute auch aufs Spiel aus.«

»Ich gebe mein Bestes!«

»Ich weiß.« Jenkins nickte wissend und schnappte sich kurz darauf Johnny, um mit ihm eine strategische Besprechung durchzugehen. Danach richtete er sich an alle.

»Jungs! Heute starten wir endlich in die neue Saison. Die letzten Wochen haben wir hart an uns gearbeitet, einige neue Gesichter sind dazu gekommen und wir sind als Team noch enger zusammengewachsen. Ich möchte, dass wir heute alles geben, diese Saison wird uns gehören!«

Wir applaudierten, grölten und schlugen uns gegenseitig ein. Das Adrenalin machte sich bereit und schoss durch meine Venen, als wir die Umkleide verließen und uns auf den Weg aufs Feld machten.

Unser erstes Spiel durften wir in unserem Heimstadion antreten. Mit unseren Fans im Rücken würden wir dieses Match gewinnen, da war ich mir sicher!

Der Stadionsprecher begrüßte die Zuschauer und rief die gegnerische Mannschaft auf. Auch wir applaudierten im Spielertunnel unter der Westtribüne und machten uns fürs Eintreten bereit.

Endlich waren wir an der Reihe. Der erste, der ausgerufen wurde, war Ambrose Reed, unser Torwart. Die Menschenmenge rastete aus und begrüßte ihn im Chor schreiend. Nach und nach liefen wir aufs Feld.

»Spieler mit der Nummer dreizehn!« Mein Bild wurde auf die Monitore in den Ecken des Stadions projiziert.

»Dylan«, rief Patrick, unser Sprecher. »Fraser!« Mein Körper und mein Geist stellten in diesen Moment auf den Kampfmodus um. Jetzt hatte ich nichts anderes als das Match in meinem Kopf. Winkend rannte ich auf das Feld und ließ meinen Blick über die bunte Tribüne schweifen.

Die Fans wirbelten ihre Schals durch die Luft, einige hatte große Fahnen dabei, die sie schwenkten und riefen uns undefinierbare Worte zu. Unwillkürlich dachte ich an die Zeiten, in denen ich dort oben gestanden und meinen Lieblingsspielern beim Spielen zugesehen hatte.

Wir stellten uns für das Mannschaftsfoto auf, die Zuschauer grölten unsere Vereinslieder und ich fühlte mich wieder wie zuhause.

Brie hatte sich neben die Fotografen gestellt und machte mit ihrer Kamera eine Aufnahme. Mein Blick war auf sie gerichtet. Das würde das erste Foto im Trikot sein, auf dem ich wie ein Honigkuchenpferd strahlte. All die Jahre konnte ich das, was ich tat, nicht genießen, weil ich ständig daran denken musste, Brie das Leben zerstört zu haben. Jetzt stand sie hier vor mir, lächelte, wirkte glücklich und unbeschwert. Ihre wunderschönen Lippen formten ein stummes »Ich liebe dich«. Zum ersten Mal ließ ich zu, alles zu fühlen und selbst glücklich zu sein. Dieses Spiel würden wir rocken!

Wir stellten uns auf und wenige Sekunden später wurde angepfiffen.

Kapitel 17

Brie

Unbeschreiblich. Mehr konnte ich zu den Gefühlen, die durch mich hindurchströmten, nicht sagen.

Es war Jahre her, dass ich in einem vollen Stadion war. Ehrfürchtig blickte ich die Tribünen hinauf und musste schlucken. Zehntausende Menschen waren hier versammelt, um die Jungs spielen zu sehen.

Anders als erwartet musste ich vor Traurigkeit nicht weinen. Nein, ich musste lachen und konnte nicht damit aufhören. Erst als eine der Physiotherapeutinnen mich schräg ansah, beruhigte ich mich wieder. Es war so wundervoll.

Die Mannschaft hatte sich aufgestellt und ich das Smartphone gezückt. Meine Aufgabe war es, so viele Highlights wie möglich einzufangen.

Mein Blick blieb bei Dylan hängen und mein Herz machte einen Satz. Mein Brustkorb fühlte sich ganz eng an, während ich ihn dabei beobachtete, wie er sich aufs Spiel fokussierte.

Das Spiel wurde angepfiffen und die Mannschaft stürzte sich mit vollem Elan hinein.

Call, der Kapitän der Mannschaft, hatte in den ersten zwanzig Minuten am meisten Ballbesitz und machte einige Vorlagen für seine Kollegen, die leider nicht genutzt wurden. Dylan sah zwischendurch in meine Richtung, aber ich sah weg, um ihn nicht abzulenken.

In der achtundzwanzigsten Spielminute schaffte Jason es, einem Gegenspieler den Ball im Mittelfeld abzunehmen. Mit schnellen Schritten passte er ihn kurz vor den Strafraum. Dylan, Johnny, Call und Leo standen bereit, aber der Ball wurde Jason wieder abgenommen und hinters Tor geschossen.

Wir bekamen einen Eckstoß, den Jason selbst ausführte. Ich richtete das Handy auf die Ecke und kaute nervös auf meiner Unterlippe.

Jetzt oder nie, dachte ich und beobachtete den Ball vom Abstoß, wie er durch die Luft wirbelte.

Vor dem Tor versammelten sich sowohl unsere als auch die Gegenspieler und gelegentlich waren Rufe zu hören. Das Leder zischte über Call vorbei. Dylan war es, der ihn erwischte und mit dem Kopf gekonnt in die obere, rechte Ecke pfefferte.

Der Torhüter hatte keine Chance.

O mein Gott!

Ich jubelte und schlug mit dem Coach ein, der ein breites Grinsen auf den Lippen trug. Die Fans im Block fielen sich um den Hals, einige verdrückten sogar Tränen. Niemand konnte es ihnen verübeln. Fußball war so verdammt emotional und ging unter die Haut.

Dylan hatte das erste Tor dieser Saison geschossen. Der Londoner FC trat das allererste Match der neuen Saison gegen Birmingham an.

Stolz erfüllte mein Herz. Call rannte auf Dylan zu, der mit offenem Mund vor dem Tor stand und gar nicht wusste, wie ihm geschah. Hinter meiner Kameralinse sah ich lachend zu, wie er von Call und den anderen umgerannt und umarmt wurde.

Der Schiri bedeutete den Mannschaften, dass es weitergehen musste. Dylan trabte wieder auf seine Position und suchte mich mit seinem Blick.

»Danke«, formte er mit seinen Lippen und ich hatte keine Ahnung, was er mir damit sagen wollte.

Das Match verlief bis zur Halbzeit ereignislos weiter. Zwar hatten wir immer mal wieder eine Chance auf ein weiteres Tor, aber der Torhüter war nun um einiges konzentrierter. Nach fünfundvierzig Minuten pfiff der Schiri das Spiel für die Halbzeitpause ab. Schnellen Schrittes eilte ich den Jungs hinterher und fiel Dylan um den Hals. Schnell erinnerte ich mich, dass das eigentlich nicht erlaubt war und ging auf Abstand. Die anderen durften ihre Frauen nicht während der Halbzeit sehen, da war es unfair, wenn wir vor ihren Augen herumturteln würden. Es war eine Abmachung mit dem Vorstand, dass ich nur kurz hier sein durfte, um die Momente für meine Arbeit einzufangen.

»Herzlichen Glückwunsch«, rief ich, als die Jungs mich entdeckten. Wir schlugen miteinander ab.

»Sieht beinahe so aus, als hätten wir einen blauhaarigen Glücksbringer«, scherzte Leo.

»Wohl eher ein blauhaariges Maskottchen«, erwiderte Call, der brüderlich seinen Arm um mich legte. »Hast du wenigstens unseren Wunderknaben ordentlich aufgenommen?«

»Natürlich!«, gab ich zurück und blickte in die Runde. Obwohl ich selbst nicht spielte, fühlte ich mich wie eine von ihnen.

»Jungs, das war großartig!«, rief der Coach, als er in die Umkleide kam. Das war mein Zeichen zu gehen. Meine Hand streifte Dylans, als ich an ihm vorbeilief. Mit meinem Blick versuchte ich ihm zu zeigen, was ich ihm eigentlich sagen wollte.

Ich bin unfassbar stolz auf dich!

Dylans Augen leuchteten, als er es begriff.

Die zweite Hälfte startete leider genauso ereignislos, wie die erste aufgehört hatte. Beide Mannschaften hatten jeweils einen Spieler gewechselt, aber auch das brachte nicht mehr Dynamik ins Spiel.

In der siebzigsten Spielminute schnappte Johnny sich den Ball und rannte damit über das halbe Spielfeld, ohne abzuspielen. Wie ein Profi dribbelte er den Ball durch die Beine der Gegenspieler, bis er kurz vor dem gegnerischen Tor war und an Call abspielte, der grazil in die rechte Ecke schoss. Zwei zu Null!

Das Stadion bebte, die Fans sangen ihre Lieder und ich konnte auch nicht anders, als begeistert in die Hände zu klatschen.

Zehn Minuten vor dem regulären Abpfiff musste Dylan wegen eines Krampfes in der Wade ausgewechselt werden. Er ließ sich vom Mannschaftsarzt und einem Helfer auf seinen Platz bringen, die ihn sofort versorgten. Mit einem Blick zu ihm versicherte ich mich, dass es ihm gut ging. Anschließend konzentrierte ich mich wieder auf das Spiel, um Highlights einzufangen.

Abpfiff. Wir gewannen das erste Match zwei zu null, womit wir wirklich zufrieden sein konnten. Das gegnerische Team ließ sich von seinen Fans feiern. Genau das war es, was mich am Fußball immer begeistert hatte. Die meisten Fans blieben auch in schlechten Zeiten an der Seite des Vereins.

Ich war die erste, die den Platz verlassen durfte und am Ausgang für die Spieler und Mitarbeiter auf Dylan wartete. Die Jungs brauchten Zeit, um sich ausgiebig zu feiern und sich unter der Dusche abzukühlen.

»Sie sind neu hier, richtig?« Eine mir unbekannte Frauenstimme riss mich aus meinen Gedanken. Verdutzt drehte ich mich in ihre Richtung und erstarrte. Die Frau musterte mich, wirkte dabei jedoch nicht abschätzend, sondern neugierig.

»Ich bin Madeline Smith, Vorstandsvorsitzende des Londoner FCs. Leider war ich in den letzten Wochen beruflich im Ausland, weshalb ich mich erst jetzt vorstellen kann.« Meine Knie wurden weich und meine Augen mussten so groß werden wie Unterteller, da sie anfing zu lachen. Selbstverständlich wusste ich sofort, wer sie war, als ich sie gesehen hatte.

»Mache ich einen einschüchternden Eindruck? Das wollte ich nicht«, sagte sie und reichte mir die Hand.

»Ich bin Brianna Hogan«, stellte ich mich vor, was sie natürlich längst wusste.

»Schön Sie kennenzulernen, Brianna. Ich habe in den letzten Wochen Ihre Arbeit gesehen und finde es großartig, wie Sie die Mannschaft im Internet präsentieren«, lobte sie mich, woraufhin mir ganz warm wurde.

»Das ist wirklich nett von Ihnen, vielen Dank.«

»Nicht dafür«, winkte sie ab und kramte in ihrer Handtasche nach etwas. »Ich möchte Ihnen etwas geben.«

Verwundert beobachtete ich sie dabei, wie sie mir ihre Visitenkarte reichte.

»Ich habe Sie heute beobachtet, wie sie am Spielfeldrand standen und dem Team Anweisungen zugerufen haben«, erzählte sie. Wie bitte? Sie hatte was getan?

»Nachdem Sie John Sinclair zugerufen haben, was er machen soll, hat er das Tor geschossen«, fuhr sie fort. Diese Ausrufe meinerseits kamen ganz von selbst, gesteuert von meinem Unterbewusstsein. Mit Sicherheit hatte ich nicht bewusst Anweisungen gegeben, ich fühlte mich eher wie ein Fan auf der Tribüne, der seinen Senf dazu gab. Madeline sprach weiter.

»Seit Jahren äußere ich im Unternehmen den Wunsch, eine Damenmannschaft zu gründen, und als ich Sie heute dort habe stehen und rufen sehen, kam das Bedürfnis wieder auf. Hätten Sie Lust, mit mir diesen Schritt zu gehen?«

Panik erfasste mich. Das konnte sie nicht ernst meinen. Ausgerechnet heute. Ich dachte wirklich, ich hätte mein Leben wieder im Griff. Jetzt stand diese mächtige Frau vor mir und bot mir einen Platz in der ersten Frauenmannschaft des Londoner FCs an und ich konnte nicht, weil ...

Weil Dylan es unmöglich gemacht hatte.

Tränen brannten in meinen Augen und ich spürte, wie sich eine Panikattacke anbahnte. Das war mir seit Jahren nicht mehr passiert. Vor dieser großartigen Frau durfte ich nicht die Fassung verlieren!

»Geht es Ihnen nicht gut, Brianna?« Besorgt betrachtete sie mich.

Nein, verdammt. Mir ging es überhaupt nicht gut und gerade sah es ganz so aus, als würde es mir nie wieder gut gehen können.

»Tut mir leid. Ich muss gehen«, murmelte ich, steckte mir die Visitenkarte ein, rannte durch den gefühlt immer länger werdenden Ausgang und versuchte vergebens, nicht in Tränen auszubrechen.

Kapitel 18

Dylan

Stolz loderte in meiner Brust. Endlich war ich wieder da und hatte ein Tor erzielt. Ich war mir mehr als sicher, dass es etwas mit Brie zu tun haben musste. Die Jungs hatten recht. Sie war unser Glücksbringer.

Nachdem wir uns gebührend mit lauter Musik unter der Dusche gefeiert hatten und zum Spielerparkplatz gingen, hielt ich Ausschau nach Brianna. Wir hatten ausgemacht, dass sie dort auf mich wartete. Allerdings war weit und breit keine Spur von ihr. Wo steckte sie nur?

Ein Blick auf mein Handy ließ mich auch nicht schlauer werden, weshalb ich beschloss, sie anzurufen. Mailbox. Schlagartig wurde ich unruhig. War ihr etwas zugestoßen?

»Hat Brie zufällig einem von euch gesagt, wo sie hin ist?«, fragte ich in die Runde, aber meine Kollegen zuckten bloß unwissend die Achseln.

Schleunigst verabschiedete ich mich und ging zu meinem Auto. Während der Fahrt versuchte ich, Brie zu erreichen. Die Freisprechanlage meines Autos ließ allerdings nur das Freizeichen verlauten. Eben war doch noch alles in bester Ordnung. Was war bloß vorgefallen?

Nach wenigen Minuten kam ich bei Brie an und klingelte Sturm. Niemand öffnete mir die Tür, also versuchte ich es noch einmal mit einem Anruf. In dem Moment ertönte der Türöffner. Zwei Treppenstufen gleichzeitig nehmend stieg ich unter leichten Schmerzen, aufgrund des vorherigen Krampfes, die Stufen hinauf.

Brie hatte sich umgezogen und trug einen Pyjama mit *Hello Kitty* auf der Brust. Ihre Haare standen zerzaust von ihrem Kopf ab, ihre Augen waren geschwollen und blutunterlaufen.

»Hey, Mariposa«, sagte ich sanft, schob die Tür auf und nahm sie in meine Arme. Träge hob sie ihre an und legte sie um mich. Augenblicklich fing sie an zu schluchzen. Mit meinem Fuß kickte ich die Tür zu und schob uns auf ihr großes Sofa.

»Was ist passiert?«

Brie wischte sich über die Augen und schniefte.

»Madeline Smith hat mit mir gesprochen«, fing sie an, woraufhin es in meinem Kopf arbeitete. Was wollte die Vorsitzende unseres Vereins von Brie?

»Sie möchte eine Frauenmannschaft gründen«, stieß sie hervor und fing erneut an zu weinen. »Und ich sollte ein Teil davon werden!«

Fuck. Fuck! Fuck!

Allerdings fiel mir in dem Moment ein, dass Madeline nicht zwingend den Posten einer Spielerin im Sinn haben musste. Vielleicht wollte sie Brie ebenfalls für den Social-Media-Auftritt anheuern oder für eine andere Position. Vielleicht die einer Trainerin? Das könnte sie schließlich trotz ihrer Verletzung machen. Hatte sie etwa über diese Möglichkeit in den letzten Jahren überhaupt nicht nachgedacht?

»Bist du dir sicher, dass sie dich als Fußballerin rekrutieren wollte?«, fragte ich vorsichtig und hob ihren Kopf an.

»Als was denn sonst?«

»Sie weiß doch gar nicht, dass du richtig gut ...«

»Spielen konntest«, beendete sie den Satz für mich. Langsam und schuldbewusst nickte ich. Brie riss die Augen auf. Scheinbar hatte sie begriffen, was ich ihr damit sagen wollte.

»Scheiße«, murmelte sie. »Ich bin so blöd!«

»Das bist du nicht. Du warst bloß überfordert mit der Situation«, beruhigte ich sie und zog sie an meine Brust.

»Ich werde sie Montag anrufen und ihr erklären, warum ich einfach abgehauen bin. Wie peinlich!«

»Brie, jetzt beruhig dich erst einmal. Mrs Smith wird das sicher verstehen.«

Glücklicherweise konnte ich sie mit meinen Worten beruhigen und wir machten es uns in ihrem Wohnzimmer gemütlich. Ihren Kopf hatte sie auf meinen Bauch gebettet und strich sanft über meinen Oberschenkel.

»Ich bin wirklich stolz auf dich«, murmelte sie gegen meine Brust. »Du warst heute richtig gut.«

»Brie«, grummelte ich, weil sie dabei war, mit ihrer Hand in Richtung meines Schrittes zu wandern.

»Was denn?«, kicherte sie und sah zu mir hinauf.

Das Klingeln ihres Handys unterbrach unsere Flirterei. Seufzend ließ ich meinen Kopf in den Nacken fallen und beobachtete Brie dabei, wie sie nach ihrem Handy griff. Ohne zu zögern nahm sie ab und sprang vom Sofa auf.

»Hey Miles«, flötete sie in den Hörer und ging in die Küche, ohne ein weiteres Wort mit mir zu wechseln.

Wut und Eifersucht brodelten in mir, während ich versuchte zu verstehen, warum dieser Idiot ständig in den unpassendsten Momenten anrufen musste. Wieso ging Brie in einen anderen Raum, wenn sie mit ihm redete? Was hatten sie zu besprechen, das ich nicht hören durfte? In mir machte sich ein enttäuschtes Gefühl breit und ich hegte die Befürchtung, dass Brie vielleicht etwas mit diesem Miles hatte. Er musste es gewesen sein, den ich vor drei Wochen zusammen mit ihr vor ihrem Haus gesehen hatte. Die beiden waren so vertraut miteinander umgegangen. Mir wurde schlecht.

Die Zeit mit Brie hatte mich das tatsächlich vergessen lassen. Ich hätte sie viel früher darauf ansprechen müssen.

Mein Handy fing ebenfalls an zu klingeln und von Brie fehlte immer noch jede Spur. Allerdings war es bei mir meine Mum, die anrief, und keine Frau, um die sich Brie Sorgen machen musste.

»Hey Mum!«

»Hey, mein Schatz! Ich habe das Spiel gesehen. Du warst großartig! War Brie auch dort?« Ihre Stimme klang überschwänglich und gleichzeitig liebevoll. Mum rief mich nach jedem Spiel an, um sich zu erkundigen, wie es mir ging.

Weil sie selbst nicht gern ins Stadion ging, sah sie mir von zuhause aus zu.

»Ja, war sie, und vielen Dank!« In dem Moment, als hätte Brie ihren Namen gehört, kam sie zurück ins Wohnzimmer. Sie hatte fünfzehn Minuten mit diesem Miles telefoniert und mich links liegen gelassen.

»Ich muss auflegen, ich rufe dich später zurück.«

»Okay, bitte grüß Brianna lieb von mir. Hab dich lieb!«

»Mache ich. Ich dich auch.«

Brianna hob eine Braue, als sie die Worte hörte und setzte sich mit einem kleinen Abstand neben mich.

»Wer war das?«, wollte sie wissen. Interessant. Ich antwortete ihr eine Spur zu schnippisch.

»Zumindest war es nicht Miles.« Dabei sah ich sie herausfordernd an.

»Wie bitte?«

»Es war meine Mum, okay? Warum telefonierst du mit diesem Miles, wenn ich bei dir zu Besuch bin?«

»Weil er ein Freund ist«, erwiderte sie locker, als hätte sie mir gerade nicht ein Messer mitten ins Herz gestoßen.

»Aha.«

»Dylan, was ist los mit dir?« Sie kam ein Stückchen näher und wollte mich berühren, aber ich wich zurück. Keine Ahnung, warum ich dermaßen eingeschnappt reagierte. Vielleicht lag es an der Tatsache, dass sie das schon seit Beginn unserer Beziehung gemacht hatte. Sobald Miles anrief, ließ sie mich links liegen. Am Anfang war mir das gar nicht bewusst gewesen, weil ich mich einfach freute in ihrer Nähe zu sein, aber plötzlich machte es mir wirklich eine Menge aus.

»Was mit mir los ist? Die Frage ist wohl, was mit dir los ist. Warum sagst du mir nicht, wer Miles ist?«

»Weil du nie danach gefragt hast!« Sie war genervt. Ihre Nasenflügel bebten, also war sie dabei wütend zu werden. Gut, denn ich war es auch!

»Du musst zugeben, es ist schon merkwürdig, dass ich nachfragen muss. Stattdessen könntest du mir deinen Freund einfach vorstellen, wenn du nichts zu verbergen hast.« Ungläubig blinzelte sie und schüttelte den Kopf.

»Wenn ich nichts zu verbergen habe? Unterstellst du mir gerade, ich würde zweigleisig fahren?«

»Woher soll ich wissen, was du mit diesem Typ treibst, wenn du ihn mir verheimlichst?!« Brie stand wütend auf und blickte auf mich hinab.

»Das wird mir echt zu blöd. Du kannst gerne wiederkommen, wenn du dich wieder beruhigt hast.«

»Wer ist Miles?« Ungeduldig starrte ich sie an und wartete auf eine Antwort.

Auf ihrem Gesicht wüteten verschiedene Emotionen, aber etwas fiel mir besonders auf. Sie wich meinem Blick aus, was nur eines bedeuten konnte.

»Hast du was mit ihm?!« Jetzt stand ich ebenfalls auf und baute mich wütend vor ihr auf. Das war wohl ein schlechter Scherz. Hatte ich mich dermaßen in ihr getäuscht? Hatte sie mich vielleicht nur benutzt? Wollte sie sich an mir rächen, weil ich sie verletzt hatte? Nun, das war ihr bereits gelungen. Mein Herz fühlte sich an, als würden die Teile, die sie zusammengeführt hatte, wieder auseinanderfallen.

»Wir haben uns geküsst. Ein einziges Mal!«, presste sie hervor. »Aber das war, bevor wir uns wieder nähergekommen sind.« In ihren Augen standen Tränen, weil sie ganz genau wusste, dass das die Antwort war, die ich nicht hatte hören wollen, auch wenn es die Wahrheit war.

»Alles klar«, murmelte ich, schnappte meinen Autoschlüssel vom Couchtisch und lief zur Tür.

»Dylan, ich …« Mein wütendes Herz übernahm die Kontrolle, weshalb ich sie nicht aussprechen ließ und aus der Wohnung stürmte.

In meinem Auto schlug ich auf das Lenkrad ein und fluchte laut.

Wie konnte ich mich nur dermaßen in ihr getäuscht haben?

Mit aufheulendem Motor raste ich auf die Hauptstraße zu.

Kapitel 19

Brie

Das konnte nicht wahr sein. Was war das für ein beschissener Tag gewesen? Ursprünglich hatte ich den Abend mit Dylan ruhig ausklingen lassen wollen, aber zuerst hat Madeline meine Pläne durchkreuzt und Miles legte noch einen obendrauf. Hätte ich ahnen können, dass Dylan derart auf Miles reagieren würde? Warum hatte er mich nicht einfach aussprechen lassen? Niemals würde ich jemanden, mit dem ich eine Beziehung führte, dermaßen betrügen. Traute Dylan mir das wirklich zu?

Später am Abend versuchte ich Dylan einige Male zu erreichen, aber er hob nicht ab. Vielleicht musste ich ihm ein bisschen Freiraum geben. Möglicherweise begriff er von selbst, dass er überreagiert hatte.

Am Montagmorgen machte ich mich für die Arbeit bereit. Von Dylan hatte ich auch am Sonntag nichts gehört, weshalb ich mich dazu entschied, den Tag im Büro zu verbringen. Dort würde ich auch die Chance haben, in Ruhe mit Mrs Smith zu telefonieren, um mir ihr Anliegen noch einmal genauer anzuhören.

Noch immer schämte ich mich für meinen emotionalen Ausbruch, konnte die Situation aber im Nachhinein nicht mehr ändern. Es ärgerte mich, dass ich in diesen Momenten immer noch reagierte, als würde mir meine Welt unter den Füßen weggerissen werden.

Auf der Arbeit schaltete ich mein *MacBook* ein und kramte in meiner Handtasche nach der Visitenkarte.

Ruhig durchatmen, rief ich mir in den Verstand und wählte die Nummer.

»Madeline Smith«, ertönte ihre weiche Stimme.

»Guten Morgen, Mrs Smith. Hier ist Brianna Hogan!« Meine Stimme klang viel zu hoch in meinen Ohren.

»Brianna! Schön, dass Sie mich anrufen. Geht es Ihnen wieder besser?«, erkundigte sie sich. O Gott, ich musste ausgesehen haben wie ein Häufchen Elend, wenn sie sofort danach fragte.

»Ja, danke. Es tut mir leid, dass ich einfach gegangen bin. Das ist eigentlich nicht meine Art«, entschuldigte ich mich und kaute auf meiner Unterlippe.

»Alles in Ordnung. Haben Sie sich meine Idee noch einmal durch den Kopf gehen lassen?«

»Ja, ich würde mir gerne anhören, was sie geplant haben.«

»Das trifft sich gut, ich bin heute für ein Meeting im Büro. Wollen wir uns in der Mittagspause treffen? Dann besprechen wir alles weitere.«

Obwohl mein Herz schneller schlug, schaffte ich es, einen Termin mit Mrs Smith zu vereinbaren.

An diesem Morgen konnte ich mich kaum auf meine Arbeit konzentrieren, was nicht nur an dem baldigen Gespräch mit Mrs Smith lag, sondern auch an der Sache mit Dylan.

Wir mussten diesen kleinen Streit so schnell wie möglich beseitigen. Schließlich waren wir keine Teenager mehr und mussten über diese Situationen stehen.

Ein bisschen konnte ich Dylan verstehen. Vermutlich hätte ich ihm eher von Miles erzählen sollen, ich war einfach davon ausgegangen, dass es ihm nichts ausmachte, wenn ich Kontakt zu ihm hatte. In den letzten Wochen hatte Dylan mitbekommen, dass Miles und ich öfter texteten und telefonierten. Mittlerweile war ich mir mehr als sicher, dass Miles verstanden hatte und wusste, dass mehr zwischen uns beiden niemals laufen würde. Außerdem hatte ich Miles längst über Dylan und mich aufgeklärt.

Gegen Mittag traf ich mich mit Mrs Smith in der Kantine. Sie saß bereits mit einem Kaffee und ihrem Laptop an einem der Tische und wartete auf mich. Als sie mich erblickte, strahlte sie und räumte ihre Arbeit vom Tisch.

»Schön, dass Sie es einrichten konnten!« Sie stand auf und reichte mir freundlich ihre Hand, die ich schüttelte.

»Ich muss mich bei Ihnen bedanken«, erwiderte ich und nahm ihr gegenüber Platz.

»Möchten Sie etwas trinken? Der Kaffee schmeckt hier hervorragend!«, schlug sie vor und ich willigte ein. Kurze Zeit später winkte sie einen Kellner an unseren Tisch.

Nachdem wir unsere Bestellung aufgegeben hatten, ergriff sie abermals das Wort.

»Vielleicht erzähle ich einfach und Sie hören zu.« Sie wartete auf mein Einverständnis, welches ihr mit einem Kopfnicken gab.

»In England hat mittlerweile fast jeder Sportverein eine Mannschaft für Frauen. Vor vier Jahren habe ich zum ersten Mal den Vorschlag gemacht, eine Damenmannschaft zu gründen, aber es wurde unwillkürlich von den Herren abgelehnt. Vor zwei Jahren habe ich es nochmal versucht. Zum Glück bekommt die Damenwelt immer mehr Aufmerksamkeit, weshalb sie mir zu dem Zeitpunkt schon eher zugehört haben. Sie haben mir für mein Vorhaben grünes Licht gegeben. Mein Team hat Scouts beauftragt, die nach jungen, weiblichen Talenten suchen und einige Dokumente über diese Damen liegen bereits auf meinem Schreibtisch. Sie müssen wissen, dass ich im engen Austausch mit Robert Jenkins bin. Er hat mir von Ihrem Unfall erzählt.« Den letzten Teil erwähnte sie fast beiläufig, aber ich stutzte und musste ein paar Mal blinzeln.

Wie bitte? Woher wusste der Coach von meinem Unfall? Hatte Dylan etwas ausgeplaudert?!

Der Kellner unterbrach unsere Unterhaltung und ich nutzte die gewonnene Zeit, um das Gesagte zu verarbeiten. Mrs Smith trank einen Schluck, ehe sie erneut das Wort ergriff.

»Es tut mir wirklich sehr leid, was Ihnen als Jugendliche zugestoßen ist. Leider habe ich Sie nie spielen sehen können, aber Robert hat es.« Wie bitte?! Das wurde ja immer besser. Vergebens versuchte ich mich an Momente in meiner Jugend zu erinnern, die mich zu Coach Jenkins führen würden. Nein, ich hatte vor meinem Arbeitsantritt nie Kontakt zu ihm gehabt. Wie konnte er mich also gesehen haben?

»Er war der Meinung, und ich bin es nebenbei auch, dass Sie eine gute Kandidatin wären, um die Mannschaft, sofern wir eine aufgestellt bekommen, zu trainieren.« Hoffnungsvoll sah sie mich durch ihre Brille an. Sie wollte was?

Damit hatte ich nicht gerechnet. Eher mit einem Posten als Social-Media-Managerin für die Damenmannschaft. Hinter meinen Lidern prickelte es verräterisch und in meinem Hals setzte sich ein fetter Kloß fest, den ich versuchte, hinunterzuwürgen.

»Ich kann …«, fing ich an. Madeline bemerkte das Zittern in meiner Stimme und unterbrach mich.

Sie legte eine Hand auf meine und drückte sanft zu.

»Sie können und dürfen wegen Ihrer Knieverletzung nicht mehr spielen, das weiß ich. Aber Sie können diese Frauen trainieren, ihnen all das beibringen, was sie brauchen!«

»Ich habe keine Erfahrung als Spielerin und bin gerade einmal vierundzwanzig!«

»Ich hätte Sie nicht gefragt, wenn Robert und ich es Ihnen nicht zutrauen würden. Außerdem habe ich bereits mit dem Vorstand gesprochen. Wir würden Ihnen anbieten, dass Sie alle fehlenden und nötigen Qualifikationen nachholen. Selbstverständlich kommen wir für die Kosten auf. Sie werden den Trainerschein machen müssen, bevor sie letztendlich auf dem Platz stehen und Ihr Wissen weitergeben. Das ist aber gar nicht weiter schlimm, da wir ohnehin noch einmal auf die Suche gehen müssen. Ein Zeitpuffer ist also eingeplant. Schließlich ist meine letzte Suche nach Talenten nun schon zwei Jahre her.«

Das Gesagte drang zwar zu mir durch, aber ich konnte nicht glauben, was ich da hörte. Der Verein wollte meine Ausbildung zur Trainerin zahlen? Womit hatte ich das verdient? Freudentränen sammelten sich in meinen Augenwinkeln.

»Vielleicht ist es für Sie interessant zu wissen, dass ich Ihren Dad kontaktiert habe, um nach seiner Einschätzung zu fragen. Er war schließlich Trainer, richtig?« Sie hatte was?! Die Tränen trockneten augenblicklich. Jetzt war ich eher entsetzt als traurig, überrascht und gerührt.

»Ihr Dad war der Meinung, dass es keine Frauenmannschaften geben sollte. Eine merkwürdige Einstellung, wenn Sie mich fragen. Allerdings hat er im Laufe unseres Gespräches zugegeben, dass er Sie für den Posten als geeignet einschätzen würde.«

In meinen Ohren hörte ich nur noch Rauschen und die Worte von Madeline, die sich immer wiederholten. Das konnte nicht wahr sein. Mein Dad, der mich nie hatte spielen lassen wollen, hatte eine Empfehlung gegeben? Er war der Meinung, Frauen hätten im Fußball nichts verloren. Wie oft hatten wir Gespräche geführt, in denen er mir zu verstehen gegeben hatte, dass es keine Zukunft für Frauenfußball gab. Vor allem hatte er mir einbläuen wollen, ich könnte kein Fußball spielen und wäre untalentiert. Es schmerzte noch immer, wenn ich daran dachte.

»Ich weiß nicht, was ich sagen soll«, stammelte ich. Madeline zog ihre Hand zurück und lehnte sich in ihren Stuhl.

»Sie müssen die Entscheidung nicht sofort treffen, schließlich haben wir noch kein komplettes Team. Ich würde mich allerdings freuen, wenn Sie es sich durch den Kopf gehen lassen würden. Rufen Sie mich an, wenn Sie sich entschieden haben!«

Während sie sprach, fing sie bereits an, ihre Sachen einzupacken und legte das Geld für unsere Bestellung auf den Tisch. Damit gab sie mir das Signal, dass unser Gespräch beendet war.

Nachdem wir uns voneinander verabschiedet hatten, blieb ich einen Augenblick sitzen und versuchte meine Gedanken zu ordnen. Es gelang mir nicht, weil ich wusste, was ich zu tun hatte. Ich musste zwingend mit Dylan reden. Und mit dem Coach!

Auf dem Weg versuchte ich mir immer noch einen Reim darauf zu machen, woher Robert wusste, wie ich spielte. Kannte er meinen Dad? Nein, das konnte ich mir nicht vorstellen. Vor zehn Jahren war Coach Jenkins noch kein aktiver Trainer. Meines Wissens hatte er zu den Zeiten selbst noch gespielt.

»Hey Brie!«, rief Call, als ich das Trainingsgelände betrat. Kurz vor mir blieb er stehen und runzelte die Stirn, als er meinen Blick sah.

»Hey Call! Wann macht ihr Pause? Ich muss mit dem Coach reden.« Ich ließ meinen Blick hektisch über den Platz schweifen. Dylan stand neben Johnny und diskutierte anscheinend etwas mit ihm aus. Die altbekannte Sorgenfalte war zwischen seinen Brauen zurückgekehrt.

»Wir haben gerade Pause. Bist du dir sicher, dass du nicht mit Dylan reden möchtest?«

Na klar, natürlich wusste er Bescheid.

»Später«, gab ich knapp zurück und lief auf Robert zu, als ich ihn am Rand des Feldes erblickte.

»Hey Coach«, begrüßte ich ihn.

»Guten Morgen Brie, wie ist das Gespräch mit Madeline verlaufen?«, erwiderte er.

Perplex starrte ich ihn an.

»Alles in Ordnung?«, erkundigte er sich und nahm mich beiseite, damit wir den neugierigen Blicken der Jungs entkamen.

»Ich verstehe das alles nicht. Warum wollt ihr mich als Trainerin für die

Mannschaft? Zum einen bin ich viel zu jung, zum anderen habe ich keine Erfahrung«, wiederholte ich alles, was ich Madeline bereits gesagt hatte.

»Brianna, ich habe dich spielen sehen, als du ein kleines Mädchen warst. Du merkst es selbst vielleicht gar nicht, aber du gibst den Jungs wertvolle Tipps und analysierst genau richtig. Ich bin mir sicher, dass du das hervorragend meistern würdest«, ließ er mich wissen. Wie bitte?!

»Das musst du mir erklären. Wann hast du mich spielen sehen?«, forderte ich ungeduldig.

»Ich war an dem Tag deines Unfalls dabei.«

Kurz und schmerzlos schlug er mir diesen Satz entgegen.

»Ich war mit ein paar Teamkollegen dort und wir haben nach jungen Talenten Ausschau gehalten. Du bist uns sofort aufgefallen, Brianna. Keiner auf dem Platz war so gut wie du!«

Die Worte gingen runter wie Öl, aber ich konnte mich nicht darüber freuen. Für mich war es ein Schlag ins Gesicht zu erfahren, dass mein Leben komplett anders verlaufen wäre, wenn Dylan mich an diesem Tag nicht verletzt hätte. Welche Scouts waren dort? Hätte mich einer von ihnen womöglich unter Vertrag genommen, wenn meine Karriere nicht geendet hätte, bevor sie überhaupt begonnen hat?

»Ich weiß, dass du das alles erst einmal verarbeiten musst, aber bitte überleg es dir. Nur weil du ein künstliches Knie bekommen hast, bedeutet es nicht, dass du dein Talent vergeuden musst. Da sind eine Menge junge Frauen, die dich brauchen.«

Mir blieb die Sprache weg. Was sollte und konnte ich darauf erwidern? Mein Kopf war wie leer gepustet und ich wusste nicht, was ich von all dem halten sollte. Gerade einmal drei Wochen war ich in meinem neuen Job und jetzt sollte ich darüber nachdenken, Trainerin zu werden? Dafür war ich überhaupt nicht qualifiziert, aber das schien Robert und Madeline nicht zu interessieren.

»Wir müssen weitermachen«, meinte er und legte seine Hand auf meine Schulter. »Denk einfach drüber nach, okay?«

Gedankenverloren setzte ich mich auf die Spielerplätze und starrte auf den Platz. Von außen sah es danach aus, als würde ich den Jungs beim Training zusehen. In mir drinnen arbeiteten alle meine Synapsen und ich bekam Kopfschmerzen.

Was sollte ich bloß tun?

Nach drei Stunden war das Training beendet und ich hatte die ganze Zeit hier gesessen und Löcher in die Luft gestarrt. Ich konnte und wollte nicht nach Hause gehen, ehe ich mit Dylan geredet hatte. Natürlich hatte er mich bereits vor einer Weile entdeckt, aber erst jetzt schafften wir es, miteinander zu sprechen. Seine Haare standen wild von seinem Kopf ab und sein Bart konnte mal wieder eine Rasur vertragen. Er wirkte müde und ausgelaugt. Lag das an unserem Streit?

»Du kannst Miles kennenlernen«, war das Erste, was ich sagte. »Nur wenn du möchtest.«

Dylan wirkte überrascht, legte die Stirn in Falten und setzte sich mit einem Seufzen neben mich.

»Brie, ich habe überreagiert«, stieß er hervor. »Ich hätte nicht einfach abhauen dürfen.«

»Und ich hätte dir vorher von ihm erzählen müssen. Das war nicht richtig.«

»Alles wieder gut?«

Ich beantwortete seine Frage, indem ich meine Hand auf seinen Oberschenkel legte und nickte. Er nahm sie und führte sie an seine Lippen, um einen Kuss darauf zu platzieren.

»Was hast du mit Jenkins besprochen?«

Jetzt war ich diejenige, die aufstöhnte. »Ich habe heute Mittag mit Madeline Smith gesprochen. Sie möchte mich nicht als Spielerin, sondern als Trainerin.«

Dylans Augen wurden größer und ein breites Grinsen erschien auf seinen Lippen.

»Das ist doch großartig«, rief er begeistert aus. Als er meinen Blick bemerkte, wurde er wieder ernster. »Oder?«

»Keine Ahnung. Ehrlich gesagt, bin ich ein bisschen überfordert mit allem. Wusstest du, dass Robert mich damals spielen sehen und den Unfall hautnah miterlebt hat? Er war dabei und hat mit ehemaligen Kollegen nach Talenten gesucht.«

Dylans Gesicht verdunkelte sich augenblicklich. Er schien haargenau zu überlegen, was er als nächstes sagen würde. »Ja, ich weiß, dass er von dem Unfall wusste. Allerdings hatte ich keine Ahnung, dass er dort war.«

»Die Fußballbranche ist verdammt klein«, murmelte ich und lehnte mich in Dylans Arme. Es war schön hier mit ihm zu sitzen und einfach nur zu reden.

»Wem sagst du das.« Sanft drückte er mir einen Kuss auf meinen Haaransatz.

Ich wünschte, wir könnten für immer hier sitzen bleiben und unsere Probleme einfach Probleme sein lassen ...

Kapitel 20

Dylan

Brie hielt ihr Wort und stellte mir am darauffolgenden Wochenende nach unserem Auswärtsspiel ihren Freund Miles vor. Anders als erwartet, hasste ich ihn nicht, sondern kam mit seiner lockeren, humorvollen Art ziemlich gut aus. Es stellte sich heraus, dass Miles ein Fan war.

»Ich kann nicht glauben, dass ich neben Dylan Fraser sitze. Nichts für ungut, Brie, aber ich habe die ganze Zeit geglaubt, du würdest mich verarschen.«

Brie verdrehte mit einem Grinsen die Augen.

»Ich bin auch nur ein Mensch«, meinte ich und drückte ihm einen Controller in die Hand.

Wir hatten es uns auf meinem Sofa bequem gemacht und eine Pizza bestellt.

»Ein Mensch mit unfassbar viel Talent«, meinte er und öffnete eine App auf seinem Handy, das er mir unter die Nase hielt. »Ich habe in der Fußballwetten-App auf dich gesetzt und zweihundert Pfund gewonnen.«

Überrascht hob ich meine Brauen. Nicht wegen der App oder der Tatsache, dass er Geld gewonnen hatte. Meine Überraschung und Belustigung galt seinem Hintergrundbild. Brie beugte sich über meinen Schoß und fing lauthals an zu lachen.

»Das tut deinem Ego gut, nicht wahr?« Sie wuschelte mir durch die Haare und drückte mir einen dicken Kuss auf die Wange.

»Brie, dein Freund ist eine Legende!«

»So langsam übertreibst du aber«, sagte ich, musste dennoch schmunzeln. Man hörte als Fußballer des Öfteren Komplimente, aber sie gingen noch einmal näher, wenn sie von Menschen kamen, die man kannte.

»Was spielen wir?«, wollte Miles wissen und drückte die Knöpfe auf dem Controller.

»*Fifa.*«

»Eine andere Antwort hätte ich auch nicht geduldet.«

Miles und ich verstanden uns unerwartet gut, sprachen und lachten viel. Vor allem das gemeinsame Zocken machte Spaß, da er sich als schwieriger Gegner erwies. Brie klinkte sich um Mitternacht aus, weil sie ziemlich müde war.

»Kann ich dich was fragen, Miles?« Am Ende des Abends musste ich ihm doch noch eine Frage stellen, die mir unter den Nägeln brannte. Brie mochte keine romantischen Gefühle für Miles haben, aber vielleicht sah er es anders.

»Natürlich.«

»Du und Brie, ihr seid nur Freunde, oder?«

Miles fing an zu lachen und ich bekam ein bisschen Angst. Hoffentlich wurde Brie nicht wach.

»Ich habe sie geküsst, kurz nachdem ich sie kennengelernt habe. Da hat sich nichts bei mir gerührt, wenn du weißt, was ich meine. Scheinbar anders als bei dir.«

Erleichterung durchflutete mich, obwohl ich diese Antwort bereits geahnt hatte.

»Danke, Mann!« Wir schlugen ein und verabschiedeten uns kurz darauf.

In dieser Nacht schlief ich schlecht. Bries angsterfüllte und panische Stimme hallte in meinem Kopf abermals wider. Ich wusste, dass es nur ein Traum, eher ein Albtraum war, aber ich schaffte es nicht aufzuwachen.

Ich stehe auf dem Platz, Brie ist einige Meter von mir entfernt und erspielt sich gerade den Ball. Ihre Beine sind flink und ihre blonden Haare wehen im Wind. Wenn sie spielt, trägt sie immer einen Zopf und ein buntes Haarband.

In mir brodelt es und mein Herz schlägt viel zu schnell. Mir ist bewusst, dass meine nächste Entscheidung unser Leben verändern wird.

Brie spielt im gegnerischen Team und kommt mit dem Leder am Fuß in meine Richtung gerannt.

Ich bin wie ferngesteuert und denke daran, was ich im Begriff bin zu verlieren, wenn ich nicht tue, was man von mir verlangt.

Brie ist nur noch wenige Schritte von mir entfernt und ich renne los.

»DYLAN!«

Ruckartig wurde ich aus dem Schlaf gerissen und schnappte panisch nach Luft. Orientierungslos schlug ich meine Hände auf meine Bettdecke und versuchte, mich in meinem dunklen Zimmer zurechtzufinden.

»Was ist passiert?« Meine Stimme klang nicht nach meiner, eher dünn und sorgenvoll. Brie streichelte mir langsam über den Rücken und küsste meine nackte Schulter. Ich war schweißnass. Mein Brustkorb hob und senkte sich ruckartig und unregelmäßig.

»Du hast meinen Namen gerufen«, flüsterte sie und zog mich in ihre Arme. Ihre Berührungen beruhigten mich schlagartig. Mein Atem regulierte sich wieder.

»Ich habe vom Unfall geträumt.«

»Das dachte ich mir. Du bist völlig nass geschwitzt. Komm!« Brie griff nach meiner Hand und zog mich vorsichtig aus dem Bett. Mit langsamen Schritten gingen wir ins angrenzende Badezimmer.

Obwohl ich schwitzte, wurde mir augenblicklich kalt und ich begann zu zittern. Brie stellte das Wasser ein und prüfte mit ihrer Hand, ob es die richtige Temperatur hatte. Danach half sie mir aus meiner Schlafhose und schob mich vorsichtig unter den warmen Wasserstrahl. Augenblicklich entspannten meine Muskeln und ich seufzte wohlig auf.

Brie folgte mir keine Minute später unter die Dusche, schnappte sich das Shampoo und verteilte es in den Händen. Ohne ein Wort zu sagen, streckte sie sich und begann meine Kopfhaut zu massieren.

Auf meinem Körper erschien eine Gänsehaut, woraufhin Brie kicherte. Nachdem sie auch meinen Körper mit der Badelotion eingerieben hatte, stellte sie mich unter den Strahl und wusch mir die Seife von Haaren und Körper.

»Danke«, hauchte ich gegen ihre Lippen und küsste sie leidenschaftlich. Brie presste sich gegen meinen Körper und schlang ihre Arme um mich.

Der Albtraum war Geschichte und verwandelte sich hier, unter der Dusche, zu einem Traum. Bries Hände fuhren über meinen Körper, blieben an keiner Stelle länger als ein Wimpernschlag liegen, bis sie an meinem Hintern ankamen und dort verweilten.

Das Wasser prasselte weiter auf unsere Körper, während wir uns von unseren Gefühlen leiten ließen.

Brie seufzte, als meine Lippen ihren Hals liebkosten und meine Hand ihren Weg zwischen ihre Beine fand. Ich ertastete ihre Perle und bewegte meinen Daumen langsam in kreisenden Bewegungen, woraufhin sie wie zarte Butter in meinen Armen zerfloss.

»Dylan«, stöhnte sie und griff nach meinem Schwanz.

Mein Kopf fühlte sich an, als wäre er voller Watte und ich konnte kaum einen klaren Gedanken fassen. Deshalb sprach ich, anders als sonst, nicht viel und ließ Taten sprechen.

Während Brie meinen Penis massierte, versuchte ich Halt zu finden und legte meine Hände um ihre Taille. Mit einem Mal hob ich sie hoch, sie legte ihre wunderschönen Beine um mich und ich drückte sie mit dem Rücken gegen die Glaswand der Duschkabine. W

ir hatten in den letzten Wochen viel über Sex gesprochen, woraufhin Brie mir verraten hatte, dass sie eine Kupferspirale hatte, dennoch zusätzlich verhüten wollte. In diesem Moment schien es für sie jedoch kein Problem zu sein, es nicht zu tun.

Vorsichtig ließ ich meine Erektion in sie hineingleiten.

Brie stöhnte und presste ihre Brüste in mein Gesicht. Mein Mund umschloss ihre harte Brustwarze und ich ließ meine Zunge um sie herum kreisen. Meine Beine zitterten, während ich sie vögelte.

Plötzlich kamen die Erinnerungen an den Traum zurück und die Wut, die ich in den letzten Jahren für mich selbst verspürt hatte. Wie armselig ich doch war, dass ich nach all der Zeit immer noch Albträume hatte und nicht damit fertig wurde. Der Ursprung dieser Träume war jedoch der ausschlaggebende Punkt. Nur deshalb hegte ich diesen Groll gegen mich.

Meine Bewegungen wurden stärker und schneller. Meine Hände stützte ich neben Brie an der Glaswand ab und sah überall hin, nur nicht in ihr Gesicht. Eines war klar: in diesem Moment machte ich keine Liebe mit Brie, ich fickte sie.

Brie bemerkte, dass ich mich von ihr abwendete und nahm mein Kinn in einen festen Griff. Sie drehte meinen Kopf, damit ich ihr in die Augen sehen musste.

»Lass los.« Mit diesen Worten gab sie sich mir hin und keine Sekunde später kam ich in ihr.

Wenige Minuten später lagen wir im Bett und starrten in die Luft. Ich wusste, dass Brie nicht wieder eingeschlafen war. Ihre Gedanken waren viel zu laut.

»Was kann ich tun, damit du wieder besser schläfst?« Ihre liebevolle und einfühlsame Art war etwas an ihr, das ich besonders liebte.

»Ich weiß es nicht«, gab ich ehrlich zurück.

»Vielleicht solltest du dir psychologische Hilfe suchen, Dylan. Die Ärzte können mit deinem Unterbewusstsein arbeiten«, schlug sie vor. Darüber hatte ich bereits nachgedacht, aber traute mich nicht, diesen Schritt zu gehen.

»Aber ich bin doch nicht ... krank«, flüsterte ich und wickelte die Bettdecke enger um mich.

»Nein, Dylan. Du bist nicht krank, aber deine Seele braucht Hilfe und Unterstützung, die wir ihr nicht geben können. Ich bin nicht in deiner Situation, aber kann mir vorstellen, wie sehr sie sich quält. Sie ist rastlos, weil sie nicht zur Ruhe kommen will. Sie glaubt, dass sie das nicht verdient hat. Sie gibt sich für etwas Schuld, für das sie im Endeffekt nichts kann.«

Damit hatte Brie den Nagel auf den Kopf geschlagen. Beinahe. Ich konnte etwas dafür. Es war meine Entscheidung gewesen, die ich bewusst gefällt hatte. Eine Entscheidung, die ich bis heute aus tiefstem Herzen bereute.

»Ich denke darüber nach, okay?«

Brie murmelte zustimmend, kuschelte sich an mich und legte ihren Kopf auf meine Brust. Ich steckte meine Nase in ihren Haarschopf und schloss die Augen.

Am nächsten Morgen fand ich Brie in meiner Küche. Sie saß am Küchentisch und las sich etwas auf ihrem Laptop durch.

»Guten Morgen«, murmelte ich verschlafen und küsste sie. »Was machst du da?« Ertappt blickte sie mich an und wollte das *MacBook* schließen.

»Das sind Kontakte von Psychologen«, stellte ich nüchtern fest. »Brie, ich habe es dir doch gesagt. Ich denke darüber nach!« Meine Stimme klang zu laut und Brie zuckte dabei zusammen.

»Das ist nicht gesund für dich, Dylan. Diese Albträume fressen dich von innen auf. Lass das bitte nicht zu«, flehte sie und drehte den Bildschirm. »Dr Feldman ist auf Schlafstörungen spezialisiert.«

»Mir ist egal, wer Dr Feldman ist oder was er macht. Du kannst mich nicht zwingen, Brie. Das ist eine Entscheidung, die ich zu tragen habe.«

»Ich sehe nicht dabei zu, wie du dich kaputt machst. Die ganze Sache betrifft mich im Umkehrschluss genauso!«

Waren wir schon wieder an einem Punkt angelangt, an dem wir uns stritten?

»Brie …« Vorsichtig ging ich auf sie zu und legte einen Arm um sie, woraufhin sie mich umarmte.

»Ich habe selbst Therapiestunden bekommen. Da ist nichts Verwerfliches daran. Soll ich dir verraten, was mir am meisten geholfen hat? Immer, wenn ich etwas erlebt habe, wollte ich es dir erzählen. Also habe ich es aufgeschrieben.«

Brie konnte nicht wissen, dass ich genau das Gleiche getan hatte, es hatte mir trotzdem nichts gebracht. Um sie nicht noch unglücklicher zu machen, gab ich mich geschlagen. Nur weil ich zustimmte mir einen Therapeuten zu suchen, bedeutete das noch nicht gleich, dass ich direkt morgen hingehen würde.

»Okay, ich mach's.«

»Wirklich?!«, rief sie begeistert aus. »Es wird dir helfen, das verspreche ich dir.«

Zustimmend nickte ich und zwang mich zu einem Lächeln, dabei wusste ich tief in mir, dass mir nichts mehr helfen konnte.

Kapitel 21

Brie

Dylan hatte mir versprochen, sich in den nächsten Tagen um einen Termin bei Dr Feldman zu bemühen. Eine Woche war vergangen und nichts passiert. Jedes Mal, wenn ich das Thema auf seine Albträume lenkte, die in wirklich jeder Nacht, die ich bei ihm verbrachte, auftraten, wechselte er zu einem anderen Gesprächsthema. Angeblich schlief er die Nächte durch, wenn ich nicht bei ihm war.

Also schlief ich seit einigen Tagen wieder allein in meiner Wohnung, was ihm allerdings auch nicht passte. Schließlich wollte er Zeit mit mir verbringen.

Das hatte zur Folge, dass ich viel nachdachte, wenn ich allein in meinem Bett lag.

Dylan und mich konnte man nur schwer beschreiben. Ich liebte ihn von ganzem Herzen und dachte immer seltener an unsere schwere Vergangenheit. Ehrlich gesagt musste ich nur noch daran denken, wenn ich an meine baldige Entscheidung dachte oder Dylan neben mir schlief, nachts meinen Namen schrie und sich im Schlaf bei mir entschuldigte.

Jedes Mal zerriss es mir das Herz, aber ich konnte ihm nicht helfen. Er war derjenige, der sich selbst retten musste.

Noch hatte ich keine Entscheidung wegen der Damenmannschaft vom Londoner FC getroffen. Wollte ich wirklich eine derart große Verantwortung für ein ganzes Team voller ambitionierter Frauen tragen? Konnte ich das?

Miles, Spence und Ivy waren der Meinung, dass ich es nur herausfinden würde, wenn ich es ausprobierte. Mein innerer Schweinehund hatte jedoch seine Zweifel und trieb mich in den Wahnsinn.

Was würde ich verlieren?

Vermutlich meine komplette Lebensfreude. Würde der Trainerjob in die Hose gehen, wüsste ich nicht, was ich mit meinem Leben weiterhin anfangen sollte. Noch einen Schlag ins Gesicht würde ich nicht verkraften.

Am nächsten Tag stand ich am Spielfeldrand neben Coach Jenkins, der bei fünfundzwanzig Grad einen Schal um den Hals trug. Er hatte sich eine Erkältung eingefangen und seine Stimme hatte sich verabschiedet. Da der Co-Trainer heute verhindert war, brauchte er jemanden, der die Jungs anwies.

Als ich mich auf die Stelle der Social-Media-Managerin beworben hatte, hätte ich nicht damit gerechnet, irgendwann die Männermannschaft zu coachen. Wenn es auch nur indirekt war. Die Jungs hatten sich in zwei Mannschaften aufgeteilt und spielten ein kleines Match gegeneinander.

Nach einer halben Stunde war ich so richtig in meinem Element und rief Call zu, was er an seinem Passspiel verbessern konnte. Er setzte es sofort um und zeigte mir einen Daumen hoch.

Dylan wirkte heute besonders ausgelaugt. Seine dunklen Augenringe verrieten mir, dass er auch in dieser Nacht seine Albträume gehabt hatte. Augenblicklich ergriff mich das schlechte Gewissen. Wenn ich nicht bei ihm war, war er noch viel länger in seinen Träumen gefangen … Niemand holte ihn da raus.

Was konnte ich bloß tun?

»Dylan, konzentrier dich!«, rief ich ihm zu, als er zum wiederholten Mal den Ball an seinen Mitspieler verlor. Aufgebracht sah er mich an, woraufhin ich ihn am liebsten in den Arm genommen und getröstet hätte.

Nach drei Stunden machten wir Schluss. Robert rief mich beiseite, so gut er eben konnte, mit seiner lädierten Stimme.

»Brie«, hustete er und hielt seinen Hals. »Du bist ein Naturtalent.«

Wärme stieß in meine Wangen und ich winkte ab. »Die Jungs respektieren mich einfach, das ist alles.«

Robert schüttelte energisch den Kopf. »In deinem Köpfchen ist viel Wissen, weil du eine gute Beobachterin bist und Erfahrungen hast. Vielleicht nicht vom Spielen, aber von deinen Analysen«, meinte er und tippte mit seinem Zeigefinger gegen meine Stirn.

Mit pochendem Herzen und einem breiten, stolzen Grinsen bedankte ich mich bei ihm.

Nach dem Training nahm Dylan mich mit zu sich. Er lenkte seinen Wagen gerade auf die Hauptstraße, als sein Handy in der Mittelkonsole vibrierte. Ohne darüber nachzudenken, griff ich danach und erstarrte.

Bin in London, hast du Lust auf ein Treffen? XOXO Serina, war die Nachricht, die gerade eingegangen war.

Vor zwei Stunden war bereits eine Message von einer anderen Nummer angekommen.

Wann sehen wir uns wieder? Diese Nachricht kam von einer Angeline.

Was zur Hölle?! In meinem Kopf spielten sich die schlimmsten Szenarien ab. Dylan, wie er in den letzten Tagen, an denen ich nicht bei ihm war, andere Frauen bei sich hatte. Wahrscheinlich hatte er aus diesem Grund die Augenringe und nicht wegen seiner Albträume. War das etwa seine Masche?! Wollte er mir deshalb weismachen, dass er besser schlief, wenn ich nicht bei ihm war? War das die Retourkutsche, weil er noch immer wütend war wegen der Sache mit Miles?

Mein Magen zog sich schmerzhaft zusammen und die Schmetterlinge in meinem Bauch bekamen keine Luft mehr.

Dylan bemerkte, dass ich sein Handy eine Spur zu lange in den Händen hielt und nichts mehr sagte.

»Alles okay?«

»Halt den Wagen an!« Meine Stimme klang gefasster, als ich erwartet hatte. In meinen Augen brannte es und ich wusste, dass es nicht lange dauern würde, bis die Tränen flossen. Für den Moment versuchte ich, sie zu unterdrücken.

»Wie bitte? Wir sind noch nicht zuhause!«

»Halt den gottverdammten Wagen an! Ich muss hier raus!«

Dylan setzte den Blinker, ich schmiss ihm sein Handy in den Schoß, schulterte meine Tasche und stieg aus, sobald er anhielt.

»Brie! Was ist denn los?!«, rief er mir hinterher, als ich schnurstracks die Straße hinunterlief. Ich drehte mich nicht mehr in seine Richtung um. Keine Ahnung, was ich mir dabei dachte, aber ich musste weg von hier. Weg von ihm.

Pah, er hatte sich Gedanken um Miles gemacht, aber hatte selbst etwas mit zwei Frauen am Laufen! Dass ich nicht lachte!

»Fick dich, Fraser!«

Und dann rannte ich los.

Dylan verfolgte mich mit seinem Wagen. Als er auf meiner Höhe angekommen war, öffnete er das Fenster. »Brie, ich kann dir das erklären!«

Wutentbrannt blieb ich stehen und starrte ihn an. Er bremste und sein Wagen kam zum Stehen.

»Du musst mir nichts mehr erklären. Ich war blöd genug zu glauben, dass diese Fotos auf deinem *Instagram*-Profil bloß Schauspielerei waren, um den Fans etwas vorzugaukeln. Im Endeffekt ist es aber doch dein Leben! Ein Leben voller Frauen und Geld!« Ich spuckte ihm die Worte entgegen und konnte dabei nicht verhindern, immer lauter zu werden. Sollten die Menschen uns doch hören.

»Das mit Serina war vor dir!«

»Schön«, grummelte ich, verschränkte die Arme vor der Brust und wich seinem Blick aus.

»Du kannst nicht sauer auf mich sein, wenn du das Gleiche mit Miles getan hast!«

»Genau aus diesem Grund verstehe ich dich nicht! Du warst enttäuscht, weil ich dir Miles vorenthalten habe, und jetzt erfahre ich, dass hinter mir zwei Frauen warten, die dich vögeln wollen?!«

»Bitte lass uns nach Hause gehen und in Ruhe darüber sprechen«, flehte er, aber ich stellte auf Durchzug.

»Lass mich einfach in Ruhe, Dylan. Ich muss nachdenken.«

»Serina und ich waren nie ein Paar, wir haben nur miteinander geschlafen und mit Angeline läuft überhaupt nichts. Das schwöre ich dir!«

»Ach, wie schön, dass ihr *nur* miteinander geschlafen habt!«, keifte ich.

»Brie, bitte sei nicht unfair.«

»Ich brauche meine Ruhe«, murmelte ich und ließ Dylan zurück. Scheinbar verstand er, dass ich es ernst meinte und gab mir meinen Freiraum.

Als ich zuhause ankam, verpuffte ein Teil meiner Wut, denn Miles stand vor meiner Tür.

»Was machst du denn hier?«, wollte ich überrascht wissen.

»Ich habe im Netz ein Rührgerät gebraucht gekauft, weil ich Muffins backen wollte. Der Verkäufer wohnt hier in der Nähe und ich dachte, dass ich mal bei dir vorbeischauen könnte«, erzählte er. Unter normalen Umständen hätte ich gelacht, aber ich brachte nicht einmal ein Grinsen zustande.

»Was ist los? Du siehst niedergeschlagen aus«, erkundigte Miles sich besorgt.

»Dylan und ich haben uns gestritten«, erklärte ich und öffnete die Haustür. Miles folgte mir den Flur hinauf, bis in meine Wohnung.

»Wegen mir?«

»Schön wär's!«, murmelte ich, schmiss meine Jacke in die Ecke und zog meine Schuhe aus. Müde ließ ich mich auf mein Sofa sinken und begann zu erzählen.

Miles setzte sich zu mir, hörte aufmerksam zu und ergriff das Wort. »Ich denke, er sagt die Wahrheit.«

»Wow, das ging schnell.«

Miles zuckte seine Achseln. »Dieser Kerl ist abgöttisch in dich verliebt. Er würde dir so etwas niemals antun. Ich kenne mich nicht aus, aber ich befürchte, dass du als Fußballer sehr vernetzt bist und viele Menschen deine Aufmerksamkeit genießen wollen. Rede mit ihm, er wird es dir erklären.«

Miles hatte Recht, aber ich war in dem Moment viel zu geschockt gewesen, um ein vernünftiges Gespräch mit Dylan zu führen. Diese Nachrichten hatten mich verletzt, weshalb ich im Umkehrschluss so reagiert hatte.

»Danke, Miles«, bedankte ich mich mit einem ehrlichen Lächeln.

»Ich habe dir nicht ganz die Wahrheit gesagt«, gestand Miles und kaute auf seiner Unterlippe herum. »Ich war nicht nur wegen des Rührgeräts in der Nähe. Ich brauche deine Hilfe.«

Überrascht hob ich meine Brauen.

»Ach ja? Worum geht's?«

»Ich habe ein Frauenproblem!«, platzte aus ihm heraus.

Seine Arbeitskollegin hatte ihn endlich um ein Date gefragt. Allerdings war er sich nicht sicher, ob er etwas mit einer Kollegin anfangen sollte.

»Ihr seid nicht gleich zusammen, nur weil ihr euch abseits der Arbeit trefft«, beruhigte ich ihn.

»Aber wenn was daraus wird, wird es komisch.«

»Dylan und ich sind auch wie Arbeitskollegen und es funktioniert.« Naja, wenn man von unseren ständigen Streitereien absah. Die hatten jedoch nichts mit der Arbeit zu tun.

»Du hast Recht, ich werde es versuchen«, sagte Miles fest entschlossen, zückte sein Handy und antwortete seiner Kollegin. Den Abend verbrachten wir mit einem Film und einer Portion Käsenachos. Wider Erwarten rief Dylan mich nicht an oder schrieb mir. Obwohl ich ihm vertraute, legte sich eine Schwere um mein Herz. Traf er sich vielleicht gerade mit einer dieser Frauen? Wenn wirklich nichts zwischen ihnen lief, hätte er mir längst von ihnen erzählen können.

Das ist Unsinn, sagte meine innere Stimme. Warum machte ich die gleiche Szene, wie Dylan es bei Miles getan hatte? Der Unterschied war, dass Miles ein Freund war und ich niemals mit ihm ins Bett gegangen wäre. Anders als bei Dylan, der mit dieser Serina Sex gehabt hatte.

Miles war in den Film vertieft, weshalb ich nach meinem Handy griff und Dylans *Instagram*-Profil öffnete. Lange musste ich nicht scrollen, bis ich die Partyfotos aus dem letzten Jahr gefunden hatte. Auf einem Foto war eine wunderschöne Frau zu sehen, der Dylan einen Arm um die Schulter gelegt hatte. Tatsächlich hatte er sie markiert. Mein Atem stockte. Es war Serina.

Ihr Profil war voll mit wunderschönen Portraits und scheinbar zeigte sie gern viel Haut. Wieder brodelte die Eifersucht in mir. Neben dieser Frau wirkte ich mit meinen blauen Haaren wie ein pubertierender Teenager.

Kein Wunder, dass Dylan mit dieser Frau Sex hatte, sie war unfassbar gutaussehend.

»Was tust du da?« Miles ertappte mich und beugte sich über mein Telefon.

»Brie«, tadelte er mich. »Hör auf damit. Diese Frau ist nicht echt, okay? Du bist Girlfriend-Material, nicht sie!«

Ich schenkte ihm ein dankbares Lächeln, konnte seine Worte allerdings nicht hundertprozentig glauben. Würde man mich neben diese Granate an Frau stellen, wäre schnell entschieden, wer attraktiver war. Miles zog verärgert seine Brauen zusammen und nahm mein Smartphone in seine Hände, um es auszuschalten.

»Ich kann das nicht mit ansehen, du gehst so lange nicht mehr an dein Handy, bis du mit Dylan gesprochen hast, versprichst du mir das?«

Widerwillig nickte ich und konzentrierte mich den Rest des Abends auf den Film. Dabei verschwendete ich keine Gedanken mehr an diese Frauen.

***

Am nächsten Trainingstag übernahm ich erneut die Stimme des Coaches, aber konnte nicht hundertprozentig in meiner Arbeit aufgehen. Wut und Eifersucht kochten in mir, sobald meine Blicke auf Dylan fielen, der heute in Topform schien.

Unsere Streiterei schien keinerlei Einfluss auf ihn zu haben. Anders als in den letzten Tagen sah er erholt und ziemlich frisch aus. Vermutlich hatte er gestern nach unserem Gespräch tatsächlich eine andere Frau bei sich gehabt.

Zähneknirschend stand ich am Feldrand und ballte meine Hände zu Fäusten, was mir missfiel. In Gegenwart der Jungs wollte ich nicht wirken, als hätten Dylan und ich Stress. In meinem Job wollte ich professionell sein und nicht beim geringsten Vorfall durchdrehen.

Die drei Trainingsstunden vergingen wie im Flug, was vor allem an der Tatsache lag, dass die Jungs heute ihr eigenes Ding machten und kaum Anweisungen brauchten. Sie übten das Passspiel und simulierten ein kleines Match.

Die Mannschaft löste sich gerade auf, da lief Dylan neben mir her, ohne mich eines Blickes zu würdigen. Vielleicht wollte er mir meinen Freiraum geben, aber ein kleiner Teil in mir flüsterte mir zu, dass er mich wütend machen wollte. Mit einem raschen Griff hielt ich ihn an seinem Unterarm, damit er stehen blieb. Verwirrt sah er auf seinen Arm und mir danach ins Gesicht. Seine Mundwinkel zuckten, als würde er mich anlächeln wollen, aber er hielt sich zurück.

Aus der Nähe konnte ich sehen, dass er doch nicht ausgeruht war. Dunkle Ränder lagen unter seinen Augen.

»Können wir reden?« Meine Stimme klang ungewöhnlich dünn, was Dylan ebenfalls bemerkte.

»Natürlich. Ich hole meine Sachen. Treffen wir uns an meinem Wagen?«

Nickend willigte ich ein und schulterte meine Tasche, um mich auf den Weg zu seinem Auto zu machen. Unterwegs wurde ich von Johnny aufgehalten, der mich stürmisch zur Seite zog.

»Ich habe von der Sache mit der Damenmannschaft gehört. Das ist großartig! Wirst du es machen?«

Woher wusste Johnny von dieser Sache und warum war er Feuer und Flamme dafür?

»Noch habe ich keine Entscheidung getroffen«, erzählte ich, woraufhin sein Gesicht beinahe erschrocken auseinanderfiel.

»Brie, das ist eine großartige Chance für dich und für so viele junge Frauen, die unentdeckt bleiben, wenn wir ihnen keinen Platz geben!«

Es rührte mich, dass die Damenmannschaft scheinbar ein Herzensprojekt für Johnny war. Für mich wäre es genauso, aber viel größer waren gerade die Zweifel, die sich in mir breit machten. Würden diese Frauen auf jemanden hören und vertrauen, der selbst keinerlei Erfahrungen auf dem Feld hatte? Johnny registrierte meine Zerrissenheit.

»Ich wüsste niemanden, der besser geeignet wäre als du.«

»Das ist wirklich lieb, Johnny. Danke, aber ich brauche noch einige Tage, um zu überlegen.«

Mein Gegenüber nickte und legte seine Hand auf meinen Oberarm, um ihn zu tätscheln.

»Du wirst die richtige Entscheidung treffen, da bin ich mir mehr als sicher!«

Nachdenklich lief ich den Gang der Tiefgarage entlang und lehnte mich gegen Dylans *Audi*, da von meinem Freund weit und breit noch keine Spur zu sehen war. Mein Freund. Obwohl die Schmetterlinge in meinem Bauch einen ordentlichen Dämpfer verpasst bekommen hatten, flogen sie wild umher, als ich mir dieses Wort durch den Kopf gehen ließ.

In meiner Jugend hatte ich bereits für Dylan geschwärmt, es ihm aber nicht verraten. Unsere Freundschaft war etwas Besonderes. Viel zu besonders, um eine normale Freundschaft zu bleiben … Das hatte unser Zusammentreffen nach all den Jahren bestätigt. Unsere Herzen zogen sich an, aber unsere dämlichen Streitereien brachten uns dazu, dass wir uns wieder voneinander entfernten. Dabei waren meine Gefühle für Dylan unfassbar stark und tief in mir verwoben. Seit all den Jahren.

»Woran denkst du?« Dylans Stimme riss mich aus meinen Gedanken. Ich hatte nicht einmal bemerkt, dass er bereits einige Meter vor mir stand. Ertappt stieß ich mich von seinem Auto ab.

»Ich frage mich, warum es zwischen uns nicht einfach sein kann.«

Die harte Miene, die Dylan aufgelegt hatte, wurde augenblicklich sanfter. Er machte vorsichtig einen Schritt auf mich zu, abwartend, wie ich reagieren würde. Als er verstand, dass ich seine Nähe zuließ, kam er mir noch näher.

Langsam hob er eine Hand und legte sie mir eine Wange. Augenblicklich fühlte ich mich geborgen und in Sicherheit. Meine Haut kribbelte durch seine Berührung und ich schloss die Augen, um mich für einen kurzen Moment zu entspannen.

»Es war nie einfach zwischen uns, warum sollte sich das von heute auf morgen verändern?«, fragte er mit sanfter Stimme. Mit einem Wimpernschlag hatte ich meine Augen wieder geöffnet und sah in sein liebevolles Gesicht. Könnte Dylan mich wirklich betrogen haben?

Er schien in meinem Gesicht zu erkennen, was ich dachte, da er seine Lippen zusammenpresste und seine Hand in meinem Haar verschwinden ließ. Er umfasste sanft meinen Nacken.

»Ich habe nichts mit diesen Frauen, Brie. Seit du wieder in meinem Leben bist, denke ich ununterbrochen an dich. Du bist mein Mittelpunkt und ich würde alles und jeden für dich aus meinem Leben verbannen, wenn es sein müsste. Die letzten Jahre habe ich bereits ohne dich verbringen müssen, weil ich ein schlechter Mensch gewesen war. Diesen Fehler möchte ich nicht wiederholen. Brie, ich brauche dich mehr, als du erahnen kannst!«

Mit großen Augen starrte ich ihn an und musste schlucken. In diesem Moment hätte uns jeder erwischen können, wie wir hier vor seinem Wagen standen, uns so nah waren und uns in unseren Augen verloren. Jeder hätte mitkriegen können, was er zu mir gesagt hatte. Da schwang nichts als Wahrheit in seinen Worten mit. Ich glaubte ihm, dass er mich nicht belogen und verraten hatte. Wenn ein Mensch dich so ansah, wie Dylan es gerade tat, würde man ihm alles glauben. Mein Herz wusste, dass er mich nicht belog. Es schlug eine Spur zu schnell in meiner Brust, was allem voran an seiner Nähe lag.

»Glaubst du mir?«, wollte er mit leiser Stimme wissen. Gebannt von seinem Blick, nickte ich automatisch und schloss meine Augen, als er sich in meine Richtung beugte, um seine Lippen sanft auf meine zu legen.

Egal, was kommen würde, Dylan und ich würden es schaffen. Das hatte uns die Vergangenheit gelehrt.

Kapitel 22

Dylan

Zwei Wochen nach unserem Streit über Angeline und Serina kam für Brie der Tag, der ihr Leben verändern könnte, wenn sie es zulassen würde. Mrs Smith hatte ihr genügend Zeit gegeben, um eine Entscheidung in Bezug auf die Damenmannschaft zu treffen. Heute war der Tag gekommen und Brie tigerte immer noch unsicher in meiner Wohnung auf und ab. Für mich war es absolut unverständlich, dass sie dermaßen lange brauchte, um sich darüber im Klaren zu sein, was sich für sie verändern würde. Alles, einfach alles.

In meinen Augen, und auch in denen vieler anderer, deren Meinung sie hinzugezogen hatte, war sie die Beste, die für die Stelle der Trainerin in Frage kam. Nur war sie die Einzige, die das nicht so sah.

»Ich kann das nicht tun«, seufzte sie und ließ sich auf das Sofa fallen. Das Blau ihrer Haare verblasste langsam und ihre blonden Haare kamen darunter zum Vorschein.

Sie sah immer mehr wie die Brie von früher aus, was den jungen Dylan in mir um den Verstand brachte.

»Brie«, fing ich an, legte die Zeitschrift, in der ich gerade blätterte, beiseite, und streckte meine Arme nach ihr aus, damit sie sich hineinlegen konnte. Sofort krabbelte sie auf meinen Schoß und legte ihren Kopf auf meine Brust.

»Ich habe Angst«, gestand sie und drückte sich fester an mich. »Angst vor dem Versagen. Was ist, wenn ich diese Frauen enttäusche? Was ist, wenn all das, was ich gelernt habe, nicht reicht? Wenn ich nicht einmal den Trainerschein schaffe?«

»Das kannst du nur herausfinden, wenn du es versuchst. Ich glaube an dich, die Jungs glauben an dich, der Coach und Mrs Smith glauben auch an dich«, zählte ich aufmunternd auf und drückte ihr einen Kuss auf den Haaransatz. »Es wird Zeit, dass du an dich glaubst, Brie. Erst wenn du das kannst, wirst du diesen Frauen eine Unterstützung und eine Mentorin sein können.«

In dem Moment kam mir eine Idee. Vorsichtig befreite ich mich aus Bries Umarmung und ließ sie stirnrunzelnd auf dem Sofa zurück.

»Wohin gehst du?«

»Ich werde dir auf die Sprünge helfen«, rief ich aus meinem Schlafzimmer. In meiner Kommode suchte ich nach dem Gegenstand, der mir eigentlich peinlich sein sollte, aber wenn er Brie weiterhelfen würde, würde ich ihn sogar der Öffentlichkeit präsentieren.

Als ich das Buch in den Händen hielt, ging ich zurück ins Wohnzimmer und setzte mich neben Brie. Neugierig griff sie nach meinem Tagebuch von früher, aber ich war schneller und schlug es in meinem Schoß auf.

»Was ist das?«, wollte sie mit großen Augen wissen.

»Mein Tagebuch«, erwähnte ich beiläufig und blätterte durch die Seiten. Meine Handschrift als Jugendlicher stach mir in die Augen und ich schwelgte unwillkürlich in Erinnerungen. Niemand meiner Freunde hatte damals Tagebuch geschrieben. Sie hatten gesagt, es sei ein Hobby für Mädchen, aber mir hatte es immer geholfen zu verarbeiten, indem ich meine Gefühle aufs Papier brachte. Deshalb hatte ich auch einen Haufen Briefe von nach dem Unfall in meinem Kleiderschrank versteckt, die allesamt an Brie adressiert, aber nie abgeschickt worden waren.

»Hier, lies das«, sagte ich, als ich den Eintrag, den ich gesucht hatte, endlich aufgeschlagen hatte.

Brie sah mich perplex an, als könnte sie nicht fassen, dass ich ihr mein Tagebuch anvertraute. Dabei sollte sie wissen, dass ich ihr einfach alles zeigen würde, wenn es ihr half.

»Lies es laut vor«, forderte ich und legte das Buch in ihren Schoß. Brie räusperte sich und begann zu lesen.

»Hi Tagebuch,

heute habe ich Brie zum ersten Mal mit zum Training gebracht. Total komisch, schließlich ist ihr Dad mein Trainer, also warum ist sie nicht schon viel eher dabei gewesen? Brie hat einmal erwähnt, dass ihr Dad nicht möchte, dass sie Fußball spielt, aber das ist totaler Unsinn. Nach dem heutigen Tag weiß ich, dass Brie Fußball spielen MUSS! Sie saß auf der Tribüne und hat mich während des Kickens beobachtet und Notizen gemacht. Nach dem Training hat sie mir einen Zettel in die Hand gedrückt, mich in eine stürmische Umarmung gezogen und gesagt: »Du musst noch eine Menge an dir arbeiten.« Ich glaube, sie ist mir sehr dankbar, dass ich sie mitgenommen habe. Hoffentlich kommt sie morgen wieder mit. Ich möchte ihr beweisen, dass ich an mir arbeite und mir ihre Tipps zu Herzen nehme. Sie hat wirklich Ahnung.

Bis bald, Dylan.«

Bries Augen funkelten amüsiert, aber auch gerührt, als sie den Blick auf mich richtete.

»Es geht noch weiter«, erinnerte ich sie sanft und blätterte auf die nächste Seite. Es waren einige Tage nach dem letzten Eintrag vergangen. Brie fuhr mit dem Lesen fort.

»Hi Tagebuch,

heute war Brie wieder mit beim Training und die Liste, die sie mir gegeben hatte, ist kürzer geworden! Wenn ich mich nicht irre, konnte ich Stolz in ihren Augen sehen. Sie hat mich umarmt und mir gesagt, dass aus mir einmal ein richtig guter Fußballer wird, wenn ich mich mehr auf den Zweikampf konzentriere und weiter übe. Obwohl ihr Dad mein Coach ist, habe ich das Gefühl, dass ich von ihr viel mehr lernen kann. Wie kann das sein? Schließlich spielt Brie nicht einmal selbst Fußball. Noch nicht. Morgen möchte ich sie fragen, ob sie mit mir zusammen kicken möchte. Meinst du, sie sagt ja?

Bis bald, Dylan.«

Nach diesem Eintrag kicherte Brie und schüttelte ungläubig ihren Kopf. »Ich hätte niemals gedacht, dass du Tagebuch geschrieben hast! Warum hast du mir nie davon erzählt?«

»Jeder hat seine Geheimnisse«, witzelte ich und stieß sie an. »Lies weiter.«

Voller Elan blätterte Brie auf die nächste Seite. Es waren wieder ein paar Tage vergangen und ich wusste genau, welcher Eintrag nun folgen würde. Nervös rieb ich meine Hände über meine Oberschenkel, aber Brie bemerkte dies gar nicht und las weiter.

»Hey Tagebuch,

Brie hat tatsächlich mit mir Fußball gespielt und wenn ich es nicht besser wüsste, würde ich sagen, dass sie, seit sie gehen kann, spielt. Das stimmt aber nicht, zumindest behauptet sie das. Brie ist viel besser als ich und weiß, wie man Taktik und Technik richtig zusammenbringt. Ich kann nicht verstehen, warum ihr Dad dagegen ist, wenn sie spielt. Eines Tages wird sie berühmt werden. Berühmter als ich, berühmter als ihr Dad. Sie wird eine erfolgreiche Fußballerin werden und danach Trainerin einer Mannschaft. Etwas anderes kann ich mir einfach nicht vorstellen.

Als Brie heute ein Tor geschossen und danach jubelnd auf mich zugerannt gekommen ist, in dem viel zu großen Trikot, das ich ihr geliehen habe, hat mein Herz komisch reagiert. Es hat so schnell geschlagen, dass ich dachte, es würde jeden Moment aus meiner Brust springen. Brie ist mir um den Hals gefallen und die Haut, die sie berührt hat, wurde heiß und alles in mir hat angefangen zu kribbeln.

Bin ich verliebt?

Wenn ich es bin, dann ist das okay. Brie ist meine beste Freundin und was kann es Besseres geben, als seine beste Freundin zu heiraten?

Glaubst du, wir heiraten irgendwann?

Bis bald, Dylan.«

In Bries Augen schimmerten Tränen, die ich vorsichtig wegwischte.

»Wie alt waren wir da?«, fragte sie mit zitternder Stimme.

»Zehn«, gab ich auf Kommando zurück. Seitdem hatte sie mein Herz. Erst vier Jahre später war es zu dem tragischen Moment gekommen, der uns auseinandergerissen hatte.

»Ich werde es machen«, meinte Brie entschlossen und klappte das Buch mit einem lauten Geräusch zu.

»Wirklich?!« Sie nickte und zog mich in eine ihrer typischen Umarmungen, die unter die Haut gingen.

»Wenn der zehnjährige Dylan an mich geglaubt hat, dann werde ich es auch tun!« Vorsichtig befreite ich mich aus ihren Armen und schob sie sanft von mir weg, sodass ich sie ansehen konnte.

»Die zehnjährige Brie hat auch an dich geglaubt. Sie wollte, dass du einmal berühmt wirst. Sie wollte, dass Mädchen Fußball spielen dürfen. Erfüll ihr und all den Frauen da draußen diesen großen Traum.«

Unter Tränen nickte Brie und ich wusste, dass alles, was sie tun würde, Früchte tragen würde.

***

Ich wartete zuhause auf meine Freundin, die nach zwei Stunden mit einem Stapel Papiere durch die Wohnungstür und freudestrahlend auf mich zugestürmt kam. Sofort stand ich auf und Brie sprang mich an, umklammerte meinen Hals so fest, dass ich keine Luft mehr bekam. Automatisch legte ich meine Hände lachend um ihre Oberschenkel.

»Ich werde Fußballtrainerin! Zumindest werde ich es versuchen!« Ihre Stimme war leicht und unbeschwert. Glück strahlte aus jeder Pore ihres Körpers und ich freute mich so sehr für sie, dass es in meiner Brust ganz eng wurde.

»Ich bin unfassbar stolz auf dich, Brie«, flüsterte ich in ihre Halsbeuge und trug sie zum Sofa.

»Ohne dich hätte ich diesen Schritt niemals gewagt«, entgegnete sie und kletterte von meinen Armen. »Danke, Dylan.« Sanft umfasste sie mein Gesicht und legte ihre Lippen auf meine. In meinem Körper wurde es sofort heiß und als Brie ihre Hände über meinen Bauch wandern ließ, wurde mein Penis steif. Brie glücklich und erfolgreich zu sehen, machte mich an. Niemandem gönnte ich es mehr als ihr und wenn ich mir vorstellte, dass meine Freundin eines Tages eine großartige Mannschaft trainieren würde, wurde ich noch härter. Gott, was war bloß los mit mir?

Brie kicherte, als sie an mir hinabsah und ihr Blick auf meinem Schritt haften blieb.

»Ich liebe es, dich erfolgreich zu sehen, Brie. Du hast all das verdient«, flüsterte ich, aber ich konnte nicht weitersprechen, da sie meine Worte mit ihren Lippen auffing und mich verstummen ließ. Manchmal war es besser, seinen Worten Taten folgen zu lassen.

An diesem Abend liebten wir uns einige Male, bis Brie gegen Mitternacht einschlief. Allerdings war mir keine ruhige Nacht vergönnt. Mein Tagebuch, die Einträge und Bries Erfolg brachten für mein Unterbewusstsein einige Schatten mit sich. Irgendwann übermannte mich die Müdigkeit, aber etwas Schweres zog mich mit sich. Ein weiterer Alptraum bahnte sich an. Ich träumte von dem Tag *meiner Entscheidung*, die alles veränderte.

»Du wirst es tun müssen, Dylan. Andernfalls wird man dich niemals entdecken.« Die Worte meines Coaches, Bries Dad, schmeckten bitter, als sie bei mir ankamen. Er konnte das nicht von mir verlangen. Welcher liebende Vater tat seiner Tochter derartiges an?!

»Ich werde Brie nicht verletzen!«

»Wenn du dich von einem Mädchen klein machen lassen willst, bitte. Glaub aber nicht, dass die Scouts jemanden wie dich in ihren Teams wollen!« Der Coach rümpfte die Nase und sah mich an, als wäre ich ein Vollidiot. Scheinbar war ich das in seinen Augen auch.

»Ich werde ganz normal spielen und sie überzeugen«, setzte ich meinen Standpunkt fest.

»Dann wirst du das bleiben, was du bist. Ein Niemand. Ich dachte, du willst deine Mutter unterstützen? Wie soll das gehen? Deine Schulnoten sind miserabel. Das, was dir liegt, ist Fußball. Willst du dir das von einem Mädchen kaputt machen lassen?!« Meine Gedanken wanderten zu meiner Mum, die kaum die laufenden Rechnungen unseres Hauses zahlen konnte. Dad hatte es nicht geschafft, den Kredit vor seinem Tod abzubezahlen. Der Coach hatte nicht Unrecht. Meine Noten waren schlecht, weil ich nicht lernte. Der Fußball war das Wichtigste in meinem Leben. Fußball und Brie. Jetzt sollte ich mich entscheiden?

Wenn ich mich für Brie entschied, würde ich meiner Mum nicht helfen können. Was war, wenn wir das Haus verlieren würden? Mum hatte bereits ihren Mann verloren. Das Haus war alles, was sie noch von ihm hatte.

Andererseits würde ich Brie verlieren, wenn ich sie im morgigen Spiel verletzte. Brie hatte es endlich geschafft und mit einer Sportlehrerin eine Mädchenmannschaft gegründet. Morgen würde ein Turnier in der Schule stattfinden, bei dem die Jungmannschaften gegen die Mädchenmannschaften antreten, und es hatte sich ein großer Scout, der bereits Talente für große Mannschaften wie Oxford oder den Londoner FC angeworben hatte, angekündigt.

Der Coach wusste, dass Brie eine große Bedrohung für mich war, und wenn ich an die letzten Spiele gegen Brie dachte, registrierte auch ich, dass Brie meine größte Konkurrentin war. Ihr war das Spielen schon immer leichter als mir gefallen. Warum sollte sie es leichter haben, nur weil ich nicht gegen sie spielte, wie ich gegen andere Jungs spielen würde?

Der Coach hatte Recht. Ich musste ein einziges Mal an mich denken. An mich, meine Mum und unser Haus. Wenn ich den Scout nicht von mir überzeugte, würde ich vermutlich in einer Gosse landen. Ich sah es schon vor mir. Brie würde zu einer der erfolgreichsten Fußballerinnen überhaupt werden und mich vergessen. Manchmal war es erschreckend, mit was für einem Selbstbewusstsein sie spielte. Sie war mir haushoch überlegen.

Aber nicht morgen.

Morgen würde ich sie besiegen.

»DYLAN!«

Ruckartig öffnete ich meine Augen und bereute es sofort wieder. Grelles

Licht brannte in meinen Augen, da Brie es eingeschaltet hatte, und sie rüttelte an meinem Körper. Ich war schweißnass und hatte die Bettdecke einmal quer durch das Zimmer geschleudert. Zumindest lag sie einen Meter von meinem Bett entfernt.

»Alles wird gut«, hauchte sie und drückte mir einen Kuss auf die Stirn. Brie. Brie. Brie. Wegen mir würde sie nie wieder spielen können! Was hatte ich nur getan?!

Erst jetzt bemerkte ich, dass die Luft hier im Raum viel zu dünn war. Was zum Henker passierte hier?

Meine Stimme versagte, als ich Brie um ein Glas Wasser bitten wollte. Panik machte sich in mir breit. Mein Körper reagierte nicht auf meine Anweisungen. Mein Atem ging immer flacher.

»Dylan?!«

»Ich-«, japste ich, konnte aber nicht weitersprechen. Meine Augen wurden größer und auch in Bries Gesicht machte sich nun Angst breit. Meine Albträume war sie mittlerweile gewöhnt, aber das hier?!

In mir drin brodelten verschiedene Emotionen und keine davon gehörte der guten Sorte an. Angst, Panik, mein schlechtes Gewissen, die Wut mir selbst gegenüber vereinten sich und stürzten wie eine riesige Welle über mir ein.

Das hast du nicht verdient!, schrie mir meine innere Stimme zu. *Du hast diese Frau nicht verdient! Sag ihr endlich die Wahrheit.*

Ich bekam keine Luft.

Zitternd versuchte ich Halt zu finden. Am Bettlaken, Bries Bettdecke oder Brie. Allerdings war sie bereits aus dem Bett gesprungen.

»Scheiße!«, fluchte sie und griff nach ihrem Telefon. Ihre Stimme überschlug sich, als derjenige, den sie angerufen hatte, abhob.

»Hier ist Brianna Hogan, ich … ich glaube, mein Freund hat eine Panikattacke. Schicken Sie bitte einen Krankenwagen!«

Kapitel 23

Brie

Mit Panikattacken kannte ich mich aus, schließlich hatte ich sie zu genüge am eigenen Leib erlebt. Trotzdem war es ein Schock für mich, Dylan in einer solchen Situation zu sehen.

Mein Dylan, der immer stark war und sich um andere kümmerte.

Zum Glück waren die Rettungssanitäter schnell eingetroffen und hatten Dylan beruhigt. Sie hatten ihm ein leichtes Beruhigungsmittel gegeben und ihm gesagt, was er tun konnte, wenn sich eine Panikattacke anbahnte. Zumindest, sobald er bei Bewusstsein war.

Noch immer völlig aufgewühlt und mit einer tiefen Müdigkeit in den Augen, saß Dylan eingewickelt in seiner Decke auf seinem Bett und starrte die Wand an, als ich das Zimmer betrat.

»Die Sanitäter sind weg«, berichtete ich, aber Dylan reagierte nicht auf das Gesagte.

Als ich mich an ihn kuschelte, zuckte er zusammen.

»Soll ich dich allein lassen?«

»Nein!«, schoss es aus ihm heraus. Mein Herz zog sich zusammen, weil ich nicht wusste, wie ich Dylan helfen konnte. Ihn hilflos zu sehen war ungewohnt und bereitete auch mir Kummer. Jetzt war trotzdem nicht der richtige Zeitpunkt, um über den Termin bei Dr Feldman zu sprechen, aber gleich morgen würde ich das in Angriff nehmen. Ohne professionelle Hilfe würde Dylan nicht wieder gesund werden. Einmal mehr überraschte es mich, dass er an dem Unfall viel intensiver zu knabbern hatte als ich.

»Bitte bleib bei mir«, flüsterte er und sah mich mit großen Augen an.

»Natürlich.« Vorsichtig schmiegte ich mich an ihn und bettete meinen Kopf auf seine Brust. Mit sanften Bewegungen zeichnete ich Muster auf seine nackte Haut, woraufhin er eine Gänsehaut bekam. Da fiel mir ein, dass er während seines Albtraums geschwitzt hatte.

»Möchtest du duschen?«

»Nein.«

Wir sprachen kein Wort miteinander, aber ich spürte, dass sich Dylan von Minute zu Minute mehr entspannte. Seine Atmung wurde regelmäßiger und er brummte zufrieden, als er endlich ins Land der Träume abdriftete.

Für mich war in dieser Nacht nicht mehr an Schlaf zu denken. Die Angst, dass ich einen weiteren Albtraum verpassen könnte, war zu hoch. Eine weitere Panikattacke wollte ich um jeden Preis verhindern. Dylan sollte sich wegen mir nicht schlecht fühlen müssen. Vielleicht musste ich ihm auf einer direkten Weise zu verstehen geben, dass er verdammt nochmal keine Schuld an meinem Unfall hatte. Es war ein unvorhersehbares Unglück.

***

Am nächsten Morgen war ich müder denn je, aber ich rappelte mich aus dem Bett, ging duschen und versuchte damit die negativen Gefühle der letzten Nacht von meiner Seele zu waschen. Das funktionierte natürlich nur zum Teil, aber nach der Dusche fühlte ich mich ein kleines bisschen leichter.

Ich war gerade dabei, für Dylan ein Frühstück zu machen, da klingelte mein Handy in meiner Hosentasche. Es war Miles.

»Hey Miles, was gibt's?» Wie es sich für eine multitaskingfähige Frau gehörte, klemmte ich mein Telefon zwischen Ohr und Schulter und versuchte parallel den Pancake in der Pfanne zu wenden.

»HERZLICHEN GLÜCKWÜNSCH», rief er in den Höher, weshalb ich meine Augenbrauen schmerzhaft zusammenzog.

»Danke, jetzt bin ich taub!», gab ich, dennoch mit einem amüsierten Unterton in meiner Stimme, zurück. Moment mal, woher wusste er davon? Als hätte er meine Gedanken gelesen, kam Miles mir mit einer Antwort zuvor.

»In der Regionalzeitung steht ein Artikel über dich. Zwar wirst du noch nicht namentlich erwähnt, aber die Journalisten freuen sich, dass sie sich bald auf dich stürzen können!»

»Sie haben über mich berichtet?», erkundigte ich mich und manövrierte den Pancake mit einer weniger eleganten Bewegung auf den Teller.

»*Laut der Vereinsleitung des Londoner FCs stehen Verhandlungen an, die entscheiden sollen, ob sie eine Damenmannschaft gründen. Für den Trainerposten habe Smith bereits eine junge Frau in Augenschein genommen. Wer es ist, wissen wir noch nicht, aber wir sind uns sicher, dass der Verein eine hervorragende Wahl getroffen hat*«, las er vor, woraufhin mein Herz schneller schlug. Etwas Schweres machte sich in mir breit, eine gewisse Vorfreude und wenn ich mich nicht täuschte, dann war da auch etwas Stolz dabei.

Konnte ich jetzt schon stolz auf mich sein? Schließlich hatte ich überhaupt nichts erreicht.

Ein Poltern hinter mir ließ mich zusammenzucken. Dylan rieb sich den Schlaf aus den Augen und sah mit seinem verstrubbelten Haar unfassbar sexy aus. Mein Blick wanderte an seinem Körper hinab. Er trug kein Shirt und seine Schlafhose lag locker auf seinen Hüften. Ich erinnerte mich daran, dass er unter seiner Hose keine Boxershorts trug, was mich rot werden ließ.

»Erde an Brie! Hast du gehört, was ich dir vorgelesen habe?« Miles Stimme am Telefon war eher ein Hintergrundgeräusch, als Dylan mich aus unergründlichen Augen ansah. Wir starrten uns an, ungesagte Worte hingen zwischen uns, die keiner aussprechen wollte. Sollten wir über die vergangene Nacht reden? Definitiv.

Wollten wir das gerade? Nein.

»Ich habe dich gehört, ja«, antwortete ich Miles und riss den Blick von Dylan los, um ihm seinen Teller auf den Esstisch zu stellen. »Können wir später reden?«

Miles willigte ein und wir beendeten unser Telefonat. Es herrschte Stille in Dylans großer Küche.

Obwohl ich gerade noch darüber nachgedacht hatte, die Panikattacke für heute zu vergessen, sprudelte es bereits aus mir heraus. Dylan hatte sich gesetzt und ich nahm gegenüber von ihm Platz.

»Wie geht es dir?« Vorsichtig legte ich ihm meine Hand auf den Unterarm.

»Ich fühle mich, als wäre ich von einem LKW überfahren worden.« Er zwang sich zu einem Grinsen, aber es erreichte seine Augen nicht.

»Danke, dass du für mich da warst. Ohne dich … ich weiß nicht, was passiert wäre, wenn du nicht bei mir gewesen wärst.«

»Ach, Dylan«, murmelte ich und umrundete den Tisch, um meine Arme um ihn zu legen. Sofort ließ er die Gabel fallen und hob mich auf seinen Schoß. In seinen Armen fühlte ich mich einfach wohl und ich war glücklich darüber, dass er genauso fühlte, wenn ich in seiner Nähe war.

»Wirst du mit Dr Feldman reden?«, unterbrach ich die angenehme Stille zwischen uns. Ich konnte nicht sehen, ob Dylans Gesichtszüge sich veränderten, aber die Worte, die er sagte, klangen für mich vielversprechend.

»Ich habe ihm heute morgen eine Mail geschrieben und um einen Termin gebeten. Du hast vermutlich Recht. Ohne Hilfe werde ich aus diesem Teufelskreis nicht mehr herauskommen.« Voller Stolz drückte ich ihn noch fester an mich und murmelte gegen seine Brust. Durch unsere Berührung konnte ich spüren, dass sein Herz schneller anfing zu schlagen.

»Dennoch möchte ich dir noch einmal sagen, dass ich dich nicht mehr für das verurteile, was geschehen ist. Wir waren beide Opfer des Schicksals.« Dylan versteifte sich unter mir und antwortete nicht direkt. Erst als ich ihn ansah, versuchte er sich abermals an einem Lächeln. Auch dieses wirkte verzerrt und nicht aus dem Herzen kommend.

Trotz allem machte ich mir darüber keine Gedanken. Dylan hatte zum ersten Mal in seinem Leben so etwas durchmachen müssen, natürlich ging es ihm auch am Tag danach nicht besser. Für die nächsten Tage würde ich ihm seinen Freiraum geben, auch wenn es mir nicht gefiel, dass er gleich heute wieder zum Training gehen würde. Heute nicht ins Training zu gehen, stand für ihn außer Frage, das wusste ich. Schließlich kannte ich Dylan gut genug.

»Wenn du reden möchtest, bin ich da, okay?«

Dylan nickte und küsste meinen Haaransatz. »Ich liebe dich, Mariposa.«

»Ich liebe dich auch.«

Kapitel 24

Dylan

Es war notwendig, Brie anzulügen, ich hatte Dr Feldman nicht kontaktiert. Bevor ich diesen Schritt gehen würde, würde die Hölle zufrieren. Zum einen war ich nicht jemand, der seine Gefühle derart raus posaunte, und zum anderen musste ich das mit mir selbst ausmachen. Alles, was ich fühlte, hatte ich verdient. Diese Gewissensbisse kamen nicht von ungefähr, sondern hatten eine Daseinsberechtigung. Würde ich Brie erzählen, was wirklich geschehen war, würde ich sie verlieren, und was dann?

Sie würde mich nicht nur verlassen, sie würde mit hoher Wahrscheinlichkeit auch dem Verein den Rücken kehren, was wiederum bedeutete, dass sie wegen mir mal wieder einen ihrer größten Träume hinschmeißen musste.

In den letzten Wochen hatte sich kein weiterer Albtraum angebahnt und auch die Panikattacke war die erste und einzige geblieben. Das lag vermutlich daran, dass ich kaum schlief. Es wunderte mich, dass Brie mich noch nicht durchschaut hatte. Wenn ich einen Termin mit Dr Feldman vorgaukelte, ging ich im Wald spazieren.

Vermutlich war das nicht ganz so gut wie eine Therapiesitzung, aber anscheinend wirkte ich danach mindestens genauso entspannt. Brie war stolz auf mich. Und ich hasste mich dafür.

Heute stand ein wichtiges Match an und meine Mannschaft war bereits im Stadion eingetroffen. Brie lief gedankenversunken mit ihrem Handy an unserer Kabine vorbei, da zog ich sie an mich. Mit einem Quieken ließ sie ihr Telefon fallen, aber zum Glück hatte ich hervorragende Reflexe, weshalb ich es auffing, ehe es auf den Boden fallen konnte. Mit einem schiefen Lächeln reichte ich es ihr und sie steckte es sich zurück in ihre Trainingsjacke.

»Musst du mich so erschrecken?«, fragte sie empört, aber ihre Mundwinkel zuckten verräterisch.

»Ja, ich liebe es, wenn du solche Geräusche von dir gibst. Das erinnert mich immer wieder an …«

»Dylan!«, unterbrach sie mich und schlug ihre Handfläche gegen meinen Mund. Lachend legte sie ihre Arme um mich und kam mir näher.

»Heute Nacht wirst du diese Geräusche vielleicht wieder hören können, wenn du dich gleich anstrengst.« Ihre Wangen wurden rot und ich küsste sie daraufhin auf die Nasenspitze.

»Das ist ein außerordentlich motivierender Ansporn«, gab ich zu.

»Dann enttäusch mich nicht«, flüsterte sie und küsste mich mit einer feurigen Leidenschaft.

Mir blieb keine Zeit für eine Antwort, da Call unseren Kuss mit einem Räuspern unterbrach. Mein bester Kumpel sah meine Freundin entschuldigend an, die mit einem knappen Winken davoneilte.

»Warum verhaltet ihr euch so merkwürdig?« Call presste seine Lippen zu einer schmalen Linie und stemmte die Hände in die Hüften. Er rang mit seiner Antwort und deshalb wusste ich augenblicklich, dass Brie ihm von der Panikattacke erzählt hatte.

»Es ist nichts«, meinte ich und wappnete mich innerlich für dieses Gespräch. Call war, seit er mit Ivy zusammen war, zu einem einfühlsamen Typen geworden, was natürlich erst einmal nichts Schlechtes war.

In diesem Moment spielte es mir nur nicht sonderlich in die Karten.

»Wie geht es dir?« Diese Frage stellte er mir erst Wochen nach der Nacht?

»Mir geht es gut, warum fragst du?« Call knickte sofort ein und schob mich beiseite. Wir gingen in eine Abstellkammer, in der Call die Tür leicht anlehnte.

»Was wird das hier? Willst du mir einen blasen, oder was?«, versuchte ich mich an einem Scherz, aber Calls Miene war undurchdringlich.

»Brie hat mir von deiner Panikattacke erzählt.« Na toll.

»Und?« Call hob seine Augenbrauen und sah mich ungläubig an. Als wollte er mir sagen, dass ich meinen Verstand verloren hatte.

»Ich mache mir Sorgen!«

»Danke, aber das musst du nicht. Ich gehe zur Therapie«, belog ich nun auch meinen besten Freund. Karma würde mir eines Tages alles zurückgeben, davon konnte ich ausgehen.

Call verschränkte seine breiten Arme vor der Brust und starrte mich an.

»Ach ja? Etwa, wenn du im Wald spazieren gehst? Ist dir dabei vielleicht entgangen, dass du dich auf dem Grundstück meines Dads befindest, wenn du dort deine Runden drehst?«

Ich spürte, dass mir all meine Emotionen aus dem Gesicht fielen. Call hatte mich ausspioniert?!

»Ich habe dich nicht gesehen, es war Sash. Sie spielt immer mal wieder mit ihrer Kamera herum und ist mit unserem Bruder unterwegs. Dabei hat sie dich das ein oder andere Mal auf ihren Fotos eingefangen.«

Ungläubig blinzelte ich und konnte nicht glauben, dass er mir das jetzt erst erzählte. Seit sechs Wochen ging ich zwei Mal in der Woche dort meine Wege. Panik hangelte sich an die Oberfläche, was Call sofort bemerkte.

»Ich habe es Brie noch nicht gesagt, aber ich finde es nicht gut, dass du sie belügst. Das hat sie nicht verdient.« Nein, das hatte sie wirklich nicht, aber auch ich hatte diese Art von freundschaftlichem Verrat nicht verdient.

»Misch dich nicht in meine Angelegenheiten ein, Scott«, warnte ich ihn und klang dabei unnatürlich bedrohlich. Call wich nicht zurück, auf seinem Gesicht war nichts als Abneigung mir gegenüber zu erkennen.

»Es geht mir nicht nur um dich, Dylan. Mir geht es um Brie. Sie ist gerade dabei, sich mit der Damenmannschaft etwas Großes aufzubauen. Es könnte größer werden als du und ich. *Sie* könnte größer werden als du und ich! Warum belügst du sie?«

Es kotzte mich an, dass Call von Brie sprach, als könnte er stolz auf sie sein. Er war es nicht, der ihr beim Kämpfen geholfen hatte, sondern ich. Außerdem störte mich die Tatsache, dass er den Nagel auf den Kopf getroffen hatte. Ich belog Brie.

»Ich kann nicht zur Therapie gehen, okay?« Meine Stimme wurde lauter, aber das war mir egal. Callum musste doch verstehen, dass dieser Hass mir gegenüber nicht gestillt werden durfte. Ich verdiente diese Schmerzen!

»Dylan, du bist krank. Mit psychischen Belastungen ist nicht zu spaßen!« Call sah aus, als würde er mich am liebsten schütteln wollen, aber er bewahrte Abstand. »Nur weil du dir die Schuld an Briannas Unfall gibst, musst du nicht für immer leiden.« Er hatte sowas von keine Ahnung und plötzlich machte es mich unendlich wütend, dass ich mich niemandem anvertrauen konnte. Mein Leben war verkorkst. *Ich* war verkorkst!

»Ich gebe mir nicht die Schuld an ihrem Unfall, ich *trage* die Schuld an ihrem Unfall! Ich habe ihr Leben zerstört, Call. Natürlich habe ich all das verdient, was ich gerade fühle – bis an mein Lebensende. Ich habe Brie damals verletzt und ich wusste ganz genau, was ich tue, okay? Also sag du mir nicht, dass ich keine Schuld an all dem Scheiß habe! Du weißt gar nichts! Ihr Vater hat mich vor vollendete Tatsachen gestellt, er wollte, dass ich seine Tochter verletze. Am Tag des Unfalls war ein Scout unter dem Publikum und das habe ich gewusst. Wenn Brie so gespielt hätte, wie sie konnte, hätte der Scout mich nicht bemerkt. Wenn Brie gespielt hat, lagen alle Augen auf ihr, weil sie ein gottverdammtes Naturtalent war! Ich musste etwas tun, damit sie ausgebremst wird. Woher hätte ich ahnen können, dass ich sie dermaßen verletze?!«

Call starrte mich an, unfähig etwas zu sagen, weshalb ich höhnisch auflachte.

»Siehst du, ich habe keine Therapie verdient, aber all die Schmerzen, die habe ich verdient! Ich habe Brie belogen, damit sie ihr Ding durchzieht und glaubt, dass bei mir alles in Ordnung ist. Sie soll die Trainerin werden, die ich immer in ihr geseh-« Ein lautes Poltern riss mich aus meinem Monolog. Call war der Erste, der reagierte und die Tür aufriss.

»Scheiße, Brie!«

Und mein Herz zerbrach in tausend Teile.

Kapitel 25

Brie

Ich.

Kriege.

Keine.

Luft.

Ich gebe mir nicht die Schuld an ihrem Unfall, ich trage die Schuld an ihrem Unfall!

Wenn Brie so gespielt hätte, wie sie konnte, hätte der Scout mich nicht bemerkt.

Ich musste etwas tun, damit sie ausgebremst wird.

Diese Sätze hörte ich in Dauerschleife in meinem Kopf und ich konnte sie nicht abschalten.

Mein Handy fiel mir aus der Hand und ich presste meine Hände auf meine Ohren, damit diese Stimme aus meinem Kopf verschwand. *Seine* Stimme.

»Nein, nein, nein!«, rief ich, drückte meine Hände noch fester gegen meinen Kopf und sackte an der Wand hinab. Unsanft landete ich auf dem Boden und die Tränen flossen über meine Wangen, meinen Hals hinab und ich fühlte mich so verloren wie schon lange nicht mehr.

Dylan hatte tatsächlich Schuld an meinem Unfall.

All die Jahre hatte diese Stimme in mir geflüstert, dass es Dylan war, der meine Träume zerstört hatte. Das verliebte Mädchen wollte es nicht wahrhaben und hatte ihn geschützt. Warum hatte ich Idiotin nicht ein einziges Mal auf meinen Verstand gehört?! Er hatte mich belogen und betrogen.

»Scheiße, Brie!« Mein Kopf schnellte in die Richtung der Tür, an der ich vorbeigelaufen war, als ich Dylans laute Stimme vernommen hatte. Natürlich wollte ich nicht lauschen, aber Dylan war so außer sich und laut, dass ich nicht weghören konnte.

»Nein, nein, nein!«, wiederholte ich, als Call stürmisch auf mich zukam und sich neben mich kniete. Beschützend legte er mir eine Hand auf den Rücken, aber ich konnte nicht aufhören zu weinen und zu schluchzen. Da fiel mein Blick auf Dylan, der leichenblass in der Tür stand und auf mich hinabsah. Flashbacks an eine vergangene Zeit übermannten mich.

Die Luft wurde dünn und Sternchen flimmerten vor meinen Augen.

»Ich wollte das nicht, Brie! Es tut mir leid!« Dylans Stimme klang sanft und stand in einem starken Kontrast zu den Schmerzen, die ich spürte. Auf dem Rücken liegend, versuchte ich an die Stelle zu greifen, aber ich konnte mich nicht bewegen. Der Himmel über mir zog sich zusammen und mir wurde übel. Warum konnte ich mein Bein nicht bewegen?!

Unter Tränen hob ich meinen Kopf und starrte auf mein rechtes Knie. Blut, da war überall Blut und das Fleisch war zerrissen. Mir wurde speiübel.

Meine Trainerin und meine Mitspielerinnen kamen auf mich zugerannt, einer lauter als der andere, aber ich weinte einfach nur und versuchte ihre Stimmen auszublenden.

Eine blieb jedoch in meinem Kopf.

»Ich wollte das nicht, Brie! Es tut mir leid.«

»Du gottverdammtes Arschloch!« Ich wusste nicht, dass ich so laut schreien konnte. Call half mir auf die Beine und ich rannte auf meinen Freund zu. Meinen Freund? Wohl eher meinen Feind!

»Ich hasse dich! Du bist ein Monster!«

Dylan wehrte sich nicht, als ich unter Tränen auf seine Brust einschlug. Hinter uns hörte ich Stimmen und Gemurmel, aber ich ignorierte die Schaulustigen. Sollten sie alle mitbekommen, was ihr ach so toller Mitspieler für eine Vergangenheit hatte. Er war nur ein Teil von ihnen, weil er mich dafür geopfert hatte.

»Du bist ein Niemand«, warf ich ihm entgegen und wurde von starken Armen nach hinten gerissen. Es war Call, der mich von seinem Freund wegzog, aber ich war fuchsteufelswild und riss mich aus seinen Armen. Mit meinen Worten hatte ich bei Dylan einen Nerv getroffen, denn er zuckte unmerklich zusammen. Womöglich war ich die Einzige, die diese kleine Reaktion gesehen hatte, aber es tat unfassbar gut, ihm weh zu tun.

»Du hast recht! Wenn du mich nicht verletzt hättest, wärst du niemals zu dem geworden, der du heute bist. Ein herzloser Bastard, der für Geld und den Erfolg seine beste Freundin zerstört.« Mit einem Mal drehte ich mich in die Richtung der anderen und sah in ihre entsetzten Gesichter. Jeder von ihnen starrte mich mit offenem Mund an.

»Passt ihr bloß auf, dass er das Gleiche nicht mit euch macht. Wegen ihm kann ich kein Fußball mehr spielen und er hat es mir zehn verdammte Jahre verschwiegen! Er hat sich mit meinem Vater zusammengetan, um mich aus dem Weg zu räumen! Seit meinem vierzehnten Lebensjahr habe ich ein künstliches Knie wegen diesem Schwein!« Noch nie in meinem Leben hatte ich in dermaßen wenigen Sätzen so viele Kraftausdrücke benutzt, aber es war mir egal. Diese Männer würde ich ohnehin nie wieder sehen. Noch heute würde ich meine Kündigung schreiben. Zur Hölle mit ihnen!

»Brie, beruhige dich!« Neben Call erschien Robert. Er war der erste, der mich mit seiner Anwesenheit ansatzweise anfing zu erden. In dem Moment ging mir ein Licht auf.

Entsetzt drehte ich mich zurück in Dylans Richtung, der mich ansah, als hätte ich den Verstand verloren und vielleicht hatte ich das auch. Ich konnte es nicht genau sagen und wusste nicht, ob ich mit meiner Vermutung nicht komplett daneben lag, aber plötzlich rauschte ein Name in meine Gedanken. Angeline.

»Ich kann mich nicht beruhigen! Ich habe gerade erfahren, dass er mein Leben zerstört hat und ich wünschte, es wäre nicht so, aber deines wird er auch zerfetzen.« Verwirrung machte sich in den Augen des Trainers breit, die ich schmerzend nachempfinden konnte. Ein Blick in Dylans Gesicht bestätigte meine Vermutung. Am liebsten hätte ich mich augenblicklich übergeben.

»Dylan fickt deine Frau.«

Alle in dem Flur hielten ihren Atem an. In Roberts Gesicht konnte ich nichts lesen, in Dylans allerdings ... Vermutlich hatte ich gerade die komplette Mannschaft auf dem Gewissen, aber es war mir egal. Niemand konnte nur ansatzweise nachempfinden, was mir gestohlen wurde.

»Okay, es reicht jetzt«, schaltete sich Callum wieder dazwischen. »Brie, es wäre besser, wenn du jetzt gehst. Wir haben heute ein wichtiges Spiel und ...« Ich ließ ihn nicht zu Wort kommen und riss mich aus seinen Fängen.

»Wisst ihr was? Ihr könnt mich alle mal! Fickt euch!« Und ich rannte den Flur hinab und hatte das Gefühl, er würde genau wie meine Wut und Traurigkeit niemals enden.

***

Ehrlich gesagt hatte ich nach meinem Ausraster mit einer Kündigung gerechnet, aber nicht mit einem Vertrag, der mir den Posten mit sofortiger Wirkung zusprach, wenn ich die Qualifikationen hatte. Ich hatte mich nach den Geschehnissen für zwei Wochen von meinem Arzt krankschreiben lassen und meine Wohnung nur verlassen, wenn ich das Gefühl hatte, keine Luft mehr zu bekommen. Selbst meine Einkäufe hatte ich mir liefern lassen. Würde man mich in meinem jetzigen Zustand in einem Supermarkt ansprechen, wusste ich nicht, ob ich nicht wieder mit Beleidigungen um mich werfen würde.

Nach einer Woche bekam ich einen Anruf von Mrs Smith, die sich erkundigen wollte, wie es mir ging. Natürlich hatte sie mitbekommen, was geschehen war, und ich hatte mich bei ihr entschuldigt. Wegen mir hatte die Mannschaft am Spieltag nicht alles geben können und das qualifizierte mich nicht gerade für meinen zukünftigen Posten.

Als ich abhob, wollte ich ihr sofort zu verstehen geben, dass sie das alles vergessen sollte und ich das Angebot nicht weiter annehmen konnte. Ich schämte mich in Grund und Boden für mein Verhalten. Doch nachdem ich mich entschuldigt hatte, kam ich gar nicht mehr zu Wort. Sie wollte die übernächste Saison mit mir starten und das Wichtigste mit mir persönlich besprechen.

Also hatte ich dem Termin zugestimmt und konnte nicht glauben, dass ich meinem Traum wirklich einen Schritt näherkommen werde. Das bedeutete im Umkehrschluss, dass ich den Kontakt zu den Jungs aufs Minimum reduzieren konnte. Für das erste war das in Ordnung, aber ich war dennoch traurig darüber.

Die Mannschaft war mir sehr ans Herz gewachsen und ich schämte mich für meinen Ausraster. Ich wollte mich definitv bei ihnen entschuldigen. Keiner von ihnen hatte direkt etwas mit dem Unfall zu tun, auch den Coach musste ich um Verzeihung bitten. An diesem Tag waren meine Synapsen durchgebrannt und ich wollte Dylan verletzen.

Call, Ivy und Spence hatten versucht, mich das eine oder andere Mal zu erreichen, aber von Dylan hatte ich glücklicherweise nichts gehört. Miles war der Einzige, den ich ansatzweise an mich heranließ, allerdings hatte er nicht mehr so viel Zeit, seit er mit seiner neuen Freundin zusammen war. Das verübelte ich ihm nicht und ich freute mich für ihn. Aber wie sagte man so schön? Glück im Spiel, Pech in der Liebe? In den letzten Jahren hatte ich in Sachen Liebe und Spiel gleichermaßen Pech gehabt, was für meine Zukunft wohl bedeuten musste, dass ich als Trainerin vielleicht richtig durchstarten konnte.

Meine Wut war auch nach einigen Tagen nicht komplett verpufft, eher entwickelte sie sich zu etwas anderem. Wenn ich daran dachte, wie er vor mir gestanden hatte, ohne überhaupt ein Wort zu erwidern. Alles, was ich gesagt hatte, hatte er kommentarlos hingenommen, und das entsetzte mich. Er hatte aufgegeben und glaubte mich verloren zu haben.

Obwohl ich es ungern zugab, liebte ich Dylan trotzdem. Ich hasste und ich liebte ihn, weil ich in den letzten Jahren mit einer inneren Vermutung gelebt hatte. Ein Teil in mir hatte ihm immer die Schuld an all dem gegeben und ich befürchtete, dass ich während unserer Beziehung, die auf Lügen erbaut wurde, tatsächlich angefangen hatte, ihm zu vergeben. Ein Beweis dafür war, dass ich nicht, wie am Anfang, sauer und traurig wurde, wenn das Thema auf die Vergangenheit gelenkt wurde. Einzig Dylan war es, der an der Sache zu knabbern hatte.

Eigentlich war ich in diesem Moment nur verletzt, weil er mich wegen Dr Feldman und den unzähligen Möglichkeiten, mir die Wahrheit zu sagen, belogen hatte. Er hätte mich noch Jahre belogen, wenn ich dieses Gespräch zwischen ihm und Call nicht aufgefangen hätte. Bevor ich mit Dylan darüber sprechen würde, musste ich mich beim kompletten Team entschuldigen und das würde ich heute tun.

Meine Beine zitterten, als ich den Trainingsplatz betrat. Anders als sonst trug ich heute meine normale Kleidung. Eine Jeans, meine alten Sneakers und einen Kapuzenpullover. Als die Jungs mich am Spielfeldrand sahen, blieben sie augenblicklich stehen und tuschelten miteinander. Meine Augen scannten das Feld ab, aber ich konnte Dylan nirgends ausmachen. Sorge überkam mich, aber ich schob sie schnell beiseite. Heute ging es mal ausnahmsweise nicht um Dylan und mich, sondern um die Mannschaft.

»Hallo Brianna«, begrüßte mich der Coach und versuchte sich dabei an einem Lächeln. Es erreichte seine Augen nicht, was mir einen schmerzlichen Stich versetzte. Sein stolzer Blick, den er mir sonst immer zuwarf, war nun Geschichte.

»Hi«, murmelte ich. »Können wir kurz reden? Erst einmal allein.«

»Klar«, sagte er und rief den Jungs zu, dass sie weitermachen sollten. Callum warf uns einen Blick zu, den ich weder deuten konnte noch wollte. Er musste mich hassen. Sie alle.

»Gehen wir ein Stück«, schlug der Coach vor und vergrub seine Hände in den Taschen seines Trainingsanzugs.

»Robert, es tut mir leid«, schoss aus mir heraus, als wir aus der Hörweite des Teams waren. Während meiner Entschuldigung blieb ich stehen und der Coach tat es mir gleich.

»Ich wollte dich nicht verletzen und ich hatte nie das Team mit reinziehen wollen. An diesem Tag ist zu viel passiert. Dylan hat mich wegen der Therapie belogen, er hat mir versprochen, dass er sich Hilfe sucht. Irgendwie hat mein Unterbewusstsein in den letzten Jahren, vor allem in den letzten Wochen, damit angefangen, Dylan zu vergeben. Doch es aus seinem Mund zu hören, hat die verheilten Wunden wieder aufgerissen. Das mit Angeline … ich habe eine Nachricht von ihr auf seinem Handy gesehen und ich … ich wollte ihm einfach weh tun. Dass ich dich damit ebenso verletze, habe ich nicht bedacht«, versuchte ich mich zu erklären. Tränen brannten in meinen Augen, aber ich wollte keinesfalls Mitleid bekommen. Mir war die Sache ernst. Der Coach atmete hörbar aus und ging weiter. Perplex lief ich ihm hinterher.

»Dylan hatte nichts mit Angeline am Laufen, aber nachdem herausgekommen ist, dass sie Dylan Nachrichten geschrieben hat, kamen andere Jungs auf mich zu und haben ähnliches behauptet. Brie, ich war selbst mal Spieler und weiß, wie diese Art von Frau tickt. Angeline ist keine Frau fürs Leben, das wusste ich vorher schon. Trotzdem hat es weh getan, aber ich verzeihe dir.«

»Danke«, hauchte ich.

»Ich bin ein alter Mann und habe Erfahrungen und deshalb sage ich dir, dass Dylan seine gerechte Strafe bekommen hat. Er wurde für einige Spiele suspendiert und darf auch nicht am Training teilnehmen. Deshalb ist er nicht hier. Ich habe doch gesehen, wie du ihn gesucht hast«, stellte er mit einem Lächeln klar.

»Ich weiß nicht, was ich tun soll«, teilte ich meine Gedanken mit ihm.

»Lasst euch Zeit, bringt ein wenig Abstand zwischen euch und sprecht euch danach aus. Ihr seid nicht mehr die Kinder von damals. Da sind keine

Menschen mehr, die euch sagen wollen, wie ihr zu sein habt. Also macht euer eigenes Ding.«

»Danke«, wiederholte ich und fiel Robert um den Hals. Keine Ahnung, ob ich eine Grenze überschritt, aber als er seine Arme um mich legte, wusste ich, dass ich ein Zuhause hatte.

»Die Jungs wollen auch mit dir sprechen. Zumindest trainieren sie nicht und starren hier herüber, als gäbe es etwas gratis«, witzelte er und löste sich aus unserer Umarmung.

Lächelnd drehte ich mich in die Richtung des Platzes und beobachtete das Szenario. Die Teammitglieder hatten alles mitbekommen und winkten in unsere Richtung.

»Komm her, Brie! Wir brauchen deine analytischen Fähigkeiten«, rief Jason und auch die anderen stimmten mit ein. Ein Stein fiel mir von meinem Herzen und die Angst, sie könnten mich hassen, verpuffte.

Zeit für die nächste Entschuldigung.

Kapitel 26

Brie

vier Monate später

Obwohl ich noch immer im gleichen Verein arbeitete wie Dylan, hatte ich ihn in den letzten Monaten nicht zu Gesicht bekommen. Wider Erwarten hatte er kein einziges Mal versucht, sich bei mir zu melden. Anders als die Jungs, die mir Nachrichten auf *Instagram* schrieben oder mich anriefen. Keiner sprach über Dylan. Sie wollten sich einfach informieren, wie es mit der Damenmannschaft voran ging und ob ich mich freute.

Und das tat ich.

Mrs Smith und ich waren Feuer und Flamme für das, was wir erschaffen würden. Es machte unfassbar viel Spaß, mit dem Team über den Transfermarkt zu schauen und Frauen in unsere Mannschaft aufzunehmen. Noch hatten wir kein vollständiges Team zusammen, aber die ein oder andere Kandidatin hatte bereits einen Vertrag unterzeichnet. Mit jedem neuen Mitglied, das wir aufnahmen, wurde mein Vorfreude größer.

Zum Glück hing all das mit so viel Arbeit zusammen, dass ich kaum Zeit hatte, über mein Privatleben nachzudenken. Außerdem hatte ich für ein solches keine Zeit mehr, weil ich mitten im Unterricht meines Trainerscheins steckte.

Der Herbst war in London eingetroffen und die Blätter an den Bäumen fielen auf das Dach meines Autos, welches ich in einer kleinen Parkbucht abgestellt hatte. Mit einem Mantel bekleidet, der unfassbar untypisch für mich war, ging ich auf das Café zu, in dem ich einen Termin hatte.

In den letzten Monaten hatte ich das Blau aus meinen Haaren rauswachsen lassen und fühlte mich endlich wieder mehr wie ich selbst. Außerdem hatte ich mir angeeignet, nicht mehr ausschließlich in einem Trainingsanzug draußen herumzulaufen. Es war an der Zeit, Verantwortung für andere Talente zu übernehmen und sie nach außen hin zu repräsentieren. Dieser

Look ließ mich aber ehrlich gesagt seriöser wirken, als ich eigentlich war. Naja, ein bisschen mogeln war sicher nicht so schlimm.

Ein Bimmeln, versucht durch ein Windspiel, kündigte meine Ankunft in dem kleinen Café an. Ich ließ meinen Blick schweifen. Es war nicht viel los, was vermutlich an der Uhrzeit lag. Wir hatten vormittags. Diejenigen, die zum Frühstücken hier gewesen waren, waren bereits fort und die anderen, die zum Mittagessen kommen würden, würden vermutlich in der nächsten Stunde eintreffen.

Deshalb brauchte ich nicht lange, um meine Verabredung zu finden.

»Hey«, grüßte ich Robert, der mit einer Tasse Tee in einer Nische saß. Nach meiner Entschuldigung hatten wir öfter miteinander gesprochen, deshalb wunderte ich mich, warum er noch einmal um ein Gespräch gebeten hatte.

»Hallo Brianna, schön dich zu sehen.« Wir begrüßten uns mit einer Umarmung, aber nachdem ich mich gesetzt und ein Glas Wasser bestellt hatte, ließ ich ihn wissen, dass ich keinen blassen Schimmer hatte, warum wir uns hier trafen.

»Ich treffe mich heute mit dir, weil ich mich diesmal bei dir entschuldigen möchte.« Er nickte verständnisvoll. »Das, was Dylan dir angetan hat, ist nicht zu verzeihen, aber ich kann nicht aufhören, an euch beide zu denken.«

Oh nein, wenn er versuchen würde, mich dazu zu bringen, dass ich mich bei Dylan meldete, hatte er sich geschnitten. Wahrscheinlich glich Dylan, genau wie ich es getan hatte, einem Scherbenhaufen und er wusste nicht, wie er ihn wieder zusammensetzen sollte. »Worauf willst du hinaus?«, fragte ich misstrauisch.

»Dylan und du, ihr beide hattet etwas Besonderes.«

Ich schnaubte angesichts seiner Aussage, woraufhin Robert sanft nach meiner Hand griff.

»Ich war dabei, als dein Unfall passiert ist, Brianna. Ich habe mit eigenen Augen gesehen, wie ein Teil in diesem kleinen Jungen zerbrochen ist, als er seine beste Freundin auf dem Platz hat liegen sehen. Er wusste sofort, dass es ein gewaltiger Fehler war.«

Wie bitte?

Warum hatte er mir nie davon erzählt?

»Ich war zusammen mit dem Scout, von dem du gesprochen hast, an eurer

Schule. Wir waren seit der ersten Spielminute von dir gefesselt. Wie du über den Rasen gerannt bist, wie du gespielt hast, das konnten wir uns einfach nicht erklären. Du warst gerade einmal vierzehn Jahre alt und dazu noch …«

»Ein Mädchen«, beendete ich den Satz und strich mir verwirrt eine verirrte Träne vom Gesicht. Dieses Gespräch erinnerte mich an die Unzähligen, die ich mit meinem Vater geführt hatte. Anders als Robert spie mein Dad mir die Worte allerdings entgegen und schien sich vor seiner Tochter zu ekeln. »Robert, ich möchte da nicht drüber sprechen.«

»Das wirst du aber müssen, denn das bist du der kleinen Brianna, die Träume hatte, schuldig.«

»Was weißt du schon von der kleinen Brianna?«, ahmte ich seine Worte nach und schniefte. Warum musste ich schon wieder heulen? »Dein Vater hat Dylan dermaßen unter Druck gesetzt, dass er keinen Ausweg gesehen hat. Du weißt, wie es um seine Mutter und die Finanzen stand.«

Natürlich wusste ich das. Dylan war mein bester Freund gewesen und dieses Thema war in seinem Leben allgegenwärtig.

»Das entschuldigt vielleicht den Unfall in einer gewissen Weise, aber keinesfalls die Beziehung, die er auf Lügen aufgebaut hat«, sagte ich und schaffte es kaum, Robert anzusehen. Für mich fühlte es sich so an, als hätte Dylan Robert vorgeschickt. Wir mussten zu zweit reden, ohne eine dritte Partei. War ihm das denn nicht klar?

»Dylan hat seit dem Unfall so starke Schuldgefühle, dass er nachts nicht schlafen kann. Er erlaubt sich nicht, Hilfe anzunehmen, weil er der Meinung ist, dass er all das verdient hat. Die schlaflosen Nächte, die emotionale Kälte und den Schmerz durch eure Trennung. Du weißt genau wie ich, dass er das mit Sicherheit nicht verdient hat. Ich bitte dich nicht, dass du zu ihm zurückkehrst, aber verzeih ihm, dass er es als Jugendlicher nicht besser gewusst hat. Verzeih ihm, dass er sich nicht getraut hat, etwas zu sagen, weil er seine beste Freundin und die Liebe seines Lebens nicht noch einmal verlieren wollte. Dieser Junge wäre auch ohne den Unfall groß rausgekommen und das ist etwas, was du ebenfalls weißt. Schließlich warst du es, die das Spielen von ihm gelernt hat.«

Egal wie sehr ich es versuchte, aber ich konnte nicht verhindern, dass weitere Tränen flossen. Robert reichte mir entschuldigend ein Taschentuch, welches ich dankend annahm.

»Dylan hat heute angekündigt, dass er den Verein wechseln wird. Er möchte dir nicht länger im Weg stehen und er ist der Meinung, dass er das tut, wenn er im gleichen Verein spielt wie du bist. Wir wissen nicht einmal, ob er überhaupt weiterhin spielen möchte. Gerade ist er bei seinem Anwalt und versucht vorzeitig aus seinem Vertrag herauszukommen.«

Perplex starrte ich Robert an und wusste nicht, was ich dazu sagen sollte. Dylan wollte seine Karriere an den Nagel hängen? Wegen mir?

»Brie, ich wäre nicht hier, wenn ich nicht an euch glauben würde, also bitte überleg es dir und sprich mit ihm. Vielleicht kannst du ihn retten, so wie du dich gerettet hast.«

Nach meinem Gespräch mit Robert wusste ich nicht, was ich denken und fühlen sollte. Wie ferngesteuert fuhr ich zurück zu meiner Wohnung. Die Tränen waren getrocknet und ich hatte das Gefühl, als hätte ich alle Reserven aufgebraucht. Als ich an meiner Haustür ankam, hielt ich inne.

Ein Blick auf meinen Briefkasten brachte mich komplett aus der Fassung.

Die Briefe fielen bereits aus der Öffnung, weil er überquoll.

Mit zittrigen Fingern öffnete ich den Briefkasten und versuchte einige Briefe aufzufangen, aber die meisten fielen auf den Boden. Meine Nachbarin, die ich bisher zwei oder drei Mal gesehen hatte, öffnete ihre Tür, weil ich scheinbar vor mich hin schluchzte, ohne es zu merken. *Also hast du doch noch Tränenreserven, Brie.*

»Ist alles okay mit Ihnen?«, wollte sie wissen und stutzte, als sie das Chaos vor mir liegen sah.

»Haben Sie einen heimlichen Verehrer?« Ein ironisches Lachen entfuhr mir, da blickte ich auf die einzelnen Absender und stockte. Meine Finger griffen nach einem der Papiere.

Es war immer der gleiche Absender.

Dylan Fraser.

Sie waren adressiert an mich und von der Post abgestempelt als *nicht zustellbar*. Meine alte Adresse stimmte. Was hatte das zu bedeuten?

Ich antwortete meiner Nachbarin nicht, kramte alle Briefe zusammen, stopfte sie in meine Handtasche und beeilte mich, um in meine Wohnung zu kommen. Oben angekommen, öffnete ich die Wohnungstür und schlüpfte hinein. In Nullkommanichts hatte ich die Briefe geöffnet und nach Datum chronologisch sortiert.

Mit wild klopfendem Herzen griff ich nach dem Brief, der zwei Tage nach dem Unfall verfasst wurde.

Brie,

ich weiß nicht, was passiert ist. Ich habe Angst, dass du nie wieder gesund wirst. Was habe ich nur getan?

Dein Dad lässt mich nicht zu dir. Ich wollte mit ins Krankenhaus, aber ich darf nicht. Was, wenn ich dich niemals wiedersehe?

Es tut mir leid. Ich habe Mist gebaut.

Dein Dylan

Weinend schnappte ich mir den nächsten Brief.

Brie,

zwei Wochen sind vergangen und man lässt mich immer noch nicht zu dir. Dein Dad möchte nicht, dass ich dich sehe. Er schickt meine Briefe zurück, aber ich höre nicht auf, dir zu schreiben. Warum darf ich dich nicht sehen? Was ist passiert? Bitte melde dich bei mir. Ich vermisse dich und es tut mir so leid …

Dein Dylan

In wenigen Sekunden hatte ich den Brief gelesen und musste mir über die geschwollenen Augen wischen.

Der nächste Brief kam zwei Monate nach dem Unfall. Ich rechnete nach und musste mich zu der Zeit in der Reha befunden haben. Meine Eltern hatten währenddessen beschlossen, mich an einer anderen Schule anzumelden.

Liebe Brie,

ich habe immer noch nichts von dir gehört. Als ich bei dir zuhause war, haben deine Eltern mir nicht die Tür geöffnet. In deinem Zimmer brennt nie Licht, wenn ich mit dem Fahrrad vorbeifahre, um nach dir zu sehen. Ich hoffe, dass es dir gut geht.

Mir geht es gar nicht gut. Nachts kann ich nicht schlafen, weil ich deine Stimme höre. Du schreist und weinst und ich weiß, dass ich das verdient habe. Ich habe es verdient zu leiden und dich zu verlieren, weil ich dir etwas Schlimmes angetan habe.

Ich vermisse dich.

Dein Dylan

Mein Herz schmerzte so sehr, als ich diese Zeilen las. Dylan war gerade einmal fünfzehn Jahre alt gewesen und bereits zu dem Zeitpunkt hatten die Albträume angefangen.

Liebe Brie,

der Unfall ist ein halbes Jahr her und ich kann immer noch nicht aufhören, daran zu denken. Die Briefe kommen immer noch zu mir zurück, aber ich gebe nicht auf, weil ich weiß, dass du es auch nicht tust. In der Schule wird erzählt, dass du nicht mehr laufen kannst. Ich habe so unendliche Angst, dass dieses Gerücht stimmt. Wenn du mir nur sagen könntest, ob sie recht haben.

Ich habe so viel Zeit zum Nachdenken und bereue viele Dinge, die ich nicht getan habe und die ich nie gesagt habe. Vermutlich wirst du diese Zeilen nie lesen, aber ich muss es dir einfach sagen.

Ich liebe dich, Brie.

Ich hoffe, dass es dir gut geht.

Mir geht es gar nicht gut.

Dein Dylan

Die nächsten Briefe überflog ich und konnte kaum fassen, was Dylan mir anvertraute und was er während der Zeit durchgemacht hatte. Der Hass auf meinen Dad stieg ins Unermessliche. Hoffentlich ging es ihm, da, wo er war, schlechter als Dylan und mir!

Eilig griff ich nach dem allerletzten Brief. Aus dem Jahr, in dem er den Profivertrag beim Londoner FC unterschrieben hat. Vor vier Jahren. Sechs Jahre nach dem Unfall.

Liebe Brie,

ich weiß nicht, ob du es überhaupt wissen möchtest, aber ich habe gerade meinen ersten Profivertrag unterschrieben. Eigentlich sollte ich glücklich darüber sein, aber das bin ich nicht. Ich bin unendlich traurig, dass du das hier nicht zusammen mit mir erleben kannst. Mittlerweile weiß ich, dass du nie wieder Fußball spielen kannst und ich erlebe keinen Tag, an dem ich nicht an dich denke. Jede Nacht führt mir vor Augen, was ich verloren habe und vor allem, was du wegen mir verloren hast.

Ich wünsche mir, dass du glücklich wirst, auch ohne mich und ohne das Kicken. Du bist einer der besten Menschen, den ich kenne. Du hast nur das Beste verdient und aus diesem Grund höre ich auf dir zu schreiben. Ich war nie das Beste für dich, anders bei mir. Du hast alles in meinem Leben besser gemacht.

Ich liebe dich für immer.

Dein Dylan

Kapitel 26

Dylan

Es war der dreißigste Oktober und ich hatte an meinem Geburtstag nichts Besseres zu tun, als auf meinem alten Schulhof zu sitzen und Löcher in die Luft zu starren.

Ich hatte es mir mit zwei Dosen *Dr. Pepper* auf der Zuschauertribüne des Fußballplatzes gemütlich gemacht. Naja, so gemütlich es ging, wenn es regnete. Obwohl die Tribüne zum Teil überdacht war, war ich klatschnass.

Das Wasser tropfte bereits aus meinen Haaren und meine Kleidung war durchnässt. Mir war arschkalt. Es wunderte mich, dass ich das überhaupt noch fühlte.

Ich hatte wieder einmal alles verloren, was ich geliebt hatte. Mittlerweile wusste ich aber, dass ich keine Chance mehr hatte, also gab ich auf. Vor einer Woche hatte ich meinen Anwalt gebeten, einen Ausweg aus meinem Vertrag zu finden. Heute hatte er sich mit einem endgültigen Ergebnis bei mir gemeldet. Er wartete nur noch auf einen Rückruf.

Natürlich war mir klar, dass ich Brie nicht zurückgewinnen würde, wenn ich dem Fußball den Rücken zukehren würde. Ich sah es eher wie eine weitere Art Selbstpeinigung, und das war okay. Jemand wie ich sollte nicht spielen dürfen. Brie hatte Recht. Ohne sie war ich niemand.

Ich griff in meine Jackentasche und holte eine kleine Schachtel hervor. Seit Jahren hatte ich keine Zigaretten mehr angerührt, aber gerade fühlte es sich einfach richtig an.

Die Flamme des Feuerzeugs tanzte gerade vor meiner Nase, da hörte ich ein leises Räuspern. Das Feuer erlosch und mein Blick wanderte die Tribüne hinunter. Mein Herzschlag setzte aus.

Brie stand dort mit einem schwarzen Regenschirm und sah zu mir hinauf. Wie in Zeitlupe kam sie die Treppen hochgelaufen. In den letzten Monaten war ich ihr bewusst aus dem Weg gegangen. Für sie wollte ich es nicht schwerer machen, als es war.

Da ich sie so lange nicht mehr gesehen hatte, fiel mir augenblicklich auf, dass das Blau aus ihren Haaren gewachsen war. Sie trug einen langen Herbstmantel und es war wirklich ungewohnt, sie nicht in einem Trainingsanzug in der Nähe eines Fußballplatzes zu sehen.

»Du wirst fünfundzwanzig und fängst jetzt mit dem Rauchen an?« Ihre Stimme klang sanft und schlängelte sich einen Weg direkt in mein Inneres. Ich konnte nicht verhindern, dass es in meinem Brustkorb warm wurde.

Obwohl sie unter dem Dach stand, hielt sie noch immer den Regenschirm über sich. Vermutlich gab er ihr Halt.

Ich wusste nicht, was ich auf ihre Aussage antworten sollte, deshalb starrte ich sie einfach nur an und reichte ihr eine der Dosen. Kurze Zeit lieferten wir uns ein Blickduell, bis sie die Dose entgegennahm und rasch in ihre Tasche griff. Ein Stapel Briefe kam hervor, den sie neben mich legte.

»Happy Birthday«, sagte sie, hob ihre Dose an und machte auf dem Absatz kehrt. Es wäre egoistisch von mir, sie zu mir zurückzurufen, weshalb ich sie gehen ließ. Dennoch schnappte ich mir den Umschlag. Anders als meine Briefe waren sie nie vom Postamt abgestempelt worden, weil Brie sie nie abgeschickt hatte. Eine Briefmarke hatte sie jedoch bereits aufgeklebt.

Mein Herz schlug einen Takt zu schnell, als ich anfing zu lesen. Den Brief hat sie ein halbes Jahr nach dem Unfall geschrieben.

Lieber Dylan,

ich habe keine Ahnung, warum du dich nicht bei mir meldest, dabei brauche ich dich dringender denn je. In der neuen Schule sind alle nett zu mir, aber du fehlst.

Mein Dad hat mir erzählt, dass der Scout sich für dich entschieden hat. Ich freue mich für dich, wirklich.

Vielleicht wirst du einmal berühmt. Nein, ich bin mir mehr als sicher, dass du berühmt wirst! Der Name Fraser passt meiner Meinung nach hervorragend auf ein Trikot.

Ich muss dir etwas gestehen. Ich habe dir lange Zeit Schuld an diesem Unfall gegeben, aber im Endeffekt war es nichts anderes als ein Unfall. Du hättest mich niemals derart verletzen wollen, egal um was es letztendlich geht. Ich habe Angst vor der Zukunft, aber ich weiß, dass ich das meistern werde. Mit dir an meiner Seite.

Du bist mein bester Freund und ich liebe dich.

Hoffentlich sehen wir uns bald wieder.

Mariposa

Mein Blick schnellte zu Brie, die gerade das Ende der Treppe erreicht hatte, da fiel ein weiterer Zettel aus dem Umschlag und schlitterte zu Boden. Rasch hob ich ihn auf und faltete ihn auseinander.

Dylan,

auch nach all den Jahren und nach all dem, was passiert ist, hat sich meine Meinung nicht geändert. Es war ein Unfall. Ich weiß, dass du mich niemals so verletzen wolltest, wie es letztendlich geschehen ist. Es tut mir unendlich leid, dass mein Dad unser Leben dermaßen auf den Kopf gestellt hat. Ohne ihn wären wir deutlich besser dran gewesen.

Ich möchte, dass du weißt, dass ich dir vergeben habe für die unüberlegten Taten in unserer Jugend, aber ich kann dir noch nicht verzeihen, dass du mich während unserer Beziehung belogen hast. Du hattest tausende Chancen mir zu sagen, was damals wirklich passiert ist.

Bitte lass dir einen Termin bei Dr Feldman geben. Nicht für mich. Nicht für dich, aber für den fünfzehnjährigen Dylan, der seine beste Freundin verloren hat. Dieser Dylan schlummert immer noch in dir und er leidet. Das hat er nicht verdient, lass dir das von der vierzehn- und der vierundzwanzigjährigen Brie sagen.

Du wirst den richtigen Weg gehen.

Ich liebe dich. Für immer.

Mariposa

Als ich erneut hochblickte, war Brie verschwunden.

Kapitel 27

Brie

Zwei Jahre später

»Ms Hogan, herzlichen Glückwunsch zu Ihrem ersten Sieg in der Saison! Wie fühlen Sie sich?«, fragte die Reporterin, kurz nachdem ich vor die Interview-Banner geführt worden bin. In meinem Körper sprudelte noch immer das Adrenalin und ich strahlte über das ganze Gesicht. Zumindest fühlte es sich an, als würden tausend Sonnen in mir explodieren.

Ich arbeitete die Reporter einen nach dem anderen ab, als hätte ich in meinem ganzen Leben nie etwas anderes gemacht. Die Wahrheit war, dass ich so schnell wie möglich zu meinen Mädels in die Umkleide wollte, um mit ihnen zu feiern.

»Bevor Sie zu den Damen gehen, bitte ich Sie, mit einem Freund von mir zu sprechen. Er wartet im Zimmer des Trainerteams auf Sie.« Mrs Smith hielt mich sanft an meinem Arm und lächelte mich freundlich an. Stirnrunzelnd nickte ich, weil ich nicht wusste, mit wem und warum ich genau jetzt mit dieser Person reden musste.

»Den Erfolg heute haben wir zu einem Großteil Ihnen zu verdanken. Sie sind eine großartige Trainerin, Brie. Machen Sie weiter so«, lobte mich Mrs Smith und nahm mich daraufhin tatsächlich in die Arme. Danach scheuchte sie mich mit einer Handbewegung und einem herzlichen Lachen in den Spielergang.

In diesem Moment wollte ich nichts lieber als mit der Mannschaft anzustoßen, aber ich schätzte, das war der Preis, den ich als Trainerin zu zahlen hatte. Erst die Arbeit, dann das Vergnügen.

Gedankenverloren schlenderte ich den Flur entlang, noch immer mit einem breiten Grinsen auf dem Gesicht. In den letzten beiden Jahren war unheimlich viel passiert. Ich hatte meinen Trainerschein gemacht und war fast ausgebildete Trainerin. An meiner Seite hatte ich zwei Co-Trainerinnen, die mich unterstützten. Wir hatten eine großartige Mannschaft zusammen bekommen und waren bereits auf einigen Testspielen gewesen, die wir alle gewonnen hatten. Meine Zweifel und Ängste hatten meine Spielerinnen sofort aus dem Weg geräumt. Sie respektierten mich und legten sehr viel Wert auf das, was ich sagte.

Obwohl ich manchmal noch traurig war, dass ich selbst nie wieder über den Platz stürmen konnte, freute ich mich auf meine neue Aufgabe, die sogar Früchte trug. Etwas Besseres hätte mir gar nicht passieren können.

Wenn ich an meinen Start beim Londoner FC vor zwei Jahren dachte, musste ich beinahe auflachen. Die Brie von früher hätte mir einen Vogel gezeigt, wenn ich ihr von ihrer Zukunft erzählt hätte.

Bevor ich noch weiter in Erinnerungen schwelgen konnte, hatte ich den Raum erreicht. Warum war die Tür geschlossen?

Vorsichtig klopfte ich, aber es kam nichts zurück. Okay …

»Hallo?«, fragte ich unsicher und öffnete die Tür einen Spalt breit. Das Licht brannte und mitten im Raum stand *er*.

Dylan.

»Hallo Brie.« Sein Blick ließ mich erröten. So hatte er mich das letzte Mal angesehen, als wir miteinander geschlafen hatten.

Obwohl ich ihn fast ein Jahr nicht gesehen hatte, war mein Herz außer Kontrolle. Ein durchsichtiges, magisches Band versuchte mich in seine Richtung zu ziehen, aber ich stand perplex in der Tür und blinzelte ein paar Mal, um mich zu vergewissern, dass er wirklich vor mir stand.

Dylan hatte damals seinen Vertrag auflösen lassen und sich aus der Fußballszene zurückgezogen. Die Presse hat anfangs über ihn berichtet, aber da er sich sehr bedeckt hielt und anonym blieb, wusste ich nach einiger Zeit nicht einmal mehr, ob Dylan noch im Land lebte.

Er hatte sich in den letzten Monaten nicht bei mir gemeldet.

Anders als ich.

»Was tust du hier?« Meine Stimme zitterte und ich wollte nicht, dass mein Körper und mein Herz immer noch so auf ihn reagierten. Konnten diese Gefühle nicht endlich verschwinden?

Dylan hatte seine Hände in seinen Hosentaschen vergraben und griff nun in die Innentasche seiner Jeansjacke.

»Ich wollte dir auf deine Briefe antworten. Persönlich.« Wut, Traurigkeit, aber auch Erleichterung machten sich in mir breit. Tränen stiegen in meine Augen und ich ballte die Hände zu Fäusten. Er hatte meine Worte erhalten. In den vergangenen Monaten hatte ich ihm um die zwanzig Briefe geschrieben.

»Okay«, erwiderte ich knapp und konnte nicht verhindern, dass meine Hand am Türgriff anfing zu zittern. Rasch schob ich sie in die Tasche meines Hosenanzugs.

»Du hast gefragt, ob ich meine Therapie gemacht habe, ob es mir besser geht und ich nachts schlafen kann. Ja, ich bin immer noch dabei die Therapie zu machen, und mir geht es besser. Nein, ich kann nachts nicht schlafen, aber es hat nichts mit den Träumen zu tun, sondern weil ich mich unvollständig fühle. Seitdem du nicht mehr bei mir bist, fühle ich mich leer. Ich habe den Verein verlassen, um mit meinen Gedanken und Gefühlen klarzukommen. Danach habe ich mir eingeredet, dass es für dich das Beste ist, wenn ich den Kontakt zu dir nicht wieder aufnehme. Obwohl du mit deinen Briefen den ersten Schritt gemacht hast, konnte ich mir nicht erlauben, dir wieder näher zu kommen. Ich konnte nicht aufhören, mich selbst zu bestrafen. Dein letzter Brief von vor zwei Wochen hat mich wachgerüttelt. Ich möchte an deiner Seite sein, Brie. Genau wie damals, als ich dir gesagt habe, dass du jemand ganz Großes werden wirst. Und verdammt nochmal, ich hatte recht. Schau dich an! Dieses Team, diese Leistung. Du kannst unfassbar stolz auf dich sein, denn ich bin es. Du bist so stark und all das, was ich nicht bin. Du hast gesagt, dass ich ein Niemand bin, und vielleicht hast du recht, aber an deiner Seite fühle ich mich, als könnte ich alles schaffen. Ich will so sein wie du, das war schon immer so gewesen und –«

Das war der Punkt, an dem ich ihm nicht mehr zuhören konnte. Mit drei Schritten war ich bei ihm, stellte mich auf die Zehenspitzen und legte ihm meine Arme um den Hals. Heiße Tränen rannen meine Wangen hinab und ich schluchzte, weil ich glücklich war.

»Ich liebe dich, Dylan Fraser. Ich liebe, liebe, liebe dich. Und wenn du noch einmal sagst, dass du ein Niemand bist, werde ich dir etwas anderes beweisen.« Dylan legte seine Hand um meinen Hinterkopf und zog mich mit einem leisen Lachen an sich.

»Das ist die Brie, die ich kenne.«

Mit seinen weichen Lippen fuhr er langsam über meine und brachte mich um den Verstand.

»Und das hier ist der Dylan, den ich kenne.« Furchtlos. Selbstbewusst und sexy.

Unsere Lippen trafen wie ein Wirbelsturm aufeinander und ich hatte im Gefühl, dass ein neuer Lebensabschnitt begann.

Obwohl noch viel Arbeit vor uns lag und unsere Leben unfassbar chaotisch waren, würden wir einen Weg finden.

Er war mein bester Freund.

Und noch so viel mehr.

Epilog

Dylan

Zehn Jahre später

»Du schaffst das«, ermutigte ich Elio, der mit großen Augen zu mir hinaufsah. Sein grünes Trikot passte wie angegossen, genau wie seine Mitspieler trug er ein Schweißband am Handgelenk.

Wer hätte vor Jahren gedacht, dass ich eines Tages als Trainer einer Kindermannschaft agierte? Ich zumindest nicht.

»Ich habe Angst«, murmelte Elio und ich musste mich anstrengen, um ihn in dieser lauten Geräuschkulisse zu verstehen. »Was hast du gemacht, wenn du Angst vor einem Spiel hattest?«

Mein Blick wanderte auf die Tribünen des Sportplatzes. Brie saß mit Ivy, Call, Spencer und Johnny in der ersten Reihe und sie unterhielten sich. Einer von ihnen, Johnny, sah mich mit zusammengekniffenen Augen an.

Dein Dad macht mir auch Angst, wollte ich fast sagen. Johnny war noch nicht sicher, was er davon halten sollte, dass sein fünfjähriger Sohn in meinem Team kickte. Natürlich vertraute er mir, aber er wusste, wie hart es für kleine Kinder werden konnte, die unter Druck standen. Und Elio stand mit seinem berühmten Vater definitiv unter Druck.

»Wenn ich Angst hatte, habe ich immer an die Menschen gedacht, die stolz auf mich sind. An Menschen, die an mich glauben und mir sagen, dass ich das schaffe. Und Elio, ich weiß, dass du das schaffen wirst. Du bist ein talentierter Spieler. Aber das Wichtigste ist, dass du Spaß hast, okay?«

Elio nickte und drehte sich in die Richtung seiner Eltern. Spencer winkte ihm zu, woraufhin Elio laut lachte.

In diesem Moment entspannte sich Johnnys Miene. Er zeigte seinem Sohn einen Daumen nach oben.

»Meine Dads glauben an mich«, stellte Elio fest. Sanft legte ich ihm meine Hand auf seine Schulter.

»Nicht nur deine Dads. Brie, Ivy und auch Call glauben an dich.« Just in dem Moment bemerkten auch die anderen, dass wir sie beobachteten.

Ivy legte sich eine Hand auf ihren runden Bauch und wirkte zufrieden, als Callum einen Arm um sie legte und Elio ein »Toi, Toi, Toi« zurief.

Brie lächelte erst Elio, danach mich an.

»Du schaffst das«, las ich von ihren Lippen.

Danke, versuchte ich mit meinem Blick zu sagen. Obwohl ich einiges älter war als Elio, musste ich diese Worte auch immer wieder hören. Es war nicht nur Elios erstes Match, sondern auch meines als Trainer der Kindermannschaft. Was passierte, wenn ich versagte?

»Dann schaffen wir das«, holte mich Elio aus meinen Gedanken und umarmte mich, als ich mich zu ihm hinunter beugte.

»Du bist der beste Trainer der Welt«, meinte er und lief dann zu seinen Freunden.

Als ich aufblickte und abermals in die Augen meiner Freunde und meiner Familie sah, erkannte ich Elios Worte auch in ihnen.

ENDE

Danksagung:

Es fühlt sich ziemlich unwirklich an, zum dritten Mal eine Danksagung zu schreiben, aber das zeigt mir auch, wie schnell die Zeit vergeht und wie viele Menschen an mich glauben.

Meinen ersten Dank möchte ich an meine Lektorin richten, die viel, viel mehr ist als das. Ehrlich gesagt kann ich mir meinen (Schreib-)Alltag gar nicht mehr ohne dich vorstellen. Du hast mich unterstützt, mich motiviert und bist zu einer guten Freundin geworden. Danke für alles, was war und kommen wird.

Ein großer Dank an den Wreaders-Verlag! Danke für das Vertrauen in mich und meine Geschichten. Danke hier auch an meine Grafikerin für die schönen Cover meiner Debütreihe!

Danke an Christian Nova und Christina Hiemer, die mir immer bei Fragen mit Rat und Tat zur Seite standen. Ohne euch wäre ich oftmals planlos gewesen.

Der nächste Dank geht an meine Freundinnen, die meine Bücher lesen, obwohl sie eigentlich keine Lust dazu haben: Anna und Lea. Nur für euch sind meine Bücher so dünn. Ich habe euch lieb.

Natürlich danke ich auch den Freundinnen, die gerne lesen und meinen Büchern die Liebe schenken, die ich mir für sie wünsche: Nele, Janis, Jana und Nina – ihr seid meine eigene kleine Fangemeinde. Danke, danke, danke!

Dann sind da meine Mädels aus der Bookstagram-Community, die mich seit meinen Anfängen in der Bloggerwelt unterstützt haben und darüber hinaus zu engen Freundinnen geworden sind: Anni, Julienne, Mary und Saskia.

Obwohl wir kilometerweit voneinander entfernt sind und nicht tagtäglich miteinander zu tun haben, weiß ich, dass ich auf euch zählen kann. Danke für eure Freundschaft!

Ein weiterer Dank geht natürlich an alle Buchhändler:innen, die jeden Tag ihr Bestes geben, um Autor:innen zu unterstützen: allen voran meine Kolleg:innen aus der Mayerschen Buchhandlung in Kamen und Neheim!

Und an meine Lieblingsbuchhändler:innen: Julia, Katha und Lisa – ihr seid die Besten!

An meine Familie: danke, dass ihr an mich glaubt und immer nachfragt, wann es weitergeht.

Ein großer Dank geht natürlich wie immer an meinen Freund, der an mich glaubt, mich motiviert und inspiriert. Danke, dass es dich gibt und du nicht sauer bist, wenn ich mal wieder stundenlang schreibe und keine Zeit habe die witzigen Reels zu schauen, die du mir währenddessen auf Instagram schickst. Ich liebe dich!

Der größte Dank geht an meine Leser:innen und Blogger:innen, die mich während dem letzten Jahr unterstützt, mich motiviert und mir liebe Nachrichten geschrieben haben. Erst wenn ihr meine Bücher lest, fühlt sich dieses „Autorenleben" echt an. Ich hoffe, ihr hattet Spaß mit meiner Debüt-Reihe und bleibt gespannt auf alles, was noch kommen wird. Deshalb sage ich: bis bald!